Kerstin Gier

Männer und andere Katastrophen

ROMAN

BASTEI LÜBBE TASCHENBUCH

BASTEI LÜBBE TASCHENBUCH
Band 16 152

1.+2. Auflage: 1996
3.–5. Auflage: 1997
6. Auflage: 1999
7. Auflage: 2002
8. Auflage: Mai 2005
9. Auflage: Juli 2007
10. Auflage: September 2007
11. Auflage: April 2008
12. Auflage: Juli 2008
13. Auflage: September 2008
14. Auflage: Juni 2009
15. Auflage: September 2009
16. Auflage: Juli 2010
17. Auflage: November 2010

Vollständige Taschenbuchausgabe

Bastei Lübbe Taschenbücher in der
Bastei Lübbe GmbH & Co. KG

Originalausgabe

Umschlaggestaltung: © jerzyworks/masterfile
Titelbild: Ulf Hennig
Satz: SatzKonzept Urban, Düsseldorf
Gesetzt aus der Souvenir
Druck und Verarbeitung: CPI – Ebner & Spiegel, Ulm
Printed in Germany
ISBN 978-3-404-16152-2

Für Bernhard

Handlung und Personen in diesem Roman sind reine Phantasie. Sollte sich trotzdem jemand wiedererkennen, wäre mir das sehr unangenehm.

Samstag

Ich ahnte nichts Gutes.

Auf einem Extrateller neben dem geblümten Platzdeckchen lag ein kleiner, undefinierbarer Klumpen. Er hatte die gleiche verdächtige Farbe wie die Fleischfetzen, die unter die Fettaugen in der Suppe abgetaucht waren. Die Suppe selber war ein hellgelber, tiefgefrorener Quader gewesen, bevor sie in der Mikrowelle dunkelgelb, trübe und flüssig geworden war.

»Ich bin gespannt, ob du raten kannst, was für Fleisch des ist«, sagte Susanna in ihrem pfälzisch angehauchten Dialekt und schöpfte mir den Teller randvoll.

»Ich bin auch gespannt«, gab ich zu, nahm einen Löffel und kaute tapfer auf einem Fleischfetzen herum.

»Und?« wollte Bruno wissen und zog den Rotz in seiner Nase hoch.

Ich kaute noch. Es schmeckte ein bisschen eigenartig, aber das schob ich darauf, dass die Suppe sicher schon oft aufgetaut und wieder eingefroren worden war.

»Und?«, fragte Bruno wieder, wobei er erneut schniefte.

»Ziege?«, riet ich.

»Nein.« Susanna und Bruno freuten sich.

»Pferd?«, fragte ich. Ich traute ihnen mittlerweile alles zu.

»Nein!«

»Dann vielleicht Hirsch, Reh, Schwein, Rind, Tiger?« Pfui, Teufel, welches Viehzeug pflegte der Mensch denn noch alles zu verzehren?

»Nein!«

»Dann weiß ich es nicht.« Ich kapitulierte und nahm noch einen Löffel von dem trüben Zeug. Diesmal schluckte ich, ohne das Fleisch zu zerkauen. Sicher war sicher.

»Hase«, verriet Susanna schließlich.

Hase also nahm gekocht, tiefgefroren und wieder aufgetaut diese seltsame graue Farbe an. Na fein, dann hatte ich wieder etwas dazugelernt. Hätte ja auch was Schlimmeres sein können.

»Hase ist mein Lieblingsfleisch«, informierte mich Bruno in breitem Pfälzisch und machte sich daran, den mysteriösen, grauen Klumpen auf dem Extrateller zu verzehren.

Der Klumpen hatte mehrere Löcher, und obwohl ich versuchte, mich auf meine Suppe zu konzentrieren, beobachtete ich gleichermaßen gelähmt und fasziniert, wie Bruno ein paar graue Fetzen abzupfte und verschlang, um dann den Klumpen an den Mund zu setzen, daran herumzuschmatzen und etwas aus seinem Inneren zu schlürfen.

»Lecker«, sagte er und zog zufrieden den Rotz hinterher. »Daheim haben mir uns immer drum gestritten, wer's Köpfle bekommt, aber die Suse mag's halt net so gern wie ich.«

Ich ließ meinen Löffel in die Suppe sinken.

»Dabei ist das Beste und Gesündeste am ganzen Hasen das Hirn«, meinte Bruno und zog die Nase hoch.

Das also war Bruno. Warum hatte ich ihn mir bloß so anders vorgestellt?

Groß sei er, hatte Susanna geschrieben, und das stimmte auch. Groß und fett, mit einem doppelten Doppelkinn und über den Hosenbund quellenden Wanst.

Blond sei er, hatte Susanna geschrieben, auch das stimmte. Jedenfalls an den wenigen Stellen, an denen er noch Haare hatte. – Zum Beispiel in den Nasenlöchern.

Ein nettes Lächeln habe er, hatte Susanna geschrieben. Ich konnte mir zwar lebhaft vorstellen, wie sich bei dieser Gelegenheit seine Nasenhaare sträubten, aber wirklich beurteilen konnte ich es nicht, weil er bis jetzt noch kein einziges Mal gelächelt hatte.

Nein, so hatte ich ihn mir wirklich nicht vorgestellt.

Susanna und ich hatten uns eine Wohnung geteilt, als ich nach dem Abi von der ZVS in eine süddeutsche Kleinstadt verbannt worden war. Obwohl wir uns über eine Kleinanzeige gefunden hatten, war uns beiden schon bei der ersten Begegnung klargeworden, dass wir Seelenverwandte waren.

Außerdem war Susanna gewesen, was ich hatte werden wollen: flippig, lässig, völlig unkonventionell und ein paar Jahre älter. Sie hatte über beeindruckende Erfahrungen mit Männern, Ohrlöchern, Semesterjobs, aufdringlichen Vermietern und Drogen verfügt.

Mit Susanna hatte ich meinen ersten Joint geraucht.

Wir brannten Räucherstäbchen ab und hörten Reggae dazu. Peter Tosh sang »Legalize marihua-a-ana, hu, hu, hu«, als ich beglückt meinen ersten Zug aus dem Pfeifchen tat und hu, hu, hu-keuchend zusammenbrach.

Es war mein erster und letzter Joint gewesen und nur einer von vielen nützlichen Lernprozessen, die ich Susanna zu verdanken hatte.

Sie war es auch, die mir unter Zuhilfenahme einer Banane beibrachte, wie ein Kondom artgerecht benutzt wird, wie man aus alten, angegrauten Unterhosen mit etwas Textilfarbe in der Waschmaschine im Handumdrehen schwarze Reizwäsche macht und wie man Canabis oder Pflanzen, die beinahe genauso cool aussehen, im Blumentopf zieht.

Wir hausten glücklich und vollkommen genügsam in zwei verlotterten Zimmern im Souterrain, bis ich mich in Holger verliebte und, um in seiner Nähe zu sein, die freundliche Kleinstadt, den Studienplatz und das Souterrain mit Susanna aufgab. Ich war sicher, dass ich noch viel von ihr hätte lernen können, und sie fehlte mir sehr. Wir schrieben uns anfangs mehrmals wöchentlich, später mindestens einmal im Monat sehnsüchtige Briefe, und alles, was Susanna schrieb, war genau wie sie, flippig, witzig und spannender als Hite- und Kinsey-Report zusammen.

Seit geraumer Zeit hatte ich jedoch eine unheilvolle Veränderung in ihren Briefen bemerkt, erst beinahe unmerklich, dann immer deutlicher. Vor einigen Monaten nämlich war Bruno in Susannas Leben getreten. Zuerst hatte sie sich über ihn lustig gemacht und ihn mir als einen spießigen Langeweiler ohne jeglichen Sex-Appeal geschildert.

Dann war aber plötzlich alles blitzschnell gegangen. Von einem Brief zum nächsten hatte Susanna ihr Studium abgebrochen, um Bruno in seinem dörflichen Eigenheim den Haushalt zu führen und halbtags in seiner Steuerkanzlei den Telefondienst zu machen. Seit einigen Wochen stand in den Briefen nur noch, dass es ihr gutgehe und es eigentlich nichts zu erzählen gebe.

Zutiefst beunruhigt hatte ich mich deshalb zu einem Wochenendbesuch im neuen Heim angekündigt – und siehe da, meine schlimmsten Befürchtungen hatten sich bewahrheitet: Susanna hatte Lässigkeit und Witz mit ihren flippigen Klamotten ab- und mindestens fünfzehn Kilo zugelegt.

Und dieser Mensch, dieser hirnschlürfende, rotznasige Bruno sollte nun der Mann sein, von dem wir in unseren gemeinsamen Unitagen – und mehr noch in den Nächten – geträumt hatten? Über der Suppe kamen mir beinahe die Tränen. Für Brunos Erscheinung in all ihren Dimensionen war »Albtraum« noch grob verharmlosend.

Oh, Susanna, wie konnte das nur geschehen?!

Nach dem Mittagessen wollte sie mir das Grundstück zeigen. Ich war einverstanden. Frische Luft würde helfen, die Hasensuppe zu verdauen.

Der Garten bestand aus einem großen Stück drahtgezäunten Rasens mit einer stacheligen Tanne in der Mitte. In einer Ecke stand ein kleiner Bretterverschlag, in dem ein großäugiges, geflecktes Kaninchen vor sich hinmümmelte.

»Ein Häschen, wie süß«, sagte ich, »wie heißt es denn?«

»Der heißt gar net«, antwortete Susanna. »Ich hätt' ihn gern auch weg. Aber der Bruno will ihn unbedingt noch behalten.«

Dass Bruno der Typ war, der sein Herz an einen kleinen Hasen hängte, hätte ich nun nicht gedacht. Es machte ihn gleich sympathischer. Oder jedenfalls weniger unsympathisch.

»Wenn er so an dem Tier hängt, könnt ihr es doch auch behalten«, sagte ich zu Susanna.

»Schon«, meinte Susanna, »aber es ist nur noch ein Hase in der Kühltruhe, und wir haben halt gern Vorrat im Haus.«

»Ihr schlachtet das eigene Häschen?«, fragte ich, als könne mich das noch schrecken.

»Ja, aber das macht der Bruno«, antwortete Susanna. »Den letzten an Ostern. Du hast eben davon gegessen.«

Das hätte ich mir denken können.

Als wir wieder ins Haus kamen, lag Bruno auf dem Sofa vor dem Fernseher, sah sich eine Quiz-Show an und bohrte mit dem Zeigefinger in seinem Ohr.

»Ich mach schnell die Küche, dann zeig ich dir das Haus«, sagte Susanna geschäftig und füllte die Reste der Hasensuppe in eine Plastikdose. In der Tiefkühltruhe würde sie wieder in einen hellgelben Quader verwandelt und auf den nächsten Gast warten.

»Nachher wollten wir eigentlich aufs Tabakfest gehen«, sagte Susanna unheilverkündend, »wenn du Lust hast.«

Tabakfest hörte sich nicht sehr verlockend an.

»Kann Bruno da nicht allein hingehen?«, fragte ich.

»Ich würd gern mit ihm zusammen hingehen, weil wir sonst nicht oft aus dem Haus kommen«, sagte Susanna.

Seufzend half ich ihr, den Tisch abzuräumen und zu spülen. Die Einbauküche war schneeweiß und porentief rein.

»Sieht alles aus wie neu«, sagte ich unbehaglich.

»Ja, nicht wahr?«, rief Susanna erfreut. »Aber ich tu auch einiges dafür, dass es so bleibt.«

Ich stellte den blitzsauberen Suppentopf in den Schrank zu seinesgleichen.

»Meine Güte, wie viele Töpfe hast du?«, fragte ich wehmütig. »Weißt du noch, wie wir damals mit einem Topf und einer Pfanne herumhantiert haben?«

»Ja, furchtbar«, erinnerte sich Susanna, »wie wir gehaust haben.«

»Ich fand's wunderbar«, verteidigte ich mich und die Susanna von früher. »Und geschmeckt hat's auch immer.«

»Ich bin jedenfalls froh, dass es mir jetzt an nichts mehr fehlt«, sagte Susanna. »Komm, ich zeig dir das Haus.«

Alle Zimmer blinkten nur so vor Sauberkeit, waren aber ungefähr so reizvoll wie der Garten. Nur im Schlafzimmer überraschte ein modernes Bett im japanischen Stil mit einer schwarzüberzogenen Matratze.

»Ein Wasserbett?«, fragte ich seltsam pikiert, als Susanna auf der Matratze auf- und abwippte.

Susanna nickte stolz. »Das ist super, das glaubst du nicht.«

Da hatte sie recht. Ich glaubte nicht, dass irgendetwas, was man mit Bruno auf einem Wasserbett tun konnte, weniger schlimm war, als das Hirn aus einem gekochten Hasenkopf zu schlürfen.

Ach, Susanna!

»Komm, ich zeig dir noch das Gästezimmer«, sagte Susanna, und ich nahm meinen Rucksack und folgte ihr in den Keller.

Das Gästezimmer lag neben einem Hobbykeller, in dem Bruno Schmetterlinge und Käfer präparierte und auf Nadeln aufgespießt hinter Glas verwahrte.

»Die sind ein Vermögen wert«, sagte Susanna mit Stolz in der Stimme.

Ich schlurfte kommentarlos weiter zum Gästebett nach nebenan. Es stand weit genug vom Wasserbett und dem, was darauf passieren mochte, entfernt, und das war mir nur recht.

Als die Hausführung beendet war, scheuchten wir Bruno vom Sofa auf, um als Trio das örtliche Tabaksfest mit unserer Anwesenheit zu beehren.

Zu meiner großen Freude gab es dort einen Flohmarkt. Ich liebe Flohmärkte. Beinahe meinen ganzen Hausrat hatte ich auf diesen Märkten zusammengekauft. Aber der Flohmarkt hier war etwas ganz Besonderes. Die Leute nahmen horrende Summen für ausgediente Dampfbügeleisen, elektrische Rührgeräte, Barbiepuppen und Benjamin-Blümchen-Kassetten, wogegen sie einem die wirklich tollen Sachen beinahe hinterherschmissen.

Als ich das begriffen hatte, kaufte ich wie besessen einen wunderschönen Siphon aus echtem Kristall, ein nostalgisches Küchenbord mit Handtuchhalter, ein altes

Spitzenunterhemdchen, ein Märchenbuch der Brüder Grimm von 1928 und eine blau-weiße Porzellandose, auf der »Mehl« stand. Ich wusste mich vor Freude nicht zu fassen.

In einer Bücherkiste unter einem Stand mit sündhaft teuren alten Toastern und Tischlampen fand ich schließlich ein ledergebundenes, verschlissenes Bändchen mit dem verheißungsvollen Titel: »Hexenbräuche und -sitten«. Ich blätterte es flüchtig durch und sah, dass es tatsächlich Rezepte und Zaubersprüche enthielt. Wie eine Hexe ihren Liebsten für alle Zeiten an sich bindet, wie eine Hexe ihre Haare frei von Grau hält, wie eine Hexe eine Rivalin aus dem Feld schlägt. Ich wollte das Buch unbedingt haben.

»Wie viel?«, fragte ich den Mann, der die Toaster bewachte, und hielt ihm das Bändchen unter die Nase.

»Zweefuffzisch«, sagte der.

»Gut«, sagte ich hastig, obwohl man doch auf Flohmärkten aus Prinzip immer feilschen soll.

»Zweefuffzisch für das gammlige Buch?«, empörte sich Bruno neben mir. »Do hinne hat's viel dickere Bücher für fuffzisch Pfennige.«

Ich zitterte innerlich vor Angst, dass er den Händler verärgern könnte oder dass der doch noch den wahren Wert des Buches erkennen und es für sich behalten könnte. Deshalb hielt ich ihm flehentlich das Geld hin.

»Wir geben keinen Pfennig mehr als fünfzig«, sagte Bruno dessen ungeachtet.

»Zwei Mark«, lenkte der Händler ein.

»Fuffzisch«, sagte Bruno und zog drohend die Nase hoch.

»Eine Mark fünfzig«, sagte der Händler, auf seine Ehre bedacht. »Das ist Leder.«

»Gut, ich nehm's«, rief ich verzweifelt. Wer hätte nicht auch zehn oder zwanzig Mark oder seine linke Hand dafür gegeben zu erfahren, wie man seinen Liebsten ewig an sich bindet?

»Fuffzisch, und keinen Pfennig mehr«, beharrte Bruno. Ich verstand jetzt, wie er es in so jungen Jahren zu einem repräsentativen Wohneigentum hatte bringen können.

»Eine Mark«, beharrte der Händler, »wenn sie's doch bezahlen will.«

»Die kommt nicht von hier, aber deshalb könnt ihr sie noch lang nicht übers Ohr hauen«, sagte Bruno. »Fünfzig ist mein letztes Wort.«

»Also gut«, gab der Händler nach und klaubte fünfzig Pfennig von meiner schweißnassen Handfläche.

»Ich drückte das Buch dankbar an meine Brust, obgleich ich mir ein bisschen schäbig vorkam, weil ich Bruno erlaubt hatte, den Preis derart zu drücken. Es sah allerdings nicht so aus, als würde der Händler deswegen gleich am Hungertuch nagen. Das Geschäft mit Toastern und Tischlampen lief nämlich ganz ausgezeichnet.

Bruno und Susanna konnten nicht verstehen, weshalb ich so viel Interesse an altem Plunder hatte. Sie ließen sich ächzend an einer der vielen Biergartentische nieder, um hier den Rest des Tages zu verbringen. Ich setzte mich dazu, als ich den ganzen Flohmarkt abgeklappert hatte und um ein Dutzend Altertümchen reicher und um nur vierzehn Mark ärmer war.

Bruno und Susanna zeigten sich völlig unbeeindruckt

von dem Leinentuch, auf das eine Hausfrau längst vergangener Zeiten in feinstem Kreuzstich »Ist der Gugelhupf gelungen, wird der Hausfrau Lob gesungen« gestickt hatte, und sie konnten auch meine Begeisterung für ein spitzenbesetztes, tadellos erhaltenes Bettjäckchen nicht teilen.

»Ich hab Hunger«, bekundete Bruno und zog die Nase hoch. Zuerst bestellte er Weißwürste und Weißbier, dann gab es Weißbier und Grumbeerekuchen. Letzteres entpuppte sich als Reibekuchen und hätte mir auch geschmeckt, wenn die Hasensuppe nicht immer noch so schwer in meinem Magen gelegen hätte.

Bruno konnte nicht genug davon bekommen. Er kaute, schlürfte und zog die Nase hoch, bis die Sonne am Horizont unterging.

»Von nichts kommt nichts«, sagte er zufrieden.

Ich vermutete, dass er auf seinen Bauch anspielte, und nickte zustimmend.

Als die Dämmerung anbrach, setzte sich ein Mann mit einem karierten Hemd neben mich auf die Bank.

»Schschleleschleschchle?«, fragte er mich freundlich.

»Tut mir leid, ich bin der Landessprache nicht mächtig«, sagte ich höflich.

»Das ist der Hebbet, unser Poschtier«, stellte Susanna vor. »Das ist die Judith, die kann kein Pfälzisch.«

»Bischt alläää do?«, fragte das karierte Hemd.

»Hajo«, sagte ich.

Die anderen lachten. Sogar Bruno verzog irgendwie das Gesicht. Ich sah genau hin, konnte aber nicht finden, dass er dadurch netter aussah.

»So, die Judith«, sagte Herbert, der Postler, sichtlich um hochdeutsche Aussprache bemüht. »Wie spricht man denn, wo du herkommst?«

»Wie Willi Millowitsch«, erklärte ich.

»Pfui, Deibel, des isch ja e fürchtäliche Dialekt«, waren sich die anderen einig. »Des kennt ich net jede Tach hern, wecklich net.«

Aber ich, Willi, ich schon! Wenn du wüsstest, wie gern ich gerade jetzt deine Stimme gehört hätte.

Bruno bestellte noch mehr Grumbeerekuche und Weizenbier. Jetzt schien es hier erst richtig loszugehen. Dabei wurde es langsam ungemütlich kalt und klamm. Ich nieste.

»Wir essen nur noch was und trinken eine Runde mit«, sagte Susanna zu mir, »dann gehn wir auch heim.«

Bruno rülpste lauthals, als er den letzten Reibekuchen mit einem Bier heruntergespült hatte.

»Hauptsache, die Vorderzähne halten's aus«, sagte ich mechanisch. So hatte mein Vater immer die Rülpser unserer Kindertage gerügt. Der Postler lachte sich schlapp.

»Schkrrrleschlekrrrschle«, sagte er anerkennend zu mir.

»Meinst du?«, fragte ich und versuchte durch erneutes Niesen Susannas Aufmerksamkeit auf mich zu ziehen.

»Wenn du heim willst, sag's halt«, sagte Susanna.

Ich sagte es halt, aber da stimmten Bruno und Herbert ein fröhliches Lied an: »Liewer Gott im Himmel drin, loss uns Pälzer wie mer sinn, un erhalt uns alle Zeit unser Pälzer Fröhlichkeit!«

»Lieber Gott im Himmel drin, lass mich bloß nicht, wo ich bin«, sang ich, wenn auch nur ganz leise.

Sonntag

Über Nacht hatte mich eine Sehnsucht nach Holger gepackt wie schon sehr lange nicht mehr. Ich war fest entschlossen, Brunos Eigenheim bereits am Vormittag zu verlassen und so schnell wie möglich nach Hause zu fahren.

Als ich um kurz vor neun leise die Kellertreppe hinaufstieg, kam Susanna mir entgegen.

»Du hast aber lang geschlafen«, sagte sie. »Der Bruno und ich, wir haben schon vor einer Stunde gefrühstückt.«

Ich folgte ihr in die Küche.

»Ich hab schon alles wegräumt und sauber gemacht«, sagte sie und wies mit der Hand auf die makellose Reinheit ringsum, »aber wenn du noch etwas willst, sag's halt.«

Ich sagte es lieber nicht. Stattdessen deutete ich an, dass ich gern schon einen früheren Zug nehmen wollte, wenn's denn ginge.

Susanna freute sich wider Erwarten über alle Maßen.

»Ja, wir haben schon gedacht, wir müssten die Lindenstraße auf Video aufnehmen, weil's doch genau in der Zeit kommt«, sagte sie. »Wann sollen wir dich zum Bahnhof fahren?«

Ich seufzte und sagte, ich müsse nur noch duschen

und meine Sachen packen. Susanna folgte mir ins Bad und legte mir ein Handtuch und drei verschiedene Putzlappen heraus.

»Pass auf«, sagte sie, »wenn du fertig bist, nimmst du den Lappen und fährst damit von oben bis unten an der Duschkabine lang. Die Ränder kannst du mit dem Tüchle nachwischen. Für die Armaturen nimmst du das da. Mit dem immer kreisförmig wischen.«

Ich hatte schon begonnen, meine Hose aufzuknöpfen, hielt nun aber verunsichert inne und musterte die Putzlumpen mit gemischten Gefühlen. Susanna schien es nicht zu merken. Neben die drei Lappen stellte sie drei verschiedene Flaschen Putzmittel.

»Also«, begann sie, »das ist speziell für die Kalkflecken an den Kacheln, das für die Kalkflecken an den Armaturen. Und das kannst ...«

»Warum?«, unterbrach ich sie heftig.

Warum, Susanna? Warum musste es ausgerechnet Bruno sein?

»Damit's so sauber bleibt, wie's jetzt ist«, antwortete Susanna ernsthaft.

Ich seufzte.

»Wenn du mal dein eigenes Bad hast, wirst du's genauso machen, wirst schon sehen«, prophezeite Susanna und demonstrierte mir die Öffnung des kindergesicherten Drehdruckhebelknickverschlusses von Putzmittelflasche Nummer drei, deren Inhalt für die fleckenlose Reinigung der Plexiglasduschkabinenwände verantwortlich war.

»Das Schöne ist«, sagte sie, »man muss wirklich nicht mehr nachwischen.«

Der eigenartig verklärte Ausdruck, den ihr Gesicht

bei diesen Worten annahm, alarmierte mich aufs Höchste.

»Bist du glücklich, Susanna?«, fragte ich mit trauriger Stimme.

»Mir geht's viel besser als früher«, antwortete Susanne, »und als dir.«

Ich schüttelte verzweifelt den Kopf. Ach, Susanna.

»Ehrlich, Judith«, sagte sie ernst, »ich wünsch dir auch so einen Mann wie Bruno.«

Ich zuckte zusammen. So weit war es also zwischen uns schon gekommen! Susanna wünschte mir die Pest an den Hals!

»Weißt du was, ich dusche besser zu Hause«, sagte ich kurzentschlossen und knöpfte meine Hose wieder zu. Das Gefühl, dass für Susanna jede Hilfe zu spät kam, wurde geradezu übermächtig.

Auf den Weg nach Mannheim zum Bahnhof machten wir uns ohne Bruno. Er wollte den Sonntagvormittag lieber dazu nutzen, den Rasen zu mähen. Sicher fanden ihn die Nachbarn genauso sympathisch wie ich.

»Tschüß«, sagte er und zog zum Abschied noch einmal die Nase hoch.

»Tschüß«, sagte ich und hatte das sichere Gefühl, ihn nie wieder sehen zu müssen.

»Dir hat der Bruno nicht so gut gefallen, nicht wahr«, sagte Susanna plötzlich nüchtern, als der Inter-City mit dem schönen Namen »Rheingold« einfuhr.

»Nein«, gab ich trübsinnig zu und raffte die Gepäckstücke mit meinen Flohmarktfunden zusammen.

»Wenn du ihn näher kennen würdest«, fuhr Susanna

fort und folgte mit meinem Rucksack in ein leeres Abteil, »würdest du auch seine guten Seiten sehen.«

»Welche guten Seiten?«, fragte ich und umarmte sie traurig, als die Lautsprecher die Abfahrt ankündigten.

Susanna musste den Zug verlassen. Sie stellte sich vor das Abteilfenster und lächelte.

»Komm gut heim.«

»Welche guten Seiten?«, wiederholte ich.

Der Zug setzte sich in Bewegung. Susanna begann zu winken. Ich winkte zurück.

»Welche guten Seiten?«, schrie ich gegen den Fahrtwind an. Aber Susanna winkte stumm.

Während der Fahrt dachte ich über Männer und Frauen im Allgemeinen und über Bruno und Susanna im Besonderen nach. Zum ersten Mal seit langer Zeit hatte ich das Gefühl, mit Holger gar nicht so gestraft zu sein, wie ich mir immer einredete. Vielleicht, dachte ich erschrocken, vielleicht ist Holger noch der Besten einer, und ich muss am Ende froh sein, ihn zu haben. Was ist, wenn alles, was noch kommen sollte, nur schlechter sein würde? Ein trostloser Gedanke. Ich blätterte fahrig in dem Hexenbuch vom Flohmarkt.

Es gab darin Zaubermittel für beinahe jeden Zweck. Gegen Fußpilz zum Beispiel, gegen sexuelle Unlust, gegen Angst in Prüfungssituationen, sogar gegen Haarausfall. Ich würde Holger gleich morgen eine solche Tinktur zusammenmixen. Er lebte in ständiger Angst vor Glatzenbildung und zählte jedes einzelne Haar, das sich in seinem Kamm verfing. Interessiert studierte ich das Rezept. Man brauchte Kampfer, Birkensaft, Marillenschnaps und Spinnenbeine... nein, Holger würde wohl doch darauf verzichten müssen.

Außerdem konnte es ihm nicht schaden, mit jedem Haar in seinem Kamm an die Vergänglichkeit des Lebens erinnert zu werden.

Kein Mensch war daheim, als ich ankam, und deshalb fuhr ich, nachdem ich meine neuerworbenen Besitztümer abgestellt hatte, mit dem Fahrrad gleich weiter zu Holger. Er war auch nicht zu Hause, aber ich hatte seine Wohnungsschlüssel und beschloss, in jedem Fall auf ihn zu warten.

In Holgers Wohnung roch es modrig.

Da er tagsüber in der Regel schlief und erst am späten Nachmittag zum Basketballtraining ging oder Taxi fuhr, wenn er ausnahmsweise ein Seminar an der Sporthochschule besuchte, waren vor den Fenstern schwarze Jalousien angebracht, die jegliches Tageslicht abhielten. Das war im Sommer ganz angenehm, im Winter konnte es sehr deprimierend sein.

Von Rechts wegen hätten hier nur Flechten und Moose gedeihen dürfen, aber in einem Winkel vegetierte seit Jahren eine Yuccapalme in einem schwarzen Übertopf vor sich hin, die wider jedes Naturgesetz immer noch grüne, wenn auch mit einer dicken Staubschicht überzogene, Triebe hatte.

Möbel gab es nicht allzu viele. In der Wohnküche standen ein schwarzes Sofa, ein selbstgebauter, schwarzer Tisch, dessen Platte mir bis unters Kinn reichte, und zwei schwarze Barhocker. Holger duldete keine andere Farbe in seiner Umgebung. Er hatte sogar die Küchenzeile schwarz lackiert, und nachdem ich ihn in Susannas Kunst des Wäschefärbens unterrichtet hatte, waren auch die Küchentücher schwarz geworden.

Die Wohnung war in keinem guten Zustand. Überall lagen Klamotten rum, in der Spüle stand das Geschirr der letzten drei Wochen, im Bad hatte seit Monaten niemand mehr durch das Waschbecken gewischt, und auf dem Boden watete man knöcheltief durch Müll.

Ich musste an Susanna und an Rotznasen-Brunos properes Häusle denken und wurde plötzlich von einem irrsinnigen Putztrieb erfasst. Zuerst zog ich die Jalousien hoch und riss die Fenster auf, um den modrigen Geruch aus der Wohnung zu vertreiben. Anschließend nahm ich mir den Geschirrberg vor, widmete mich ausgiebig dem verkrusteten Herd, räumte alle Klamotten, Zeitschriften und Schuhe an Ort und Stelle, fegte den Schmutz gleich kehrblechweise zusammen, scheuerte Badewanne, Klo und Waschbecken, polierte Armaturen, wienerte Spiegel, staubte Bilderrahmen und Fensterbänke ab und wischte zum Schluss den Fußboden feucht.

Als ich mir anschließend das Schlafzimmer vornehmen wollte, entdeckte ich eine riesige Spinne an der Wand, direkt über dem Bett. Es war eine dunkelbraune von der haarigen, huschenden, handtellergroßen Sorte. Na, vielleicht war die hier nicht *ganz* handtellergroß, aber auf jeden Fall zu groß, um sich im selben Raum mit mir aufzuhalten.

Ich schloss die Tür deshalb ganz schnell wieder und ließ, statt dem Schlafzimmer die gleiche Behandlung zukommen zu lassen wie dem Rest der Wohnung, heißes Wasser in die frischgescheuerte Badewanne ein, um den Dreck der letzten Tage von mir abzuwaschen. Ich summte ein Lied und freute mich auf Holger wie selten zuvor in meinem Leben.

»Lieber Gott im Himmel drin, danke, dass ich hier jetzt bin, und verschon mich alle Zeit vor den Brunos weit und breit«, sang ich, als Holger die Wohnungstür aufschloss und überwältigt auf der Schwelle stehen blieb.

Er freute sich in angemessener Weise über den ungewohnten, frischen Duft, die blankgescheuerten Oberflächen und den von Algen, Moosen und Kleinstlebewesen befreiten Fußboden.

Er freute sich auch, mich zu sehen. Ganz besonders freute er sich, mich in der Badewanne anzutreffen.

Aber als er mit mir ins Schlafzimmer gehen wollte, fiel mir die Spinne wieder ein. Holger gruselte sich beinahe noch mehr als ich, als er das Untier sah. Es saß immer noch an der gleichen Stelle auf der weißen Wand, direkt über dem Bett.

»Was machen wir jetzt?«, fragte Holger und schüttelte sich angeekelt.

»Wir könnten sie wegsaugen, wenn du einen Staubsauger hättest«, flüsterte ich.

»Oder wir könnten den Zoo anrufen«, sagte Holger.

Dann kam ihm eine andere gute Idee. Er holte das Eau de Toilette im Zerstäuber aus dem Bad, das ich ihm zu Weihnachten geschenkt hatte, und wollte die Spinne damit betäuben. Zu diesem Zweck musste er sich dem Vieh aber schon ziemlich weit nähern.

»Du bist so mutig«, versuchte ich ihn voll ehrlicher Bewunderung anzuspornen.

»Ich weiß«, meinte Holger, zielte und sprühte eine Ladung *Egoïste* an die Tapete, sodass das Spinnentier zusammenzuckte und ungeheuer schnell an der Wand entlanghuschte.

Holger und ich schrien vor Angst in den höchsten Tönen. Während ich mich aber geistesgegenwärtig mit einem Sprung aus dem Zimmer in Sicherheit bringen konnte, blieb Holger vor Schreck gelähmt stehen, wo er war. Er hatte unwahrscheinliches Glück, dass die Spinne ihn nicht angriff, sondern nach einem Meter wieder still an der Wand stehenblieb.

»Lass uns zu mir gehen«, schlug ich vom Flur aus vor, aber Holger war jetzt von jenem Jagdtrieb gepackt worden, der seit der Steinzeit in jedem Mann steckt und dem Überleben gilt. Er lief zu seinem Auto und holte das Schloss-Enteiserspray aus dem Handschuhfach. Ich wagte mich zurück in die Tür, um die Spinne in der Zwischenzeit nicht aus den Augen zu lassen. Nicht auszudenken, wenn sie sich jetzt in den Spalt zwischen Wand und Bett zurückziehen würde!

Das Enteiserspray vertrug sie nicht so gut wie Eau de Toilette. Sie machte sich ganz klein und sah plötzlich fast harmlos aus. Holger sprühte trotzdem die ganze Dose leer, bis sich die Spinne nicht mehr rührte.

»Jetzt können wir ihr den Rest geben«, erklärte Holger mit überschnappender Stimme und befahl mir, ihm ein Buch zu bringen.

Ein Buch zu finden, war in Holgers Wohnung normalerweise ein Ding der Unmöglichkeit. Aber auf dem Schreibtisch lag ein Leihbuch aus dem Sportwissenschaftlichen Institut. Die Spinne wurde zwischen »Basketball – Training und Taktik« und der Wand zerquetscht. Buch und Wand bekamen einen grässlichen Fleck.

Holger kratzte die Spinnenbeine von der Wand. Ich

vergaß zu sagen, dass er sie mir bitte aufbewahren sollte, für den Zauber gegen Haarausfall.

»Ich bin doch ein wirklich tapferer Spinnenjäger«, bemerkte er zufrieden und zog mich aufs Bett. »Wenn man überlegt, dass ich nur tausendmal größer bin als das Untier.«

Jetzt, da sie tot war, tat mir die Spinne leid.

»Die arme, harmlose Spinne. Auf der Suche nach Futter für ihre Babies hatte sie sich verirrt, und draußen im Efeu sitzt ihr Mann und weiß nicht, dass sie von einem Riesen zerquetscht wurde«, sagte ich.

»Hoffentlich kommt er nicht auf die Idee, sie hier zu suchen«, sagte Holger und zog seinen Pulli aus.

Die ungewohnte Hausarbeit, das heiße Bad und die aufregende Spinnensafari hatten mich schläfrig gemacht. Holger hingegen schien hellwach, von jenem Trieb gepackt zu sein, der seit der Steinzeit in jedem Mann steckt. Oder in jedem zweiten. Dagegen musste ich was unternehmen.

»Wo sollen wir heute Abend hingehen?«, fragte ich hinterhältig.

»Ich für meinen Teil will hierbleiben und Sex haben«, sagte Holger. Er konnte sehr direkt sein, wenn es darum ging. Ich für meinen Teil wollte keinen Sex haben, aber ich konnte nicht so direkt sein, wenn es darum ging. Deshalb versuchte ich, Holger abzulenken. Ich fragte ihn, warum er Sex wolle.

»Weil ich Lust dazu habe«, sagte Holger.

»Auf mich?«, fragte ich.

»Auf wen sonst?«, fragte Holger zurück und entledigte sich seiner Socken.

»Weil du mich umwerfend schön findest?«, fragte ich und wickelte mich in die Decke.

»Nicht schön, aber eigenartig«, sagte Holger lüstern.

»So was hört man gern«, sagte ich und schlief zur Strafe auf der Stelle ein.

Meine Schuld war es wirklich nicht, dass er nach all den Jahren immer noch nicht wusste, wie er mich wachhalten konnte.

Montag

»Ich muss jetzt aufstehen«, sagte ich. Es war kurz nach neun.

»Dann tu's doch«, murmelte Holger in sein Kopfkissen. Er war noch sauer wegen gestern Abend.

»Soll ich uns frische Brötchen holen?«, fragte ich munter.

»Keinen Hunger«, sagte Holger zu seinem Kissen.

»Ich könnte uns auch nur Kaffee machen«, schlug ich vor.

»Keinen Durst«, nuschelte Holger und drehte sich mit dem Gesicht zur Wand.

Es war vielleicht ungerecht, aber ich hasste ihn dafür, dass er liegenbleiben konnte, während ich aufstehen musste. Es gab vielleicht noch mehr Paare auf der Welt, die sich nicht jeden Morgen beim gemeinsamen Frühstück verliebt über ihr Marmeladenbrötchen in die Augen sahen. Die anderen Männer wünschten ihrer Freundin aber immerhin einen schönen Tag, nannten sie »Liebling« oder »Mausi«. Oder wenigstens »Schatz«.

Wären wir in meiner Wohnung gewesen, hätte ich Holger jetzt aus dem warmen Bett schmeißen können, so aber blieb mir nichts anderes übrig, als möglichst geräuschvoll aufzustehen.

Als ich aus dem Bad kam, rührte sich Holger immer noch nicht.

»Ich muss jetzt gehen«, sagte ich.

»Dann tu's doch«, klang es dumpf aus dem Kissen.

»Sehen wir uns am Mittwoch?«

»Von mir aus!«, brummte Holger und zog sich die Decke über den Kopf. Deswegen konnte er nicht hören, wie ich den Tag verfluchte, an dem ich ihn kennen gelernt hatte, und die Wohnungstür hinter mir zuknallte.

Nicht überhören konnte man allerdings das Geschepper, mit dem ich und mein Fahrrad die Treppe runterfielen. Keine Bettdecke der Welt konnte so dick sein! Es rührte sich aber nichts in Holgers Wohnung, obwohl er nicht wissen konnte, welch schwerwiegende Verletzungen ich mir bei dem Sturz zugezogen hatte.

Ich rappelte mich mühsam auf, richtete das Schutzblech mit ein paar gezielten Fußtritten und machte mich schlechtgelaunt auf den Weg zur Uni.

Von zehn bis zwölf hatte ich ein Seminar in Literaturwissenschaft über Astrid Lindgrens »Ronja Räubertochter«. Da ich mir einbildete, mir mein kindliches Gemüt bewahrt zu haben, hatte ich den Kurs in der Hoffnung belegt, die an die Kinder gerichteten Botschaften unverschlüsselt zu empfangen.

Leider war ich sehr schnell eines Besseren belehrt

worden. Zwar hatte ich mir mein kindliches Gemüt bewahrt, aber offensichtlich nichts mehr gemein mit den kindlichen Gemütern, für die das Buch geschrieben worden war.

Nach zwei Sitzungen wusste ich, was die anderen schon vorher gewusst hatten, dass nämlich Astrid Lindgren hier das heikle Thema der vorpubertären Sexualität aufgegriffen und in kindgerechter Form zu einem psychologisch hochbrisanten Stoff verarbeitet hatte. Ich wollte nicht glauben, dass die skurrilen Phantasiewesen, die Dunkeltrolle, Wilddruden und Rumpelwichte, Symbole für Sadismus, Masochismus, Voyeurismus und Exhibitionismus darstellten, obgleich im Seminar jeder außer mir das auf den ersten Blick erkannt hatte.

Anfangs saß ich verblüfft, später enttäuscht und schließlich trotzig, in jedem Fall aber stumm dabei, wenn über die offenkundig zutiefst inzestöse Vater-Tochter-Beziehung gesprochen wurde, oder – wie heute – über die Rolle der Mutter in der psychosexuellen Entwicklung der Räubertochter.

Ich weigerte mich auch in dieser Stunde bockig, an derartig entarteten Betrachtungen teilzuhaben, was aber gar nicht weiter auffiel, weil ich für die anderen diesbezüglich sowieso nicht als kompetent galt.

Gleich in der ersten Sitzung, als es um das Thema sexuelle Belästigung bei Ronja Räubertochter im Allgemeinen und den Seminarteilnehmerinnen im Besonderen gegangen war, hatte man mich nämlich als zurückgebliebene Außenseiterin entlarvt.

Ich hatte gar nicht gewusst, dass die Welt und die Männer so schlecht waren! Busengrabscher und Exhibitionisten in der Straßenbahn, im Hausflur, zwischen Supermarktregalen, hinter jeder verfluchten Laterne von hier bis Hamburg. Als die Reihe an mir gewesen war, war es mir fast peinlich gewesen, zugeben zu müssen, keine persönlichen Erfahrungen auf diesem Gebiet vorweisen zu können. Daraufhin war ich mit ungläubigen und verachtungsvollen Blicken bedacht und für immer in meiner Ecke vergessen worden.

Zumal ich auch nicht rothaarig war.

In der Reihe mir gegenüber saßen allein sechs Frauen, die sich einen dieser modischen Rottöne ins Haar gewaschen hatten. Es gab alle Nuancen Rot, vom Hersteller mit ebenso phantasievollen wie offenbar kauffördernden Namen bedacht. Besonders beliebt waren Obst- und Gemüsesorten aus dem sonnigen Süden wie Mandarine, Paprika, Aubergine, Papaya und Granatapfel. Die Frau ganz außen hatte die Farbe »Flamingo« ausprobiert, die ich deshalb sofort beim Namen nennen konnte, weil ich sie selbst einige Wochen auf meinem Kopf herumgetragen hatte. Von wegen auswaschbar nach fünf bis sechs Wäschen! Fünf bis sechsmal hatte ich die Haare sofort gewaschen, kaum dass ich das verheerende Ergebnis gesehen hatte. »Flamingo« klingt auch entschieden kaufanzreizender als »Pavianhintern«, welches der zutreffendere Name gewesen wäre. Ich bin mir fast sicher, dass ich von einer Farbspülung dieses Namens die Finger gelassen hätte.

Direkt neben dem Pavianhintern saß eine Mutige, die sich an »Wildpflaume« herangewagt hatte und deren Haar so lila geworden war wie ihre Gesinnung. Ihre Freundin daneben war eine ehemals Dunkelbraune, die es – den Möglichkeiten, die die Shampooindustrie einem heute in jedem Supermarkt offeriert, zum Trotz – mit einer ganz brutalen, guten, alten Hennamischung versucht hatte. Garantiert nicht auswaschbar.

Nachdem sich alle Seminarteilnehmerinnen ausgiebig zur Bedeutung ihrer Mütter für die Wahl ihrer Haarfarben und ihre psychosexuelle Entwicklung geäußert und Parallelen zu Ronja Räubertochter gezogen hatten, versuchte die Dozentin – Granatapfel oder Blutbuche – sichtlich widerwillig, das Augenmerk zurück auf literaturwissenschaftlich relevante Bereiche zu lenken. Sie fragte, ob jemand bei der Namensgebung der Frauengestalten etwas Besonderes erkennen könne. Klar, dass allen außer mir schon längst aufgefallen war, dass auch die Namen eine versteckte sexuelle Botschaft transportieren.

Henna-for-ever ließ wissen, dass Astrid Lindgren hier mit der Sprache bereits den Charakter der beiden Frauen Undis und Lovis, eine nämlich kalt, hart und lieblos, die andere dagegen mütterlich, warm und weich, ausdrücke.

Eine zottelige Mandarine in der Mitte äußerte, dass ihr das auch sofort ins Auge gefallen sei. Sie hauchte »LLLLLooowwwwissss« mit ganz weichem S und fauchte dann »Undißßßß« in die Runde.

Die Dozentin nickte begeistert. Bei Astrid Lindgren träfe man sehr häufig auf derartige Lautmalereien, bestätigte sie.

»Man kann es aber auch umgekehrt machen«, hörte ich zu meiner großen Überraschung ein dünnes Stimmchen ausrufen. Es war mein eigenes. Ich hatte spontan mein Schweigegelübde gebrochen, weil ich überhaupt keine Lautmalerei erkennen konnte, sondern der Meinung war, dass ein Zusammenhang zwischen den Eigenschaften und den Namen lediglich durch die Aussprache geschaffen wurde. Wenn man es umgekehrt machte, argumentierte ich, klänge eben Lovis hart und Undis weich. Zur Untermalung meiner Worte peitschte ich »Lovißßßß« in den Raum, säuselte »Unnnndhisss« hinterher und sah mich herausfordernd um.

Mein Einwand wurde aber lediglich mit befremdeten Blicken unter roten Haaren quittiert, und als meine Stimme im Raum verhallt war, ergriff Henna-for-ever wieder das Wort, als hätte ich mich niemals in meiner Ecke gemuckt.

Ich war trotzdem der Meinung, dass ich recht hatte, und beschloss missgestimmt, das Seminar fortan zu boykottieren. Man würde meine Abwesenheit ebenso wenig bemerken wie meine Anwesenheit.

Draußen erschlug mich fast die Hitze. Der Vorteil dieser fensterlosen Mauerzellen, in denen man an der Philosophischen Fakultät studieren darf, ist ihre ganzjährige Temperaturbeständigkeit, der Nachteil, dass man nie sieht, ob es draußen schneit oder regnet, Tag oder Nacht ist. Heute jedenfalls war es heiß wie an einem Hochsommertag. Dabei war es erst Anfang Mai.

Meine Freundin Katja sonnte sich mitten auf dem Albert-Einstein-Platz.

Ich fuhr mit der Hand über ihr Haar und seufzte: »Ach, wie tut das gut, einmal einen Menschen ohne rote Haare zu treffen.«

Katja lachte. Sie fand es hier an der Uni mindestens

so schlimm wie ich, und wie ich studierte sie Germanistik und hatte, wenn möglich, noch abstrusere Nebenfächer gewählt.

Wir hatten uns in unserem ersten Semester kennen gelernt, als wir uns gegen einen dieser Sektenmitgliedsanwerber wehren mussten.

Als einsames, desorientiertes Erstsemester war man besonders leichte Beute für diese Sorte Rattenfänger, die mit süßlichem Lächeln auf ein verloren aussehendes Menschenkind zugingen, sich daneben setzten und unmittelbar ein Gespräch über Nächstenliebe und Glaubensgemeinschaft anfingen, das in der Regel mit dem Versprechen des Opfers endete, zur nächsten Zusammenkunft zu erscheinen. Was passierte, wenn man wirklich dorthin ging, wusste ich nicht, nur, dass man seines Lebens nicht mehr froh wurde, wenn man den Sektenmitgliedsanwerbern aus lauter Höflichkeit, Langeweile oder Angst – manche waren groß und stark – Rede und Antwort stand.

Wenn man zu den Mutigen gehörte, die in diesem Verhör stumm blieben oder dem Sektenmitgliedsanwerber oder der Anwerberin deutlich machen konnten, dass man an keinerlei Gespräch mit ihm oder ihr interessiert waren, dann gehörte man wahrscheinlich auch zu den Glücklichen, die in ihrem ersten Semester nicht bei jedem Telefonklingeln in Schweiß ausbrachen und nur noch als höheres Semester getarnt durch die Uniflure liefen. Katja gehörte zu diesen Mutigen.

Der Tag, an dem wir uns zum ersten Mal begegneten, war ein besonders trüber Herbsttag zu Beginn unseres ersten Semesters an der Uni. Wir saßen im

Foyer, etwa fünf Meter voneinander entfernt, schwänzten ein Seminar und lasen.

Ihr Buch hatte den Titel »Romanze auf der Intensivstation«, meines hieß »Glühende Küsse in Louisiana«. Wir hatten beide mit Beginn unseres Germanistikstudiums einen Hang zu Trivialliteratur entwickelt, was durchaus ein Kriterium der Seelenverwandtschaft sein kann, wie wir später feststellten.

Von links steuerte uns ein verdächtig nach Sektenmitgliedsanwerber aussehender Asiate an. Er taxierte uns kurz und entschied sich, sein Glück bei uns zu versuchen.

»Du Elstsemestel?«, fragte er Katja, deren Name ich zu diesem Zeitpunkt natürlich noch nicht kannte.

»Nein, drittes, warum?«, sagte Katja und blickte nur kurz von der Romanze auf der Intensivstation auf. Ich fand sie sehr hübsch. Sie hatte braune Locken und braune Augen und ein bisschen Ähnlichkeit mit der Schönen auf dem Titelbild von »Glühende Küsse in Louisiana«. Ich kannte sie vom Sehen bereits aus dem Sprachwissenschaft-Seminar bei Professor Jahnson und war eigentlich der Meinung, dass sie Erstsemester sei wie ich.

»Nur so«, sagte der Sektenmitgliedsanwerber und ließ seinen Blick wieder suchend durch das Foyer gleiten.

Ich schluckte verblüfft. So einfach war das also. Eine schlichte, kleine Lüge, und man hatte die Zecke wieder vom Hals.

»Du Elstsemestel?« Der Sektenmitgliedsanwerber hatte sich mir zugewandt.

»N-nein«, stotterte ich. »Wieso fragst du?«

»Nur so«, antwortete der Sektenmitgliedsanwerber und musterte mich unschlüssig. Ich schaute abwartend zu ihm auf.

»Nur so«, wiederholte er schließlich und zog von dannen, ohne uns weiter zu belästigen.

»Bist du wirklich schon drittes Semester?«, fragte ich Katja, als er um die Ecke gebogen war.

»Nein, aber das darf man denen nicht sagen.« Katja grinste fröhlich. »Bist du nicht auch in dem Jahnson-Seminar?«

»Doch«, gab ich zu. »Es hat aber schon vor einer halben Stunde begonnen.«

Katja nickte. »Ich weiß«, sagte sie. »Ich wollte auch hingehen, aber das Buch war so spannend.«

»Genau wie meins.« Ich lachte. Katja lachte zurück.

Dies war der Beginn einer wunderbaren Freundschaft. Katja und ich teilten die Vorliebe für kitschige Filme mit Happy-End und die Abneigung gegen rotgefärbte Kommilitoninnen und Seminare über Ältere Deutsche Sprache. Außerdem hatten wir beide einen kleinen Bruder, eine große Schwester und Probleme mit kleinen und großen Pickeln und Mitessern, die sich entgegen aller Prognosen auch ein Jahrzehnt nach Beginn der Pubertät noch hartnäckig in unseren Gesichtern breitmachten. Wie sich herausstellte, litt auch Katja unter einem Freund, der – genau wie Holger – glaubte, allein die Gnade, mit ihm befreundet zu sein, entschädige voll und ganz für die Ignoranz partnerschaftlicher Werte, insbesondere denen von Treue und Ehrlichkeit. Katjas Freund spielte sogar mit Holger in derselben Basketballmannschaft. Ein Wunder, dass wir uns nicht schon viel früher begegnet waren.

Gemeinsam quälten wir uns von diesem Tag an durch die Verserzählungen der mittelhochdeutschen Dichtung und die sprachwissenschaftlichen Barrieren bis zur Zwischenprüfung. Beide schworen wir uns, bei der ersten sich bietenden Gelegenheit das Studium hinzuschmeißen.

Leider hatte sich bis zu diesem Tag keine Gelegenheit geboten.

Besonders hartnäckig bestärkten wir uns gegenseitig darin, dass es besser sei, diverse Seminare ausfallen zu lassen und stattdessen etwas wirklich Sinnvolles zu tun. Wir gingen vormittags ins Kino, lagen an warmen Tagen auf den Uniwiesen herum und tranken literweise Kakao in kleinen, netten Cafés.

Außerdem jobbten wir beide stundenweise in einem Büro als Aushilfen und verbrachten genussvoll jede Menge Zeit damit, das hart erarbeitete Geld wieder auszugeben.

Das taten wir auch an diesem Montag. Wir strichen das Seminar über die Lyrik Thomas Bernhards aus unserem Stundenplan und fuhren in die Innenstadt.

Im Laufe der Jahre hatten wir ein Spiel entwickelt, das wir »Viel-für-möglichst-wenig« genannt hatten. Wer am Ende eines Einkaufsbummels die meisten Dinge für den geringsten Betrag erworben hatte, wurde vom anderen zum Kakao eingeladen.

Ich trug diesmal den Sieg davon, weil ich vierzehn Gegenstände zu einem Durchschnittspreis von sage und schreibe zwei Mark dreiundzwanzig erworben hatte. Darunter war ein Bändchen aus dem modernen Antiquariat mit dem Titel »Sprichwörter und Spruchweisheiten aus aller Welt«.

Auf der Suche nach einem Café für den Siegerkakao las ich Katja daraus vor, und sie musste raten, aus welchem Land die Weisheit stammte.

»Wer im Glashaus sitzt, sollte nicht mit Steinen werfen.«

»Holland.«

»Hunger ist der beste Koch.«

»Äthiopien.«

»Wer sein Herz dem Ehrgeiz öffnet, verschließt es der Ruhe.«

»Das könnte von mir sein, ehrlich«, seufzte Katja.

»Alle Hügel nennen sich selber Berge«, sagte ich mahnend.

Nach dem Siegerkakao im Café fuhren wir zurück zur Uni. Katja wurde hier jeden Abend von ihrem Freund Jens abgeholt. Jens machte gerade sein Examen an der wirtschaftswissenschaftlichen Fakultät und strotzte nur so vor männlicher Kompetenz. Er war – im Gegensatz zu Holger – der ehrgeizigste Student, den es geben konnte. Außerdem war er auch der schönste Student, den es geben konnte. Anfangs hatte ich Katja glühend um ihn beneidet. Bis ich ihn beim Zelten in Holland näher kennenlernte.

Weil er seine Isomatte zu Hause vergessen hatte, machte er Katja während der ganzen Fahrt Vorwürfe. Sie hätte ihn gefälligst daran erinnern können, dass er sie einpacken solle, murrte er in anklagendem Ton von Köln bis Antwerpen. Erst als wir alle Katja dazu drängten, sich für ihre Unterlassungssünde vielmals zu entschuldigen, gab er Ruhe.

In der Nacht aber, als er feststellte, dass der Boden, in den wir das Zelt gebohrt hatten, zu hart für seinen durchtrainierten zukünftigen Managerkörper war, entsann er sich der Schuldigen für dieses Ungemach und zog Katja die Isomatte unter dem Schlafsack weg. Und während er sich, immer noch beleidigt, darauf einrollte, fegte er Katjas schläfrige Proteste mit dem Argument zur Seite, dass es nur recht und billig sei, wenn sie jetzt hart und kalt liege. Schließlich sei es ihre Schuld, dass sie ihn nicht erinnert habe. Katja baute sich ein Lager aus Handtüchern und Windjacken und sagte nichts mehr.

Als Jens heute aus seinem Auto stieg, fand ich ihn zwar immer noch umwerfend schön, aber ich gönnte ihn Katja von ganzem Herzen.

»Hallo«, sagte er und zwickte Katja fest in die Seite. »Fleißig gewesen?«

Katja und ich nickten, wie jeden Abend. Jens hätte sowieso nicht verstanden, wie man es fertigbringt, fünf Jahre zu studieren, ohne es wirklich zu wollen. Es konnten nicht alle so ehrgeizig sein wie er. Ich war sicher, dass er eine kometenhafte Karriere durch die Chefetagen im In- und Ausland vor sich hatte. Jens war sich da auch ganz sicher.

Katja brauchte sich immerhin um die finanzielle Seite ihres zukünftigen arbeitslosen Lebens keine Sorgen zu machen. An der Seite dieses Mannes würde sie immer satt einschlafen, wenn vielleicht auch manchmal etwas hart liegen.

Als die beiden gegangen waren, suchte ich seufzend nach meinem Fahrrad und machte mich ebenfalls auf den Heimweg.

Immer noch Montag

Ich wohnte noch in meinem Elternhaus, was aber nur halb so schlimm war, wie es klingt, weil meine Eltern nicht mehr dort wohnten. Sie waren vor sechs Jahren nach Gran Canaria ausgewandert, wo sie von meines Vaters Ersparnissen ein Haus mit Meerblick gekauft hatten und seine Beamtenpension und die Mieteinnahmen verprassten.

Mein Vater hatte eine eher harmlose Krankheit, deren kühl-gemäßigte Klimaunverträglichkeit rechtfertigte, früher in Rente zu gehen und die halbfertigen Kinder im deutschen Regen zurückzulassen.

Immerhin hatten sie uns die Wohnung in dem Haus überlassen.

Es war ein vierstöckiges, ehemals prächtiges Gründerzeithaus, das Seite an Seite stand mit wunderschönen, stuckverzierten Fassaden aus derselben Epoche. An den anderen Häusern konnte man sehen, wie unseres hätte aussehen können, wenn meine Großeltern sich nicht in den sechziger Jahren mit einer gründlichen Sanierung daran vergangen hätten.

Sie hatten die Fassade radikal des Stucks beraubt und die alten Sprossenfenster praktischen Kunststofffenstern geopfert. Sogar die wunderschöne, hölzerne Haustür hatte einer Drahtglassicherheitstür weichen müssen.

Ich mochte das Haus trotzdem. Wenn man ganz genau hinsah, konnte man hinter dem düsteren Rauputz immer noch erkennen, dass es ein altes, einstmals vornehmes Haus war.

Nachdem ich mein Fahrrad in den Hausflur und mich

selber in den vierten Stock geschleppt hatte, beschloss ich, mich für den schweren Tag zu belohnen.

Ich ließ ein lauwarmes Melissenkräuterbad ein, zündete die Kerzen an der Wand an und vergrub mich bis zum Hals im Wasser. Genau da klingelte das Telefon.

Es war meine Freundin Bille. Sie war am Wochenende umgezogen und berichtete mir, dass sie in der Zwischenzeit einige der anderen Bewohner kennen gelernt habe – ausschließlich Männer. Und was für welche! Ein selten schöner und reicher in der Wohnung gegenüber, ein gutaussehender und interessanter ein Stockwerk darunter, darüber ein hübscher und charmanter, im Dachgeschoss ein sympathischer und sportlicher und in der Wohnung daneben ein toller Breitschultriger.

Die restlichen Wohnungen standen noch leer.

»Es wird nur eine Frage der Zeit sein, bis Daniel Day-Lewis und Kevin Costner sich dort einmieten werden«, sagte ich neidisch.

Bille lachte so glücklich, als ob Kevin Costner nur ein Dreck gegen ihre neuen Bekanntschaften wäre. Zumal alle Männer nahezu außer sich vor Begeisterung waren, eine so hübsche und interessante Mitbewohnerin wie Bille kennen zu lernen, und miteinander darum wetteiferten, ihre Regale anzubringen, den Teppichboden zu verlegen, Lampen zu installieren und Sekt mit ihr zu trinken.

Ich beschloss, Bille möglichst bald zu besuchen, um zu sehen, ob auch ein toller Mann für mich dabei war.

Bille hatte aber auch ein Glück. Der jüngste Mann bei uns im Haus war zweiundachtzig Jahre alt.

Und dann gab es da noch Frau Kiebig.

Frau Kiebig hauste in der Wohnung unter mir. Sie lebte dort, seit ich denken konnte. Schon als Kinder hassten wir sie, und ich werde wohl niemals verstehen, wieso meine Eltern die Wohnung an eine wie sie vermieten konnten. Das Schreckliche an ihr war nicht einfach, dass sie dort wohnte. Wenn sie nur wie ein herkömmlicher Mieter in ihrer Wohnung geblieben wäre und uns ab und zu beim Müllraustragen im Flur begegnet wäre!

Aber nach ganz kurzer Zeit hatte die Alte es geschafft, sich in unserer Familie einzunisten, als wäre sie mindestens mit uns verwandt. Meiner Mutter tat sie leid, und sie hielt uns dazu an, höflich und freundlich zu Frau Kiebig zu sein.

Niemals werde ich den Nikolausabend vergessen, an dem sie sich wieder einmal selber eingeladen und gar in Gestalt von Nikolaus ihren Beitrag zum Abend geleistet hatte. Ich war neun Jahre alt und längst zu groß, um an den Nikolaus zu glauben und Frau Kiebigs primitive Wattetarnung nicht zu durchschauen. Höchstens wegen meines kleinen Bruders Mo und meiner Cousine Simone hatte dieses Verkleidungsspiel noch einen Sinn. Aber auch Mo erkannte ihre garstige Stimme hinter dem Bart, schließlich meckerte sie oft genug mit ihm herum, wenn sie ihn sah.

»Wart ihr denn auch alle brav?«, keifte sie los.

Mo, Simone und ich nickten höflich, und ich verbiss es mir, »Ja, Frau Kiebig« zu sagen.

»Du lügst den Nikolaus an, junges Fräulein«, sagte der falsche Nikolaus und fuchtelte drohend mit seiner Rute vor meiner Nase herum.

»Nein«, beteuerte ich. Wenn, dann log ich die Kiebig an.

»Der Nikolaus weiß aber, dass die Judith gar kein braves, kleines Mädchen ist«, behauptete die Kiebig.

»Bin ich doch«, verteidigte ich mich.

»Bist du nicht, junges Fräulein. Der liebe Nikolaus weint sehr, wenn er sieht, wie böse die Judith ist. Er hat gesehen, wie sie immer mit dreckigen Schuhen die Treppe hinaufgeht, und darüber ist er sehr traurig. Und die arme Mami auch.«

»Das stimmt ja gar nicht!«, sagte ich empört.

»Die arme Mami weint immer bitterlich, wenn sie so sehr putzen muss, weil die Kinder niemals Rücksicht nehmen. Die arme Mami denkt, dass du sie gar nicht liebhast«, fuhr die Kiebig rutefuchtelnd fort.

»Das ist nicht wahr«, protestierte ich erneut.

»Doch, das ist wahr, und der Nikolaus weiß das. Wenn du weiter so böse zu deiner Mami bist, hat die dich auch bald gar nicht mehr lieb, Judith.«

»Das stimmt doch nicht«, wiederholte ich völlig verzweifelt.

»Doch, doch. Der Nikolaus sieht, wie traurig die Mama immer ist, weil du so ein böses, böses Kind bist und niemals deine Schuhe abputzt.«

»Du lügst!«, klagte ich die Kiebig an.

»Du ungezogenes, böses Mädchen!«, schimpfte die Alte unbeirrt weiter. »Jetzt versprichst du dem Nikolaus, von heute an immer artig zu sein und deine Mami nicht mehr zu quälen!«

Da fing ich an zu heulen. Ich fand, dass Frau Kiebig einfach gemein zu mir war.

Die Alte zog die Kapuze und die Watte vom Kopf und rief! »Aber das ist doch nur die Tante Kiebig!«

Als ob ich das nicht gewusst hätte! Ich heulte noch lauter.

»Ein Kind in deinem Alter und noch Angst vor dem Nikolaus! Hat man da noch Töne! So ein Angsthase! Das ist doch gar nicht der Nikolaus, nur die Tante Kiebig, du Heulsuse!«, schrie die Alte ein übers andere Mal.

Ich mache meinen Eltern heute noch Vorwürfe, dass sie nicht spätestens zu diesem Zeitpunkt den Nikolaus an seinen Haaren zur Tür hinausgeschleift haben, aber meiner Mutter tat die böse Alte immer noch mehr leid als ihr tränenüberströmtes, empörtes Kind. Das Komische an der Geschichte ist, dass mir immer noch jedes kleine Detail im Gedächtnis ist, die anderen sich aber höchstens ganz schwach dieser Episode entsinnen können. Und wenn ich sie nicht von Zeit zu Zeit vorwurfsvoll daran erinnerte, ich wette, sie hätten es schon ganz vergessen.

Die Wohnung unter der schrecklichen Kiebig im zweiten Stock hatte ein kleiner, alter Mann gemietet, der dort schon gewohnt hatte, bevor ich geboren war. Er war ein lieber, friedfertiger Pensionär, den wir »Onkel« nannten und der uns Pralinen und krunkelige, kleine Geldscheine zuzustecken pflegte. Seine Tage verbrachte er mit dem Basteln wunderlicher Gebrauchsgegenstände und dem Renovieren seiner Wohnung. Darunter verstand er in erster Linie das Tapezieren und das Anbringen von Bildern und Borden. In seinem Wohnzimmer konnte man allein fünfundzwanzig verschiedene Tapetenmuster aus vier Jahrzehnten bewundern, und die Wände waren mit Hunderten und Aberhunderten von Schraub- und Nagelmalen versehen, die ganz eigene, faszinierende Muster bildeten.

Im Erdgeschoss schließlich hatte meine Schwester Rebecca einen Modeladen, in dem sie ihre eigenen Modelle verkaufte, und sie selbst wohnte im ersten Stock. Beide, der Onkel und meine Schwester, waren nette Hausbewohner, aber natürlich nichts verglichen mit den interessanten, reichen und gutaussehenden Single-Männern von Bille, wenn's denn wahr war.

»Du hast es gut«, seufzte ich in den Hörer.

»Ja«, seufzte Bille glücklich zurück. »Und wenn du erst die Wohnung siehst!«

Meine Wohnung lag unter dem Dach. Früher hatte ich sie mit meinem Bruder Mo teilen müssen. Obwohl sie verhältnismäßig groß war, drei Zimmer, Küche, Diele, Bad, war sie Mo und mir bald eng und winzig vorgekommen. Er hatte eine eigenartige Vorliebe für grellgemusterte Möbel aus den sechziger und siebziger Jahren, die er von überall her anschleppte. Außerdem pflegte er bizarre Kunstobjekte aus Eisenschrott zusammenzuschweißen, die die Größe von Wohnzimmerschränken erreichen konnten. Seine Freunde kamen immer dann, wenn ich gerade meine Ruhe haben wollte, und der Kühlschrank war auch ständig leer.

Seit über einem Jahr aber hatte ich die Wohnung für mich ganz allein. Mo war zu seinem Freund Steffen gezogen, mit dem er jetzt eine riesige Fabrikhalle auf einem stillgelegten Industriegelände bewohnte. Er hatte alle seine verrosteten Kunstwerke, seine deprimierenden Bilder, die stockfleckigen Autositze und die fürchterliche Plastikschalensitzgruppe in Ostereigelb mitgenommen. In der Fabrikhalle fiel das alles nicht weiter auf – was sich in unserer Mansarde wie ein terroristischer Anschlag auf die menschlichen Geschmacksnerven ausgenommen hatte, entfaltete in der neuen Umgebung sogar einen farbigen Charme.

Als Mo ausgezogen war, begann ich wieder Freude am Wohnen zu bekommen. Innerhalb dieses Jahres war es mir gelungen, der Wohnung meinen ganz persönlichen Stil aufzudrängen und Mos Überreste gründlich zu entfernen. Aus den drei mit Sondermüll vollgestopften Schreckenskammern war eine helle, reizvolle Zimmerflucht geworden, in der ich dann auch einer von Mos Eisenskulpturen erlaubte, ein bizarres, innenarchitektonisches Highlight zu bilden. Es handelte sich dabei allerdings um ein kleineres Werk, nicht größer als ein Stuhl.

Wenn Mo mich besuchen kam, pflegte er auf das Objekt zu deuten und zu sagen: »Du weißt gar nicht, was für ein Glück du hast. Eine Galerie würde mir Zigtausende dafür bieten.«

Ich nahm das Telefon und die beneidenswerte Bille mit zur Badewanne zurück.

»Wieder unter Wasser, Madame Cousteau?«, unterbrach sich Bille, als sie es plätschern hörte.

Hier im Bad hatte ich nämlich besonders gravierende Veränderungen nach Mos Auszug vorgenommen. Die fleckige Decke, den schäbigen Heizkörper, die Regale und die Wände oberhalb der blassen, uralten Kacheln hatte ich in einem mediterranen Blau gestrichen und kleine Fischschwärme, Wasserpflanzen, Luftblasen und Tintenfische darauf gemalt. Die hässlichen Lampen wurden hinter alten Netzen versteckt, sodass sie jetzt nur noch spärliches, geheimnisvolles, grünes Licht gaben. Über die trüben, grauen Bodenfliesen war glattes, weißes Linoleum geklebt worden, auf das ich mit Schablonen Muscheln und mit Hilfe von Zahnbürsten sandähnliche Sprenkel mit Buntlack gesprüht hatte. Auf den Wänden waren Muscheln, Seesterne und Seeigelhüllen aus sämtlichen vergangenen Sommerurlauben befestigt, und aus einer Kaufhausdekoration in der Bademodenabteilung hatte ich außerdem lustige Fische und Seepferde aus Pappmaschee erstanden, die jetzt an Nylonschnüren von der Decke baumelten. Zu guter Letzt hatte ich all meine kunterbunten, aus der Mode gekommenen Handtücher nach guter, alter Susanna-Färbetradition blau und grün gefärbt und für den Klodeckel einen zotteligen Überzug gekauft, der sich wie Seetang um die Brille rankte.

Obwohl so mancher Besucher einen spontanen Schreckensschrei nicht unterdrücken konnte, wenn er meine Toilette aufsuchen musste, gefiel mir mein Unterwasserbad nach wie vor ungemein.

»Ich werde meine Badewanne jetzt auch einweihen«, kündigte Bille an, als die männlichen Mieter in ihrem Haus endlich keinen Gesprächsstoff mehr hergaben.

Für einen Augenblick wurde ich beinahe auch auf ihre Badewanne neidisch, ein nagelneues Bad mit glänzenden, unberührten Armaturen und Marmorfliesen, eine Wanne ohne Risse im Email – aber was war das schon, verglichen mit eigenhändig aufgemalten Zebrafischen?

»Ich gönne es dir«, sagte ich daher großmütig.

»Die Männer oder das Bad?«, fragte Bille feinfühlig.

»Vorläufig nur das Bad«, gab ich zu.

Bille lachte zufrieden. Sie und ich waren schon zusammen zur Grundschule gegangen. In der Zeit der fehlenden Schneidezähne und ständig aufgeschlagenen Knien hatten wir uns alte Mückenstiche aufgekratzt, eine Blutsfreundschaft fürs Leben geschlossen und uns geschworen, uns in allen Lebenssituationen gegenseitig beizustehen.

Weil ich wegen einer Wirbelsäulenverkrümmung zum Leistungsschwimmen gezwungen wurde, begleitete mich Bille solidarisch drei Jahre lang zweimal die Woche, bis die Wirbelsäule wieder gerade war. Dafür revanchierte ich mich und nahm ihr zuliebe am Blockflötenunterricht bei Fräulein Pustehügel teil, die eigentlich Blasberg hieß. Auf diese Weise hatten wir beide mit neun Jahren bereits unseren Jugendschwimmer und konnten auf liebliche Weise »Alle Vögel sind schon da« zweistimmig flöten.

Auf dem Gymnasium ließen unsere ehrgeizigen Bemühungen spürbar nach, aber wir hielten uns nach wie vor an die Prinzipien unserer Blutsbrüderschaft, wenn es ums Abschreiben ging oder darum, einander Alibis für vergessene Hausaufgaben zu verschaffen.

Wir gehörten zu den Dummen, die niemals ganz verstanden, wie eine Gleichung mit drei Unbekannten gelöst wird, und die Latein als zweite Fremdsprache wählten. Heute erinnerten wir uns nur noch an den Satz »Cornelia clamat: Marce, serpens in horto est«, den wir immer dann zitierten, wenn die Rede auf unser Großes Latinum kam.

In Wahrheit beneideten wir aber die klugen anderen, die stattdessen Französisch gewählt hatten und mehr als »Au revoir« und »Eskevusavekelkeschosadeklare« sagen konnten. Die Gelegenheiten, in gewähltem Latein mit dem Satz: »Cornelia ruft: Markus, eine Schlange ist im Garten!« zu glänzen, waren ja auch ziemlich rar gesät.

Später teilten wir Freud und Leid der Anfängerkurse in der Tanzschule »Pickel und Strauß«. Aus Gründen, die wir bis heute nicht völlig durchschaut haben, wurden wir von unseren Eltern von jeder Party immer dann abgeholt, wenn es gerade schön wurde und bekamen den ersten Zungenkuss zu unserem großen Verdruss erst Jahre später als der Durchschnitt.

Während ich danach zwischen himmelhoch jauchzend und zu Tode betrübt meine Erfahrungen mit der Liebe machen musste, verliebte sich Bille überhaupt nicht mehr und konnte unbehelligt und zielstrebig ihre Ausbildung zur Buchhändlerin abschließen und einen verhältnismäßig lukrativen Job in der zweitgrößten Buchhandlung der Stadt ergattern.

Meinen Geschmack in Bezug auf Männer pflegte sie mit eher mitleidiger Überlegenheit zu kommentieren.

»Wenn ich mich jemals mit einem einlasse, dann muss es ein intelligenter, studierter, absolut erfolgreicher, interessanter, gutaussehender, schlanker und glattrasierter Mann sein«, sagte sie, sobald die Rede auf dieses Thema kam. »Er muss ein oder zwei ausgewählte Sportarten betreiben, an moderner Kunst interessiert sein und ohne Haustiere und lästige Vergangenheit sein.« Und ehe ich etwas erwidern konnte, pflegte sie hinzuzufügen: »Ich verlange ja nichts, was ich nicht selber auch zu bieten hätte.«

Immerhin, sie war eine echte Rothaarige mit langen Beinen, einem wundervollen, zarten Teint, um den ich sie von jeher glühend beneidete, *und* einem Jahresabonnement für die städtischen Museen.

»Wenn du dich verliebst, sind all deine Prinzipien hinfällig«, prophezeite ich ihr immer wieder, weil ich das Gefühl hatte, eine Erklärung dafür liefern zu müssen, nicht ebensolche Ansprüche an Männer im Allgemeinen und Besonderen zu stellen.

Bille aber blieb ihren Vorsätzen treu. Da ihr kein intelligenter, studierter, erfolgreicher, interessanter, gutaussehender, sportlicher und belesener Mann begegnete, verliebte sie sich konsequenterweise auch nicht. Ich konnte nicht umhin, sie dafür manchmal zu bewundern. Sie würde jedenfalls niemals an den Falschen geraten.

Doch jetzt in der Wanne fiel mir plötzlich Susanna ein, von der ich einmal was ganz Ähnliches gedacht hatte.

»Die Susanna, die hat einen Mann mit Haaren in der Nase, der spießt Schmetterlinge auf und schlachtet den Stallhasen«, sagte ich nachdenklich zu Bille ins Telefon.

»Was willst du damit sagen?«, erkundigte sich Bille.

»Ich will dich nur warnen«, antwortete ich.

Bille schwieg ein Weilchen. »Telefonieren in der Badewanne ist lebensgefährlich«, sagte sie dann.

Nachdem ich mich schleunigst in Sicherheit gebracht und abgetrocknet hatte, zog ich mein Schlaf-T-Shirt an und ging zu meiner Schwester hinunter in den ersten Stock. Es war kurz nach zehn, und die grässliche Kiebig hatte sich längst hinter ihren sieben Schlössern und Riegeln verbarrikadiert. Nur ihr Brathund bellte durchdringend hinter der Tür. Es war einer von diesen winzigen Kläffern ohne Fell, die aussehen wie ein halbes Hähnchen und sich für einen Bernhardiner halten. Mo und ich bezeichneten ihn als Brathund, weil er bereits aussah wie gehäutet und pfannengerecht proportioniert und wir ihn außerdem schon manches Mal liebend gern gesotten und gebraten hätten.

Rebecca freute sich, mich zu sehen. Sie war gerade dabei, ein Kleid aus purem Chiffon an ihrer Schneiderpuppe festzustecken.

»Ganz schön gewagt«, bemerkte ich. »Man kann die Nähte an ihrem Bauch sehen.«

»So soll es ja auch sein«, meinte Rebecca zufrieden. »Wie war's bei Susanna?«

»Es gab Hasensuppe aus der Mikrowelle«, sagte ich. »Und Hasenkopf.«

»Aha«, entgegnete Rebecca, als wäre damit alles gesagt. »Arme Susanna.«

»Zu welchem Zweck brauchst du solch ein sündiges Kleid?«, fragte ich.

»Möglicherweise als Hochzeitskleid«, antwortete Rebecca und lachte.

Ich lachte auch. Rebecca war dreiunddreißig und mindestens so unverheiratet wie ich. Ich argwöhnte allerdings schon länger, dass die Beziehung zu diesem netten Cellisten, den sie seit einiger Zeit kannte, ernster war als üblich. Irritiert hörte ich auf zu lachen.

»Wie geht es dem sensiblen Kaspar?«, erkundigte ich mich unauffällig nach dem Cellisten.

»Gut, und wie geht es dem schlaffen Holger?«, fragte Rebecca zurück.

»Ich denke, auch gut«, sagte ich und erinnerte mich mit Schaudern an mein Gespräch mit Holgers Rücken am Morgen.

»Ihr wollt doch nicht wirklich heiraten?«, fragte ich unsicher.

»Nein, ich glaube eher nicht. Heiraten ist eigentlich nicht mein Ding«, meinte Rebecca. »Doch ich könnte mir durchaus vorstellen, mit Kaspar zusammenzuziehen.«

»Aber ihr kennt euch doch erst ein paar Wochen«, rief ich bestürzt.

»Sechs Monate, um genau zu sein. Aber das reicht aus, um zu wissen, ob man miteinander auskommt.«

Das stimmte mich nachdenklich. Ich kannte Holger jetzt fünf Jahre und konnte mir immer noch nicht vorstellen, mit ihm zusammenzuziehen. Ich konnte mir allerdings auch nicht vorstellen, dass Holger sich vorstellen konnte, mit mir zusammenzuziehen.

Ich fragte Rebecca, ob sie glaube, dass das ein Zeichen für unzureichende Gefühle zwischen Holger und mir sei.

»Ja, das glaube ich«, antwortete Rebecca. »Aber ich kann mir nicht denken, dass überhaupt irgendjemand mit Holger zusammenleben will.«

Das konnte ich mir eigentlich auch nicht denken.

»Wenn ich im Herbst die Modenschau mache, hättest du dann Lust, auch ein Kleid vorzuführen?«, fragte Rebecca ablenkend.

»Wenn es nicht gerade dieses ist, gern«, sagte ich geschmeichelt.

»Ich möchte ein paar Modelle entwerfen, die auch kleinen Frauen mit mehr Busen stehen«, erklärte sie und legte ein Maßband um meine Brust.

Ich wusste nicht, ob ich beleidigt oder geschmeichelt sein sollte, atmete so tief ein, wie ich konnte, und übertraf die Monroe um einen Zentimeter. Mindestens.

Freitag

Morgens wachte ich mit den allmonatlichen Bauchschmerzen auf. Ein guter Grund, sich vor der Uni zu drücken. Ich versuchte im warmen Bett zu bleiben, bis die Bauchschmerzen wollten, dass ich mit jemandem über sie redete. Also rief ich bei Holger an, um mich trösten zu lassen.

»Ich bin's«, rief ich mit leidender Stimme.

»Was gibt's?«, fragte Holger.

Ich war empört. Wie soll man auf so eine Frage noch sagen: »Ich wollte nur mal deine Stimme hören« oder »Ich hatte solche Sehnsucht nach dir«?

»Nichts, warum?«, fragte ich zurück.

»Warum rufst du dann an?«

»Was machst du gerade?«

»Ich telefoniere.«

»Allein?«

»Nein, mit dir.«

»Gut, dann will ich dich nicht länger dabei stören.« Verstimmt legte ich den Hörer auf.

Holger und ich waren schon so lange zusammen, dass ich manchmal völlig vergaß, warum ich mich mal in ihn verliebt hatte.

Er studierte seit Urzeiten an der Sporthochschule, und es war – wie bei mir – noch kein Ende abzusehen. Das war auch schon unsere einzige Gemeinsamkeit.

Ich hasste das Studieren, er liebte es.

Ich war tagsüber wach, er ausschließlich nachts.

Ich war der Meinung, dass es zu einer guten Allgemeinbildung gehört zu wissen, wie man »Proviant« schreibt, er ignorierte die Gesetze der Rechtschreibung und Zeichensetzung völlig.

Ich konnte mit Messer und Gabel essen, er hielt das für überflüssig.

Ich mochte ein gemütliches, ausgedehntes Frühstück am Sonntagmorgen, er schaufelte sich sein Energiemüsli innerhalb von zwanzig Sekunden und unabhängig vom Wochentag in den Magen.

Ich glaubte fest, dass man am vierzehnten Tag des weiblichen Zyklus schwanger werden kann, er hielt das für völlig ausgeschlossen.

Ich mochte Filme wie »Harry und Sally«, er fand sie blöd, besonders Sally.

Ich war der Meinung, dass ich wichtiger war als Basketball, Wasserball oder Volleyball, für ihn rangierte ich aber noch weit hinter Tischtennis und nur ganz knapp vor Dressurreiten.

Ich glaubte, dass es Menschen geben kann, die auch in einer Ehe glücklich werden, er hielt das für eine unbewiesene Behauptung.

Ich fand es nicht richtig von ihm, allein mit einer

anderen Frau in Skiurlaub zu fahren, er fand mich intolerant und kleinlich.

Ich glaubte, dass es hässlichere Mädchen gab als mich, er tat nichts, um mich in diesem Glauben zu bestärken.

Das alles ging mir wieder mal durch den Kopf, nachdem ich aufgelegt hatte. Als er nach einer halben Stunde nicht wieder zurückgerufen hatte, wählte ich noch mal seine Nummer. Diesmal war er etwas freundlicher, bis ich ihn fragte, warum er vorhin nicht wieder angerufen habe.

»Wieso sollte *ich* wieder anrufen, nachdem *du* den Hörer aufgelegt hast?«, fragte er aggressiv.

Ich fragte ihn, warum er so aggressiv sei.

Er sagte, dass er am frühen Morgen ungern wegen völlig belangloser Dinge geweckt würde.

Ich sagte, es sei elf Uhr und nur in New York früher Morgen.

Er sagte, ich sei eine hysterische Person und gehöre in eine geschlossene Anstalt.

Ich fragte ihn, wie er hysterisch buchstabieren würde.

Darauf schwieg er eine Weile. Dann fragte er mich, ob ich am Abend mit auf die Party seiner Basketballmannschaft kommen würde.

Ich sagte ja.

Nach dem Telefonat stand ich auf und schaute mich im Spiegel an. Es gab Tage, an denen ich mich unübertroffen schön fand, trotz des ein oder anderen Makels. Aber an Tagen wie heute konnte es keine Hässlichere geben. Ich fand mich pickelig, konturenlos und ohne jeglichen Reiz. Es war zum Heulen.

Auf der Suche nach etwas Essbarem wanderte ich in der Wohnung auf und ab. Dabei geriet mir das Hexenbuch vom Pfälzer Flohmarkt in die Hand, und ich schlug das Kapitel über Talismane für die Schönheit auf. Gegen unreine Haut und Pickel, stand da, helfe die Koralle, um den Hals getragen.

Ich fand, dass man es wenigstens versuchen konnte und suchte in den Tiefen meiner Kommode nach einer Korallenkette, die meine Eltern mir vor Jahren aus einem fernen Land der Riffe mitgebracht hatten. Sie war abscheulich hässlich und daher ungetragen. Ein Handgriff in die Schublade genügte, und schon bohrte sich ein Korallenstachel in mein Fleisch. Das Ding war noch scheußlicher, als ich es in Erinnerung hatte, tomatensuppenrot mit riesigen Korallenzähnen vom Halsansatz bis auf die Brust.

Ich war zufrieden. Bei so viel Koralle waren die Pickel unter Garantie schon morgen verschwunden. Ich legte mir das stachelige Ungetüm hoffnungsfroh um den Hals und mich selber mit meiner Wärmflasche zurück ins Bett. Ich wachte erst wieder auf, als die Bauchschmerzen weg waren, zog mich an und holte mir eine Familienpackung Zitronensorbet aus dem Supermarkt, gerade noch rechtzeitig vor Ladenschluss.

Als ich mich mit dem letzten Drittel abquälte, rief Katja an.

»Du klingst gar nicht gut«, sagte sie.

»Ich habe das Gesicht voll Pickel, einen Freund, der mich nicht liebt, ein Studium, das mir keinen Spaß macht, und außerdem hab ich gerade fünftausend Kalorien auf einmal gegessen. Noch dazu bin ich nicht schwanger«, klagte ich.

»Das ist doch wenigstens etwas«, meinte Katja und behauptete ungesehen, mehr Pickel zu haben als ich. Ich wettete meinen linken Fuß dagegen.

»Ich werde dich und deine Pickel ja gleich sehen«, sagte Katja und meinte damit die Basketballerparty.

Wir hatten beide überhaupt keine Lust auf Party und überlegten, wie wir wenigstens die Räumlichkeiten nachher in ein vorteilhaftes Licht für unseren Teint tauchen könnten. Katja schlug vor, direkt zu Anfang den Hauptsicherungskasten anzusteuern und dort etwas in einen irreparablen Zustand zu versetzen. Sie versprach, einen Vorschlaghammer mitzubringen.

Nachdem ich den Hörer aufgelegt hatte, blieben mir noch zehn Minuten, um das Beste aus meinem Typ zu machen, denn Holger war ausnahmsweise pünktlich.

»Ich hab dir was mitgebracht«, sagte er.

Das war nett. Ich freue mich sehr über kleine Geschenke. Leider entpuppte sich das vermeintliche Geschenk als meine eigene Plastikschüssel, die ich irgendwann mal bei ihm vergessen hatte. Immerhin war sie sauber gespült. Oder so gut wie.

»Ich habe den ganzen Tag noch nichts gegessen«, jammerte Holger.

»Ich auch nicht«, log ich, obwohl der Liter Zitroneneis gerade erst in meinem Magen zu schmelzen anfing. Aber man steht eben nicht gern als Vielfraß da.

Holger öffnete den Kühlschrank und dann alle anderen Schränke. Glücklicherweise konnte er nichts Essbares finden.

»Lass uns fahren«, sagte er schließlich resigniert. Die Schranktüren ließ er demonstrativ offenstehen.

»Es ist noch viel zu früh«, murrte ich und suchte nach meinem Pickelabdeckstift.

»Umso besser, dann ist wenigstens noch was zu essen da«, meinte Holger mit einem letzten vorwurfsvollen Blick auf meine nicht vorhandenen Vorräte.

Für die Party hatte einer aus der Mannschaft seine Wohnung zur Verfügung gestellt. Als wir ankamen, teilten sich ungefähr sechzig Personen vierzig Quadratmeter, und vor dem Klo hatte sich schon eine lange Reihe gebildet. Kaum hatten wir uns zur Tür hineingedrängelt, verschwand Holger zwischen den Leuten auf Nimmerwiedersehen. Ich schaute mich um und erkannte auf den ersten Blick, dass hier mindestens zwei komplette Damenbasketballmannschaften eingeladen worden waren. Jung, schlank und groß. Sehr jung und sehr groß. Ich fühlte mich augenblicklich alt und klein und wollte wieder nach Hause ins Bett.

»Hallo, Judith«, begrüßte mich ein bekanntes Gesicht, zu dem mir leider der Name nicht einfiel.

»Hallo.«

»Komm mit«, schlug der Namenlose vor und leitete mich fürsorglich durch die Menge vor das kalte Büfett.

»Welcher ist dein Salat?«, fragte er.

Ah, das war eine von den Partys, wo jeder was Leckeres mitbringen musste. Typisch, dass Holger diese Information unterschlagen hatte. Ich behielt aber die Nerven und deutete auf einen appetitlich aussehenden Nudelsalat.

»Der da«, behauptete ich dreist.

Der Namenlose schaufelte sich die halbe Schüssel auf seinen Teller. Offensichtlich hatte er Vertrauen in meine Kochkünste. Ich konnte nur hoffen, dass er sich nicht nach den komischen, braunen Knübbelchen erkundigte, die an den Nudeln klebten.

»Wo ist denn Holger?«, fragte er mit vollem Mund.

Ich zuckte mit den Schultern.

»Ihr seid jetzt auch schon, warte mal, fünf Jahre zusammen«, stellte der Namenlose fest.

»Keine Ahnung«, sagte ich ehrlich.

Es war mir unheimlich, dass dieser unbekannte Mensch nachrechnen konnte, wie lange ich schon mit Plastikschüssel-Holger befreundet war, während mir immer noch nicht sein Name einfiel. Woher kannte ich ihn bloß?

»Fünf Jahre sind eine lange Zeit«, meinte er. »Immer noch glücklich?«

Was sollte man darauf antworten? »Was heißt denn hier immer noch, du Gartenzwerg« wäre zu unhöflich, »Nein« zu ehrlich und »Aber ja« zu offensichtlich gelogen.

Ich erinnerte mich glücklicherweise an die »Spruchweisheiten aus aller Welt« und seufzte: »Dem Glück geht Neid zur Linken, Kummer zur Rechten.«

Der Namenlose stand zufällig zu meiner Linken.

»Schöne Kette«, sagte er neidisch. »Wo bekommt man so was? Die wäre was für meine Großmutter.«

War er in meiner Klasse gewesen? Unmöglich, er hatte schon eine Glatze, der Arme. Und wenn seine Großmutter noch lebte, dann stand sie im Guinnessbuch der Rekorde.

»Eine nette Idee zum Hundertfünfundzwanzigsten«, sagte ich, holte mir eine Flasche Rosé samt Kölschglas vom Büfett und ließ den Namenlosen stehen, um nach

Katja zu suchen. Vielleicht hatte sie ja wirklich einen Vorschlaghammer mitgebracht.

Zuerst fand ich Isomatten-Jens, umringt von drei besonders hochgewachsenen Korbjägerinnen. Er hatte den Arm um die Taille der einen gelegt und lächelte die anderen beiden strahlend an.

Ich drängelte mich dazwischen und sagte: »Hallo, hallo!«

Die drei Giraffen schauten zu mir herunter und wandten sich nach einer kurzen Musterung wieder dem Partylöwen zu, als wäre ich gar nicht vorhanden.

Der fragte immerhin: »Wolltest du was Bestimmtes?«

»Ich wollte nur mal hören, ob euer Schwangerschaftstest positiv ausgefallen ist«, sagte ich.

»Das hättest du wohl gern.« Jens lachte etwas gequält. »Sonst noch was?«

»Nein, knabbert ruhig weiter die Blätter von den Bäumen.«

»Kann ich dich mal was fragen?«, fragte die Giraffe in Jens' Arm.

»Bitte.«

Sie deutete auf die gewaltigen Korallenzähne an meinem Hals: »Wo bekommt man so was?«

Die anderen kicherten albern. Ich suchte in Gedanken nach einem Zitat aus dem Sprichwörterbuch. Leider fiel mir nichts wirklich Passendes ein, und so warf ich schließlich einen vielsagenden Blick auf ihre missratene Dauerwelle und sagte: »Man merkt es den Nestern wohl an, ob Störche oder Spatzen darin wohnen.«

Die Mutter von Jens' zukünftigem Kind saß in einer

Ecke mit einer eigenen Flasche Rosé und diskutierte mit zwei Pärchen über Abtreibung.

Ein verquollener Typ mit fettigen, langen Haaren bemerkte gerade: »Für mich ist eine Frau, die abtreibt, nicht besser als eine, die ihr Kleinkind erstickt.«

»Oder in der Pfanne brät«, ergänzte Katja.

Der Typ verstand ihren Sarkasmus leider nicht und bestätigte: »Da ist moralisch überhaupt kein Unterschied.«

Seine bildschöne Freundin starrte mit glasigen Augen vor sich hin und sagte nichts. Der andere Typ, der aussah wie allerhöchstens fünfzehn, hatte eine grottenhässliche Freundin dabei.

Sicher war der Minderjährige ein Freund von dem Schmierigen, denn er stimmte ihm zu: »Die Frauen von heute machen es sich zu leicht. Sie sind einfach nicht bereit, Verantwortung zu übernehmen.«

Die hässliche Freundin nickte heftig zu seinen Worten. Sie zählte sich offensichtlich nicht zum weiblichen Geschlecht. Recht hatte sie.

Als ich »Hallo« sagte, starrten die beiden Mädchen ein paar Sekunden wortlos auf die Korallenzähne an meinem Hals.

»Die tun nichts«, versicherte ich.

Die beiden Jungs sahen noch nicht mal auf. Ich und meine Flasche Rosé beschlossen trotzdem, uns dazuzusetzen.

»Wer in der heutigen Zeit noch ungewollt schwanger wird, hat sowieso einen IQ unter fünfzig«, meinte der Fettige an Katja gewandt.

»Was würdest du denn machen, wenn deine Freundin

schwanger werden würde?«, fragte Katja und deutete auf das Mädchen mit den Glasaugen.

»Sie wird nicht schwanger«, sagte der schwammige Typ kategorisch.

Ich leerte das erste Glas Rose in einem Zug und raunte Katja zu: »Man verirrt sich nie so leicht, als wenn man glaubt, den Weg zu kennen. – China.«

Katja grinste, fragte aber unbeirrt weiter: »Wieso, bist du unfruchtbar?«

»Ich verhüte mit der Pille«, erklärte der Typ und legte seiner lethargischen Freundin die Hand auf die Schenkelinnenseite.

»Du verhütest mit der Pille?«, wiederholte Katja.

»Wir verhüten mit der Pille«, verbesserte sich der Typ.

»Du auch?«, wunderte sich Katja beharrlich.

»Wohl kaum«, sagte er eisig.

»Also deine Freundin nimmt die Pille«, stellte Katja klar. »Aber selbst die Pille hat einen Pearl-Index von 0,2. Was würdest du machen, wenn sich durch einen unglücklichen Zufall trotzdem eine Schwangerschaft einstellen würde?«

»Diese Frage stellt sich nicht«, behauptete der Schmierige und stand auf, um sich ein weiteres Bier zu holen.

Katja sah ihm empört nach und sagte zu dem Mädchen mit den Glasaugen: »Bei einem schlechten Mann ist immer die Frau die Dumme. – Ukraine.«

Die Glasäugige zuckte nicht mal mit der Wimper.

»Über ein Sprichwort, einen Narren und über die Wahrheit ist jeder Wortwechsel überflüssig«, fiel mir ein.

Das Mädchen mit den Glasaugen erhob sich und folgte ihrem Freund zum Büfett.

»Gott sei Dank, sie bewegt sich«, sagte Katja. »Ich dachte schon, sie wäre eine überdimensionale Barbiepuppe.«

»Wie bitte?«, fragte das Milchbubilein, das gerne noch weiter diskutiert hätte.

»Kleine Kinder lassen uns nicht schlafen, große lassen uns nicht aufatmen«, sagte ich zu ihm.

Katja lachte sich halb tot. Dabei fiel ihr Blick auf meine Antipickelkette, und sie zitierte: »Der ist noch nicht geboren, der eines Weibes Sinn ergründet.«

Ich erklärte ihr den geheimen Sinn der Kette und bot an, sie ihr auszuleihen. Aber Katja wollte lieber ihre Pickel behalten. Wir leerten je ein Glas Wein und machten uns zusammen mit der Flasche auf die Suche nach weiteren netten Partygesprächen.

Als wir an dem Savannenquartett vorbeikamen, rief Jens zwischen den Giraffenhälsen hindurch: »He, Katja, du fährst heute, ich bin schon zu betrunken!« Die Giraffe mit dem Storchennest auf dem Kopf schmiegte sich enger in seine Arme.

»Betrunken vielleicht, aber doch hoffentlich nicht blind«, murmelte Katja. Aber dann sah sie Holger und gab mir die Flasche Rosé.

»Ich glaube, du hast es nötiger.«

Holger stand mit einer minderjährigen Giraffe im schwarzen Ledermini vor dem Büfett und ließ sich von ihr mit Obstsalat füttern. Er schaute zu uns, aber leider durch mich hindurch.

Ich musste mich abwenden.

»Schloss und Riegel sind den Mädchen kein Hindernis«, zitierte Katja tröstend.

»Gott bewahre uns vor Feuersbrunst, Wassernot und

bösen Weibern«, fügte ich hinzu. Aber eigentlich waren wir uns einig, dass die Giraffen, obwohl dumm und dreist, nicht wirklich Schuld hatten, wenn sich Jens und Holger wider alle Regeln des guten Geschmacks benahmen.

In einer Ecke spielten drei Jungs aus der Mannschaft Mau-Mau. Katja und ich durften mitspielen.

»Nette Mädchen habt ihr euch eingeladen«, bemerkte Katja.

»Ein aufregender Besuch in der Großstadt für die zweite Damenmannschaft von Unteruckendorf und die B-Jugend von Runkelbach«, erklärte der Aufbauspieler.

»Die wachsen ja noch«, rief ich erschrocken und vergaß, in Sprichwortform zu reden.

»Nicht auszudenken«, sagte der Aufbauspieler. Er hieß Oliver und war der Kleinste in der Mannschaft. Mit knapp über eins achtzig zählte er sich zu den Pygmäen unter seinesgleichen. Er war mir gleich sympathisch.

»Die haben wir auf dem Turnier neulich kennen gelernt«, erklärte der zweite Mau-Mau-Spieler. »Sie sind genauso blöd wie lang.«

Ihn fand ich gleich noch sympathischer. Ich nahm einen Schluck Rosé und zitierte: »Es ist keiner so groß, dass er mit dem Kopf an den Himmel stößt.«

»Ich kümmere mich erst mal um mein Studium und dann erst um die Frauen«, informierte uns der dritte und teilte die Karten aus.

Er sah eigentlich gar nicht mal schlecht aus. Jedenfalls hatte er es genauso wenig wie die anderen beiden nötig, in der Ecke zu sitzen und Mau-Mau zu spielen. Er lüftete das Geheimnis, indem er uns vertraulich mitteilte, dass er in Aachen Maschinenbau studiere. Dort gab es so gut wie keine weiblichen Studenten, und um jedes noch so doofe Mädchen bemühten sich zwanzig tolle Jungs. Angeblich. Was für eine Stadt!

»Wenn ich dreißig bin, verdiene ich zehntausend netto«, sagte er.

Was für ein Mann!

»Wann bist du mit dem Studium fertig?«, fragte ich interessehalber.

»In zwei Jahren«, sagte er. »Und dann suche ich mir eine schöne, knackige Zwanzigjährige und genieße das Leben.«

»Wie gewonnen, so zerronnen«, seufzte ich.

»Hochmut kommt vor dem Fall«, sagte Katja und legte die Herzacht auf den Haufen. Der Aachener musste zur Strafe einmal aussetzen.

Wir spielten den ganzen Abend Mau-Mau. Ich leerte zwei Fläschchen Rosé und fand das Leben eigentlich ganz okay. Schließlich meinte Katja, dass es an der Zeit sei, nach Hause zu fahren. Sie stand auf, um Jens und Holger Bescheid zu sagen.

Ich betrachtete nachdenklich die leeren Flaschen und sagte verschwommen: »Der Fluss beginnt mit einem Bach, die Trunkenheit mit einem Gläschen.«

»Ich mag kleine Frauen«, sagte Oliver, der Aufbauspieler.

Was wollte er damit sagen? Dass ich selbst im Sitzen klein aussah? Dass andere Männer keine kleinen Frauen mögen? Und was hieß überhaupt klein? Nur weil ich nicht von oben in einen Basketballkorb spucken konnte, war ich noch lange nicht klein.

»Wähle deine Frau mit den Ohren, nicht mit den Augen«, murmelte ich.

»Mir gefällt aber, was ich sehe«, behauptete Oliver und schaute in meinen Ausschnitt.

Es wäre aufschlussreich gewesen herauszufinden, ob er die Korallenzacken oder meinen Busen meinte, aber da kam Katja schon zurück.

»Könnt ihr mich vielleicht mitnehmen und unterwegs zu Hause absetzen?«, fragte Oliver.

»Klar, es ist Platz genug«, sagte Katja. »Holger und Jens möchten noch bleiben.«

Das war nicht ganz der Wahrheit entsprechend. In Wirklichkeit hatte sie ihnen nur unterstellt, dass sie lieber bleiben wollten, sie aber nicht persönlich gefragt, wie sich am nächsten Morgen herausstellte.

Im Gedränge vor der Tür stand uns der Namenlose von vorhin im Weg.

»Der Nudelsalat war ja gar nicht von dir«, warf er mir vor.

»Nein, aber er war doch trotzdem lecker, oder?«, sagte ich versöhnlich und beschloss, ihm einen Namen zu geben. »War schön, dich mal wieder zu sehen, ... Peter.«

»Ich heiße nicht Peter«, behauptete der Namenlose beleidigt.

»Dann eben nicht«, murmelte ich gleichmütig, und Katja schubste ihn grob auf die Seite.

»Aus dem Weg, Glatzkopf«, befahl sie energisch.

Da plötzlich fiel es mir wie Schuppen von den Augen.

»He, Katja«, kicherte ich. »Du hast gerade ›Glatzkopf‹ zu Jens' und Holgers Trainer gesagt.«

»Ich weiß«, antwortete Katja ungerührt. »Und ich hoffe inbrünstig, dass sie dafür bei den nächsten fünfzig Spielen auf der Bank sitzen bleiben müssen.«

Sie fuhr zuerst Oliver nach Hause. Er bedankte sich artig fürs Bringen und gab uns ein Küsschen auf die Wange, bevor er ausstieg.

Katja hob den Zeigefinger und zitierte warnend: »Zünde kein Feuer an, das du nicht wieder löschen kannst.«

Ich kicherte unablässig bis vor unsere Haustür. Dann fiel mir ein, Katja nach dem Ergebnis ihres Schwangerschaftstestes zu fragen.

»Tja«, sagte Katja.

»Wieder nichts mit Mützchenstricken?«, fragte ich bedauernd.

»Wieder nichts mit Studium abbrechen«, ergänzte Katja mit finsterer Miene.

Wir sahen eine Weile trübe gestimmt vor uns hin.

»Jens ist ein Arschloch«, sagte Katja schließlich. »Und Holger auch.«

Sie hatte leider recht. Es musste was geschehen.

Dienstag

Um zehn nach acht rief die Personaldisponentin der Versandfirma an, bei der ich stundenweise im Büro aushalf. Sie fragte mich, ob ich Interesse hätte, meinen Aushilfsjob gegen eine Festanstellung zu tauschen.

Ich sagte verschlafen, dass ich daran nicht interessiert sein könne, weil ich, wie sie wisse, im elften Semester Germanistik studiere.

Die Personaldisponentin blieb unbeeindruckt. Sie teilte mir mit, dass eine neue Stelle geschaffen werden müsse, die nicht mit acht Stunden wöchentlich ausgefüllt werden könne.

»Wenn Sie nicht bereit oder in der Lage sind, ab nächsten ersten vierzig Stunden in der Woche bei uns zu arbeiten, muss ich Ihnen leider sagen, dass wir Ihre Aushilfsarbeit zukünftig nicht mehr in Anspruch nehmen können«, sagte sie und fügte hinzu, dass ich Arbeitszeugnis und Unterlagen jederzeit abholen könne.

Ich fiel völlig überrumpelt zurück ins Bett. Bei der Versandfirma hatte ich achtzehn fünfzig die Stunde bekommen, bei durchschnittlich acht Stunden in der Woche machte das fünfhundertzweiundneunzig Mark monatlich, von denen ich meine acht Kästen Wasser, die Kinobesuche und die anderen Dinge finanzierte, die ich zum Leben brauchte. Wie, um Himmels willen, sollte ich ohne diese Geldquelle überleben?

Meinen Eltern hatte ich schon vor drei Jahren großspurig gesagt, ich könne mich allein unterhalten. Dafür brauchte ich ja auch keine Miete für die Wohnung zu zahlen. Bei Rebecca half ich dienstags im Laden, allerdings für ein eher symbolisches Entgelt, da sie sich mehr nicht leisten konnte. Ansonsten war weit und breit keine andere Einkommensquelle in Sicht.

Es half nichts, ich brauchte einen neuen Job.

Ich holte mir entschlossen die Gelben Seiten ins Bett und suchte nach Zeitarbeitsfirmen in der Stadt. Es gab drei Seiten voll davon. Ehe ich es mir anders überlegen konnte, räusperte ich mich ein paarmal und wählte nach dem Zufallsprinzip eine Nummer aus. Die Firma hieß »Asche-Zeitarbeit«, und Asche wollte ich auch machen.

Die Frau am Telefon war sehr freundlich und schlug mir vor, sofort persönlich vorstellig zu werden. Ich war einverstanden, feilte meine Fingernägel, weil ich mal gelesen hatte, dass Personalchefs immer zuerst auf die Hände schauen, zog meinen seriösesten Blazer, meine beste Jeans und meine langweiligste Haarspange an und machte mich auf den Weg.

Asche-Zeitarbeit hatte ihren Sitz im zweiten Stock eines Geschäftshauses in der Innenstadt, und die dazugehörige Frau war genauso nett, wie sie am Telefon geklungen hatte.

Als sie hörte, dass ich einen Job suchte, den ich auch während des Semesters ausüben könne, sagte sie: »Das ist alles kein Problem. Bei uns arbeiten viele Studentinnen.«

»Wie viele Stunden in der Woche?«, fragte ich.

»Nun, das variiert zwischen fünfunddreißig und vierzig.«

»Aber ...«, begann ich verwirrt.

»Möchten Sie nun Geld verdienen oder nicht?«, unterbrach sie mich freundlich. »Schauen Sie, das Semester ist sowieso bald vorbei. Bei uns bekommen Sie bezahlten Urlaub, achtzehn Mark die Stunde und von der Steuer alles zurück.«

Vielleicht hatte sie recht. Bei der Versandfirma hatte ich aber fünfzig Pfennige mehr bekommen. Das sagte ich der netten Frau Asche.

»Nun, dann wollen wir erst mal sehen, was Sie alles können«, sagte sie freundlich.

Sie holte einen Fragebogen aus der Schublade.

»Da Sie Germanistik studieren, sind Sie selbstverständlich perfekt in Rechtschreibung und Zeichensetzung«, setzte sie liebenswürdig voraus. »Wie sieht es mit Buchhaltung aus?«

Ich schüttelte den Kopf.

»Steno?«

Wer konnte denn heute noch so was? Ich war verunsichert. Bei den nächsten Fragen wollte ich auf jeden Fall kompetenter abschneiden.

»Welche Fremdsprachen?«

»Englisch«, sagte ich.

»Außer Englisch natürlich«, entgegnete Frau Asche lächelnd.

Außer Englisch konnte ich noch Mittelhochdeutsch und ein paar Brocken Spanisch von diversen Gran-Canaria-Aufenthalten, mit denen ich Brot und Eis einkaufen konnte. Aber um Eindruck zu schinden, ließ ich mich dazu hinreißen, »Spanisch« zu sagen.

»Sehr gut«, sagte die nette Frau Asche erfreut.

»Nicht sehr gut«, fügte ich sicherheitshalber hinzu.

»Das macht nichts«, sagte die nette Frau Asche. »Wie viele Anschläge?«

Was meinte sie?

»Anschläge in der Minute?«

Ich verstand immer noch nicht.

»Wie viele Anschläge schaffen Sie auf der Schreibmaschine pro Minute?«, fragte die nette Frau Asche geduldig.

»Oh, hm«, sagte ich verlegen, »also wenn ich ehrlich bin, kann ich überhaupt nicht so gut Schreibmaschine schreiben.« Und das war noch hochgestapelt.

»Das macht nichts«, sagte die nette Frau Asche dennoch. »Heutzutage gibt es kaum noch ein Büro, das nicht mit Computern ausgestattet ist.«

Ich war erleichtert.

»Welche Textverarbeitungsprogramme beherrschen Sie?«

»Also ...«, begann ich. Dummerweise fiel mir der Name des verflixten Textverarbeitungsprogrammes nicht ein.

»War es vielleicht Word?«, half die nette Frau Asche.

»Ja, genau«, sagte ich.

»Und welche Version?«, fragte Frau Asche.

Ich hatte keine Ahnung. Peinlich. Die nette Frau Asche füllte den Fragebogen trotzdem fertig aus. Ich fand, dass ich nicht gerade als besonders qualifiziert eingestuft werden konnte, und erwartete einen freundlichen Rausschmiss. Aber Frau Asche stand auf und streckte mir die Hand hin.

»Wenn Sie wollen, können Sie ab Juli bei uns anfangen. Für achtzehn Mark die Stunde.«

Vor lauter Überraschung wagte ich es nicht, noch mal auf die fünfzig Pfennig zurückzukommen und schlug ein. Die Frau hatte recht: Das Semester war bald zu Ende. Ich würde Katja um die Mitschriften der wichtigsten Seminare bitten und mal so richtig viel Asche auf einmal verdienen.

Beschwingt verließ ich das Gebäude und kaufte mir zur Feier des Tages einen seriösen, schwarzen Pullover zu einem wirklich günstigen Vorsommerschlussverkaufspreis.

Anschließend stattete ich Bille den längst fälligen Besuch in der neuen Wohnung ab.

Als ich bei ihr ankam, trat gerade ein glatzköpfiger Mittvierziger mit Kaiser-Wilhelm-Bart und Mülltüte aus der Wohnungstür gegenüber.

»Hallo«, strahlte Bille ihn an.

»Tachchen!«, nuschelte er und schlürfte mit seiner Mülltüte abwärts.

»Wer war das?«, fragte ich Bille.

»Das war Helmut.«

»Und was macht Helmut in der Wohnung von dem tollen, hübschen Typen, von dem du mir erzählt hast?«

Bille sagte mürrisch, dass sie nie gesagt hätte, dass er hübsch sei.

»Nett ist er, hab ich gesagt. Und nett ist er auch.«

Ich verstand, dass Kaiser Wilhelm einer von den neiderregend gutaussehenden und charmanten jungen Hausbewohnern war, und grinste schadenfroh.

»Willst du die ganze Zeit im Hausflur rumlungern?«, fragte Bille leicht gereizt.

Ja, das wollte ich am liebsten, denn auf diese Weise hätte ich vielleicht noch einen Blick auf einen der anderen Supermänner werfen können.

»Haben die anderen auch so originelle Schnurrbärte?«, fragte ich Bille und konnte mir ein höhnisches Lächeln nicht verkneifen.

Bille zog mich in ihre Wohnung. Ich war kein sehr angenehmer Besuch. Während des Kaffeetrinkens sprang ich jedes Mal auf, wenn im Hausflur Schritte zu vernehmen waren und presste mein Auge an den Türspion.

»Wer ist der seriöse Herr im Nadelstreifenanzug?«

»Das wird Peter sein«, sagte Bille. »Der wohnt über mir.«

»Gar nicht so übel«, urteilte ich, »aber wer ist die Frau in dem schicken Kostüm hinter ihm?«

»Das ist seine Frau, vermutlich«, sagte Bille gleichmütig.

»Was? Der ist verheiratet? Ich dachte, hier wohnen lauter coole Singles.«

»Das habe ich nie gesagt«, betonte Bille wieder. Hatte sie wohl.

»O Gott, was ist denn das für ein verhuschtes Männlein, das sich da die Treppe hochquält?«, entfuhr es mir, als ich beim nächsten Mal am Spion klebte.

»Keine Ahnung«, behauptete Bille, aber nachdem ich ihr Auge an das Guckloch gedrückt hatte, musste sie zugeben, dass es sich um den wirklich tollen Typen aus der Dachwohnung handelte.

Ich hatte das unbestimmte Gefühl, betrogen worden zu sein, und Bille musste sich den ganzen Nachmittag über meine vielsagenden Bemerkungen ärgern. Aber am Abend konnte sie den Spieß doch noch einmal umdrehen. Auf dem Weg zur Bahn kam uns ein Mann entgegen, der sofort stehenblieb, als er Bille sah.

»Das ist Burghart!«, sagte sie mit triumphgeschwängerter Stimme.

Und wirklich, außer dem Namen war auf Anhieb kein Makel an ihm zu entdecken. Er hatte ein bezauberndes Grübchenlächeln, schöne weiße Zähne und strahlendblaue Augen.

Ich lächelte begeistert.

»Ich wohne in der Wohnung unter Sybille«, sagte er und sah mir tief in die Augen. »Burghart Schmidt.«

»Judith Raabe«, sagte ich und lächelte noch enthusiastischer.

»Wie schön«, sagte Burghart.

»Das finde ich auch«, sagte ich und meinte seine Augen.

Bille legte besitzergreifend ihre Hand auf seinen Arm und fragte ihn, was er jetzt noch vorhabe.

»Ich wollte mir gerade einen Hackfleischauflauf zusammenbrutzeln«, meinte Burghart. »Wie wär's, wenn wir das zusammen machen würden?«

Nichts lieber als das, ehrlich. Aber leider war ich mit Holger vor dem Kino verabredet. Also setzte ich mich bedauernd in die Bahn und überließ wohl oder übel Bille das Feld mit dem reizenden Burghart samt Hackfleischauflauf.

Es lief kein vernünftiger Film, den ich noch nicht gesehen hatte. Deshalb schlug ich vor, nochmals die »Blues Brothers« anzusehen. Holger wollte aber lieber einen spannenden Film in einem Kino sehen, in dem er seine Beine ausstrecken konnte.

Also gingen wir in einen dieser sogenannten Erotikthriller, in denen ein Polizist eine schöne, reiche, blonde Frau verdächtigt, eine Männermörderin zu sein, sich aber gleichzeitig von ihr sexuell so angezogen fühlt, dass er das Risiko, selber in seinem Blut zu liegen, nur zu gern und immer wieder eingeht.

In diesem speziellen Fall mordete die Blondine mit einem Eispickel unmittelbar nach dem Geschlechtsakt. Um möglichst viele Menschen in die Kinos zu locken, hatte man – nicht zum ersten Mal – vorher das Gerücht in die Welt gestreut, die Sexszenen – hoho! – seien nicht nur geschauspielert.

Aber das machte den Film auch nicht aufregender. Mir jedenfalls reichte es nicht, um zwei Stunden lang atemlos im Kinosessel auszuharren, obwohl die Blonde zugegebenermaßen ihr Bestes gab, sich ständig aus- und anzog und ab und zu eine weitere, wirklich unappetitliche Leiche auftauchte.

Ein finsteres Kapitel Filmgeschichte nahm seinen Lauf. Die Darsteller und der Eispickel – anschließend – zuckten rhythmisch, das Blut spritzte in Fontänen, die Kamera vollführte wilde Zoom-Fahrten, und die Musik schwoll bedrohlich an und ab. Es hämmerte, schrie und stöhnte ununterbrochen aus den Lautsprechern auf einen ein, sodass es noch nicht mal möglich war, im Schlaf Vergessen zu finden.

So blieb mir nichts anderes übrig, als zu hoffen, dass wenigstens der hässliche, unsympathische und völlig unerotische Hauptdarsteller endlich dem Eispickel oder wem auch immer zum Opfer fallen würde. Natürlich geschah nichts dergleichen, obwohl dem Zuschauer am Ende die Hoffnung mit nach Hause gegeben wurde, dass es früher oder später doch noch dazu kommen könnte. Vielleicht in »Eiskalte Pickel, Teil II«.

»Klasse«, sagte Holger nach dem Film zufrieden. Ich gähnte.

»Also, mir hat er gut gefallen«, betonte Holger. Ich gähnte noch einmal.

»Mit dir kann man wirklich nicht normal kommunizieren«, beschwerte er sich ärgerlich. »Was hat dir denn nicht gefallen?«

»Die Darsteller, die Story, der Soundtrack, die Bettszenen«, leierte ich.

»Was hat dir an den Bettszenen nicht gepasst?«

»Er hatte Cellulite auf dem Rücken«, sagte ich.

Holger seufzte. »Und was hast du gegen die Story einzuwenden?«

»Könntest du dir vorstellen, mit einer Frau ins Bett zu gehen, von der du glaubst, dass sie schon zwei Männer unmittelbar nach dem Sex um die Ecke gebracht hat?«, fragte ich zurück.

»Warum nicht? Wenn sie so gut aussieht wie die... ist doch aufregend.« Holger lächelte vielsagend.

»Ist doch aufregend, wenn man denkt, dass einem jedem Moment ein Eispickel in die Eingeweide fahren kann?«, sagte ich. »Das aus dem Mund von einem, der schon Schwierigkeiten hat, wenn im Nebenzimmer jemand hustet ...« Ich lächelte auch vielsagend.

»Es kommt immer auf die Frau an, würde ich sagen«, sagte Holger verkniffen.

Na klar. Wir stritten uns so lange, bis ich endlich vergessen hatte, worum es überhaupt ging.

»Ich finde, wir streiten uns in letzter Zeit nur noch«, sagte ich müde.

»Das finde ich auch«, bestätigte Holger.

»Vermutlich, weil wir nichts mehr füreinander übrig haben«, sagte ich.

»Vermutlich«, wiederholte Holger.

Ich bekam trotzdem einen Kloß im Hals.

»Unter diesen Umständen wäre es vielleicht besser, wenn wir uns nicht mehr sehen würden«, meinte ich.

»Wäre vielleicht besser«, echote Holger.

»Also machen wir am besten Schluss, würde ich sagen«, sagte ich probeweise.

»Das würde ich auch sagen«, bestätigte Holger munter.

Er klang nicht so, als hätte er einen Kloß im Hals. Er sah auch nicht so aus.

»Na, dann ...«, murmelte ich unbestimmt. »Wiedersehen.«

»Lass uns gute Freunde bleiben«, sagte Holger.

Das sagte er tatsächlich. Der Typ war sich auch für das dümmste Klischee nicht zu schade. Ich drehte mich um und ging zur U-Bahn. Holger kam nicht hinter mir her.

»Gute Freunde lässt er wohl nachts um zwei allein im Untergrund stehen«, murmelte ich aufgebracht, fuhr mit der Rolltreppe auf der anderen Seite wieder hoch und nahm notgedrungen ein Taxi nach Hause.

Dienstag, Lichtjahre später

Es gab wirklich nichts, was mich zum Aufstehen hätte motivieren können. Mein ganzer Körper fühlte sich an wie aus Blei.

Die Wohnung sah zum Fürchten aus. Ein gigantischer Berg von Schmutzwäsche türmte sich in der Küche vor der Waschmaschine. Seit einer Woche hatte ich nichts getan außer Eis und Chips gegessen und auf Holgers Anruf gewartet. Möglicherweise hatten wir ja gar nicht ernsthaft Schluss gemacht, und das alles war nur ein Missverständnis.

Ich aß und wartete, wartete und aß, und ab und zu wählte ich Holgers Nummer, um sofort aufzulegen, wenn ich seine Stimme hörte. Tief in meinem Bleiherzen wusste ich aber, dass es mit uns beiden tatsächlich vorbei war.

In einem Anfall von Bedauern hatte ich mein Hexenbuch zu Rate gezogen und nachgelesen, was man tun könne, um einen Mann zurückzugewinnen. Es gab mehrere Möglichkeiten.

Die erste wäre mir persönlich die liebste gewesen, weil ich dafür Holger eine unappetitliche Mixtur aus Finger- und Fußnagelschnipsen sowie zerkleinerten Schamhaaren unter ein scharfes Ragout – oder sein Energiemüsli – hätte mischen müssen. Aber da mich Holger offensichtlich nicht sehen wollte, konnte ich ihn auch nicht beköstigen, ohne mich verdächtig zu machen.

Die zweite Methode, einen Mann zurückzugewinnen, gefiel mir weniger gut, obwohl sie schon einfacher zu realisieren gewesen wäre. Ich hätte lediglich eine Hand voll Staub von einer Stelle aufsammeln müssen, an der Holger einen Fußabdruck hinterlassen hatte, und in Wasser vermengt beim Schein einer schwarzen Kerze zu mir nehmen sollen. Es hätte unter Garantie bewirkt, dass Holger auf der Stelle seine Schritte zu mir gelenkt hätte.

Aber auch für diesen Zauber sah ich zu viele organisatorische Probleme. Ich hätte Holger verfolgen und hoffen müssen, dass er irgendwo abseits vom Bürgersteig einen Abdruck im Staub hinterlassen würde. Und dann den Dreck auch noch trinken. Nein, danke, so wichtig war es nun auch wieder nicht.

Die dritte Möglichkeit war zwar laut Buchtext unfehlbar, aber ich hätte dazu um Mitternacht einen Friedhof aufsuchen müssen und das zweidottrige Ei einer schwarzen Henne in ein offenes Grab schlagen müssen.

Da war ich doch lieber bei der bewährten Methode geblieben, weiter im Bett rumzulungern und mich mit Eis und Chips vollzustopfen.

Dienstags half ich Rebecca für gewöhnlich im Laden, und das war schließlich doch ein Grund, das Bett zu verlassen. Ein Blick in den Spiegel sagte mir, dass ich mich in einem ähnlich desolaten Zustand befand wie meine Wohnung. Aber das hielt ich für durchaus angemessen.

»Trauerst du immer noch dem faulen Holger nach?«, fragte Rebecca, als ich gerade zur Tür hereingeschlurft war.

»Was heißt denn hier immer noch?«, fragte ich mürrisch zurück. »Wie viel Trauerzeit räumst du mir denn ein, wenn ich nach fünf Jahren vom Mann meines Lebens verlassen werde?«

»Er war nicht der Mann deines Lebens, sondern ein lethargischer Muskelberg ohne Hirn«, behauptete Rebecca und lachte. »Länger als eine Minute um ihn zu trauern, wäre reine Zeitverschwendung!«

»Ich liebe ihn aber«, sagte ich so überzeugend, dass ich es für einen Augenblick selbst glaubte.

Rebecca lachte wieder. Ich sagte, dass sie etwas Rücksicht auf meinen Zustand nehmen und wenigstens das blöde Lachen sein lassen könne. Da lachte sie noch mehr.

Als sie später von Kaspar zu einem Stadtbummel abgeholt wurde, sahen die beiden so glücklich aus, dass einem schlecht werden konnte. Kaum waren sie gegangen, kam die alte Kiebig mit ihrem Brathund in den

Laden und setzte sich ungefragt auf einen Stuhl an der Wand. Ich hatte nicht den Mut, sie rauszuschmeißen.

»Sie, müssen Sie denn das Kleid mit ihren klebrigen Händen anfassen?«, rief sie mit ihrer meckrigsten Stimme und deutete mit ihrem knochigen Zeigefinger auf eine erschreckte Kundin. Der Brathund kläffte schrill.

»Ich habe überhaupt keine klebrigen Hände«, murmelte die Frau. Aber sie trat unter den giftigen Blicken von Hund und Frauchen den Rückzug durch die Ladentür an. Ich konnte mich nicht dazu aufraffen, ihr nachzulaufen.

Ein hübsches Mädchen und ein hübscher Mann betraten den Laden. Sie sahen aus, als wären sie frisch verliebt. Ich hasste sie. Der Kiebig ging es genauso.

»Pass auf, Kind, das schlampige Pack will was klauen«, zischte sie gut hörbar, »das sehe ich denen doch an.«

Das schlampige Pack hörte auf, sich verliebt anzulächeln und warf hilfesuchende Blicke zu mir herüber. Ich aber vermied es feige, in ihre glücklichen Gesichter zu sehen und ließ zu, dass der Brathund sich knurrend an ihre Fersen heftete und sie aus dem Laden trieb.

»Gut gemacht, du wachsame Silvia du«, lobte die Alte den Köter. Das haarlose Ungetüm war ein weiblicher Brathund, nach der schwedischen Königin benannt. »Das waren Tagediebe und Taugenichtse.«

Ich betrachtete sie voll Abscheu. Und plötzlich sah ich in ihr eine Vision von mir selber in dreißig Jahren. Ich erschrak.

»Das waren nette, harmlose Leute«, sagte ich heftig. »Und außerdem war es Kundschaft, die Sie vertrieben haben.«

»Ich habe schon verstanden«, meckerte die Kiebig gekränkt, »das ist sowieso eine Wirtschaft hier, nicht mit anzusehen. Komm, Silvia, wir sind hier nicht erwünscht.«

Als sie weg waren, legte ich den Kopf auf die Ladentheke und heulte laut los. Gerade da kam meine Cousine Zarah herein. Sie war seit mindestens zehn Jahren ununterbrochen glücklich verheiratet, und bei ihrem Anblick schluchzte ich noch lauter.

»Was ist denn mit dir los, Süße?«, fragte sie.

»Ich will nicht so werden wie die Kiebig«, schniefte ich.

»Ich glaube nicht, dass die Gefahr besteht«, meinte Zarah. »Liebeskummer?« Sie streichelte mitfühlend über mein Haar.

Ich nickte stumm.

»Also, wenn es wegen dieser müden Zaunlatte ist, mit der du dich die letzten Jahre herumgeschlagen hast, dann musst du wirklich nicht traurig sein.«

Ich fand, dass ich ein bisschen mehr Mitleid verdient hatte, und hörte verärgert auf zu heulen.

»Siehst du, es ist schon wieder gut«, sagte Zarah unbekümmert und fragte mich übergangslos, ob ich kommende Woche Donnerstag auf ihre drei Kinder aufpassen könne. Das machte ich öfter und eigentlich auch gern. Deshalb sagte ich ja.

»Wenn es möglich ist, würde ich dich bitten, über Nacht zu bleiben, weil wir gern mal wieder so richtig lange wegbleiben würden«, sagte Zarah. »Du könntest im Gästezimmer schlafen, nur für alle Fälle.«

Ich hatte nichts dagegen.

»Meine Schwester heiratet im September. Habt ihr

schon die Einladungen bekommen?«, fragte Zarah und schüttelte sich angewidert. »Weiße Glanzpappe mit goldgeprägter Hochzeitskutsche!«

Ich stieß einen wehen Laut aus.

»Ja, scheußlich, das finde ich auch«, stimmte Zarah zu. »Eine ganz widerliche goldgeprägte Kutsche.«

Ich seufzte abgrundtief.

»Na, hör mal, du wirst doch nicht die arme Simone um ihr zukünftiges Eheglück mit Pietäten-Ralf beneiden?«, fragte Zarah.

Pietäten-Ralf war der Name, den wir Simones seriösem Bräutigam gegeben hatten. In Wirklichkeit hieß er nur Ralf. Ralf Kühl von Bestattungen Kühl und Söhne, dem renommiertesten Beerdigungsunternehmen der Stadt. Die Kühls hatten eine Leichenhalle praktischerweise gleich im Keller ihres Einfamilienhauses, und wenn Ralfs Wagen mal zur Reparatur musste, konnte er mit einem der glänzend schwarzen Kombis zur Arbeit fahren. Der Ralf war das, was Mütter von Töchtern eine wirklich gute Partie nannten. Simone konnte sich glücklich schätzen.

»Also, wenn du auf Pietäten-Ralf neidisch bist, dann geht's dir tatsächlich schlechter, als ich dachte«, bemerkte Zarah und lachte.

Meine Lippen begannen wieder, weinerlich zu zittern. Es ging mir tatsächlich viel schlechter, als sie dachte.

Als Zarah gehen wollte, stieß sie in der Tür mit meinem Bruder zusammen.

»Hallo, Leander«, sagte Mo. »Wolltest du unserem Trauerkloß einen Besuch abstatten?«

Zarah lachte wieder. »Dabei hätte sie allen Grund zur Freude«, meinte sie.

»Ist es nicht fürchterlich anzusehen, wie sehr sie diesem Analphabeten nachtrauert?«, fragte Mo.

Zarah lachte noch mehr.

Ich fand alle beide unerträglich und verbot ihnen, Holger und alles, was mit ihm zu tun hatte, jemals wieder in meiner Gegenwart zu erwähnen.

»Das ist der erste Schritt zur Besserung«, meinte Zarah anerkennend. »Bis Donnerstag zum Babysitten!«

»Tschö«, sagte ich mürrisch und sah meinen Bruder mitleidheischend an.

»Ich werde mein Auto verkaufen«, teilte er mir mit.

»Das interessiert mich einen Scheißdreck«, sagte ich.

»Das sollte es aber nicht, denn ich habe unsere oder vielmehr deine Telefonnummer angegeben«, erklärte Mo. »Steffen hat nämlich sein Auto auch inseriert, und wir kommen sonst mit den Anrufern durcheinander.«

»Und was hat das mit mir zu tun?«

»Nichts«, meinte Mo und wandte sich zum Gehen. »Ich wollte nur, dass du Bescheid weißt, dass ich am Samstag dein Telefon brauche.«

»Von mir aus«, sagte ich. »Aber Holger ist kein Analphabet.«

»Du meinst wohl den, dessen Name nicht mehr genannt werden darf«, verbesserte Mo und lachte wieder.

Es war ein furchtbar trauriger Tag, und ich brauchte dringend Trost. Deshalb lief ich zum Kiosk und verlangte zehn Eis am Stiel.

»Sie gehören zum Kindergarten von gegenüber, stimmt's?« mutmaßte der freundliche Kioskmann.

Ich sagte, nein, die äße ich alle selber, worüber er herzlich lachte. Wenn er gesehen hätte, wie schnell ich von seinem Eis nichts als die Tüten übriggelassen hatte, er hätte sicher noch seinen Kindern und Kindeskindern davon erzählt.

Nachdem das letzte Eis verschlungen war und mir mein Magen wie eine pralle Kühltasche vorkam, fühlte ich mich noch schlechter. Deprimiert setzte ich mich auf die Ladentheke und glotzte vor mich hin.

Als Rebecca und Kaspar zurückkamen, brachten sie mir ein Eishörnchen vom Italiener mit.

»Wir dachten, dass du etwas Aufmunterung gebrauchen könntest.« Kaspar lächelte und hielt mir die Waffel hin. »Karamel, Walnuss und Stracciatella. So ein Eis wirkt manchmal Wunder.«

Wem sagte er das!

Ich entrang mir mühsam ein »Dankeschön« und schob tapfer noch das elfte Eis hinterher. Und es bewirkte tatsächlich Wunder, nämlich, dass mir mit seinem Verzehr für mehrere Tage der Appetit auf Gefrorenes verging.

»Liebeskummer ist scheußlich«, meinte Kaspar mitfühlend, als ich mich völlig übersättigt von der Ladentheke plumpsen ließ. »Man kriegt keinen Bissen mehr runter und fühlt sich hundeelend.«

»Was kann man dagegen tun?«, fragte ich und unterdrückte einen Rülpser.

»Wenn ich Liebeskummer habe, dann übe ich«, erklärte Kaspar.

»Und ich zeichne und nähe«, sagte Rebecca. »Aber es ist schon lange her, dass ich Liebeskummer hatte«, setzte sie hinzu, und sie und Kaspar lächelten sich glücklich an.

»Ihr habt's gut«, seufzte ich.

Rebecca hatte schon als Kind Schneiderin werden wollen und nach der Schule genau gewusst, was dann geschehen sollte: Schneiderlehre, Modeschule und danach ihren eigenen Laden. Rebecca war talentiert und zielstrebig, und so war es ja auch nur gerecht, dass sie am Ende bekam, was sie sich gewünscht hatte.

Bei Kaspar stellte ich es mir ähnlich vor. Kaum, dass er aufrecht auf einem Stuhl hatte sitzen können, hatte er nichts anderes gewollt und getan, als wunderbar auf dem Cello zu spielen. Und heute verdiente er damit Geld und Ruhm.

Überhaupt hatte ich das Gefühl, dass alle in meiner Umgebung irgendeine Karriere verfolgten, während ich völlig orientierungslos vor mich hinstudierte und mich wie ein Versager auf der ganzen Linie fühlte. Dabei hätte ich auch Chancen gehabt, meine wie auch immer gearteten Neigungen zu nutzen. Ich hatte doch so vieles besser gekonnt als der Durchschnitt. Die Zebrafische an meiner Badezimmerwand zum Beispiel waren überdurchschnittlich gut, meine selbstgebastelten Marionetten und mein russischer Apfelkuchen – und eigentlich auch beinahe alles andere. Doch ich war wohl nicht gut genug, denn warum hatte ich mich wohl sonst fünf Jahre lang völlig lust- und aussichtslos an der Uni herumgetrieben?

Ich war ein Versager. Ich musste ein Versager sein, wenn selbst ein Versager wie Holger mich nicht mehr wollte.

Rebecca fand, dass ich einen freien Nachmittag gebrauchen konnte, und ich schlich zutiefst deprimiert in meine Wohnung.

»Du wirst schon sehen, Judith!«, rief Kaspar mir nach, »jeder Topf findet seinen Deckel!«

Ich legte mich ins Bett. Was sollte ich auch anderes tun? Neben mir lag eines der Bücher dieser cleveren alten Engländerin, die Unmengen von Geld mit Romanen verdient, in denen jeder Topf seinen Deckel findet. Man langweilt sich gemeinsam mit der langbeinigen, schönen Heldin in Cornwall, Schottland oder London durch behagliche Wohnzimmereinrichtungen und beschauliche Gärten, bevor die Schöne auf der letzten Seite endlich Mister Wonderful in die Arme sinken darf.

Da die Bücher niveaumäßig nicht weit von »Glühende Küsse in Louisiana« anzusiedeln waren, aber als fast anspruchsvolle Lektüre gehandelt wurden, kaufte ich von Zeit zu Zeit eins davon. Dieses hier hatte ich aber nicht weiter als bis Seite zwei gelesen. Auf Seite zwei nämlich machten sich die Mutter der Hauptperson und die Autorin Sorgen darüber, dass die Hauptperson, obwohl schon zwanzig und damit kein Teenager mehr, keinerlei Anstalten machte, eine Ehe einzugehen. Die Heldin war natürlich schön, klug und reich, litt unter ständigem Appetitmangel und konnte sich vor Anträgen von gutaussehenden, erfolgreichen Anwälten und wohlhabenden Geschäftsleuten kaum retten.

Es war auf Seite zwei schon abzusehen, dass sie ihren eigenen Kopf durchsetzen und erst heiraten würde, wenn sie dafür reif war. Und das bedeutete, dass sie mit an Sicherheit grenzender Wahrscheinlichkeit erst kurz vor ihrem einundzwanzigsten Geburtstag dem einzig wahren Gutsbesitzer ihr Ja-Wort geben und dann dafür glücklich bis ans Ende ihrer Tage leben würde.

Pfui, Teufel, war das widerlich.

Ich musste das Buch nur ansehen, und schon kamen mir die Tränen. Ich war sechs Jahre zu alt, um überhaupt noch als Heldin für einen Roman zu taugen. Und obwohl ich, genau wie die Heldin, nicht vorhatte, auf den erstbesten Heiratsantrag hereinzufallen, musste ich zugeben, dass sich bis jetzt weder erfolgreiche Anwälte und wohlhabende Geschäftsmänner noch popelige Sportstudenten mit derartigen Absichten mir gegenüber getragen hatten oder in näherer Zukunft tragen würden.

Ich war ein hoffnungsloser Fall. Das Beste würde sein, ich machte meinem Leben gleich ein Ende. Das war heutzutage ja kein Problem mehr. Man musste bloß nachts leichtbekleidet im Park umherschlendern und, wenn man ein Messer an der Kehle fühlte, den Mann mit der Maske anschreien, dass man ihn stets und überall wiedererkennen würde.

Wenn das nicht klappte, dann konnte ich mich immer noch auf die Bahngleise legen wie einst Anna Karenina. Nur, dass die keinen Grund hatte, damals. Es blieb natürlich auch die Möglichkeit, mich weiter von Eis und Chips zu ernähren und an Mangelernährung zugrunde zu gehen. Aber das konnte Jahre dauern.

Ich kletterte aus dem Bett und schlenderte ziellos in der Wohnung umher. Auf dem Bücherregal trocknete ein angebrochenes Paket Kindergartenmodelliermasse vor sich hin, aus der ich früher manchmal einen Kopf für eine Marionette modelliert hatte. Das war lange her.

Gedankenverloren nahm ich einen Klumpen aus der Packung und machte ihn mit Wasser wieder schön geschmeidig. Dann setzte ich mich auf den Fußboden und begann zu formen. Eine kräftige Nase, ein vorspringendes Kinn mit einer tiefen Kerbe, abstehende Ohren. Ich war selbst überrascht, wie das Ding in meinen Händen mehr und mehr wie Holger auszusehen begann. Mit zunehmendem Eifer knetete ich die fleischfarbene Masse zu seinem authentischen Abbild. Es gelang mir sogar, dem Klumpen exakt den Gesichtsausdruck zu verleihen, der Holger zueigen war, wenn er vor drei Uhr nachmittags unerwarteterweise hellem Tageslicht ausgesetzt war. Der Kopf war eine so gelungene, detailgetreue Arbeit, dass es schwer zu erklären ist, was ich dann tat.

Ich öffnete das Küchenfenster, nahm Holgers Kopf in die rechte Hand und schleuderte ihn mit voller Wucht von mir. Er klatschte mit einem schmatzenden Laut an die liebevoll restaurierte Fassade des gegenüberliegenden Hauses. Ein Teil von ihm blieb unterhalb des Fenstersimses kleben, der andere rieselte zum Bordstein hinab.

Die Luft um mich herum begann plötzlich für etwa eine Sekunde zu flimmern und zu wispern. Hier schien tatsächlich Magie im Spiel zu sein, auch wenn dieser Zauber nicht in dem Hexenbuch beschrieben worden war. Magie oder nicht, fest steht jedenfalls, dass es mir von diesem Augenblick an schlagartig besser ging. Der Nebelschleier um mich herum hatte sich verzogen.

Ich atmete tief durch und sah mich tatendurstig in meiner Wohnung um. Dann krempelte ich die Ärmel hoch, schmiss die erste Ladung Wäsche in die Maschine, füllte drei Mülltüten mit leeren Eiskartons und Chipstüten und spülte vierundzwanzig Eislöffel. Hinterher saugte ich einen Staubsaugerbeutel voller Chipskrümel aus und unter dem Bett hervor, wechselte die Bettwäsche und warf den Bestseller der cleveren, alten Engländerin ins Altpapier. Anschließend stellte ich mich unter die Dusche, wusch mir die Haare und zog saubere, gebügelte Klamotten an.

»Sie erinnern mich irgendwie an meine Schwester, wie sie früher mal war«, meinte Rebecca, als ich ihr eine Tüte Chips und eine Packung Walnusseis in den Laden brachte, für die ich in meinem künftigen Leben keine Verwendung mehr haben würde.

»Vergleichen Sie mich nicht mit dieser traurigen Gestalt«, antwortete ich und fuhr mit dem Rad zu einem Geschäft für Bastelbedarf.

Dort gab ich mein ganzes Geld für kiloweise lufttrocknende Kindergartenmodelliermasse und Plakatfarben aus, mit denen ich die wundervollsten Marionetten der nördlichen Hemisphäre zu erschaffen gedachte. Schließlich hatte ich gerade erkannt, dass mein Talent auf keinen Fall brachliegen durfte.

Als ich aber später an einer Möhre kauend über meinem nächsten Marionettenkopf saß, erlebte ich eine weitere Überraschung. Offensichtlich war der Holgerklumpen unter magischen Umständen, gewissermaßen ohne mein Zutun, entstanden. Zum Beweis scheiterten meine ersten Versuche, einen annähernd perfekten Kopf zu modellieren, kläglich. Bis zehn Uhr hatte sich eine Reihe von unförmigen Klumpen mit Henkeln, welche die Ohren darstellen sollten, angesammelt. Trotzdem wollte ich noch nicht aufgeben. Das Telefon klingelte. Ich zuckte nicht mal zusammen. Zu spät, Holger, ich habe gerade eingesehen, wie unsinnig es war, um dich zu trauern.

Aber es war nicht Holger. Es war Kai-Uwe. Kai-Uwe Friedmann. Der Junge, von dem ich meinen ersten Kuss bekommen und dessen Namen ich monatelang abends vorm Einschlafen beglückt vor mich hingemurmelt hatte. Kai-Uwe Friedmann. Seinetwegen war damals sogar die Tanzschule Pickel und Strauß zeitweise zu einem wundervollen Ort geworden. Kai-Uwe hatte Gesang in Freiburg studiert und war seit diesem Semester wieder in Köln, um an der Musikhochschule sein Konzertexamen zu machen. Ich hatte immer gewusst, dass er's zu was bringen würde.

»Ja, wann sehen wir uns denn mal?«, fragte Kai-Uwe, nachdem wir einander ausgiebig versichert hatten, wie gut es uns ginge.

»Wann immer du magst«, sagte ich. Ich war frei wie ein Vogel, oder nicht?

Wir verabredeten uns für Samstag im Volksgarten.

Als ich aufgelegt hatte, gelang mir plötzlich wieder wie von selbst ein Marionettenkopf. Er sah aus, wie Kai-Uwe in den guten, alten Pickel-und-Strauß-Zeiten ausgesehen hatte, ein bisschen wie ein Märchenprinz. Die Kirchenglocken schlugen Mitternacht, als ich den Kopf vorsichtig zum Trocknen auf die Fensterbank legte.

Zwischen Donnerstag und Freitag

Wie jeden Donnerstag musste ich einen heftigen Kampf gegen meinen inneren Schweinehund ausfechten, bevor ich mich dazu aufraffen konnte, zur Probe in den Unichor zu fahren. Ich hatte große Lust zu schwänzen, aber man hatte sich ein neues Kontrollsystem ausgedacht, und ich hatte in diesem Semester schon zweimal gefehlt.

Wir sangen »Das Paradies und die Peri« von Schumann.

»Weh, weh, er fehlte das Ziel, es lebt der Tyrann, der Edle fiel.«

Worum es ging, wusste ich nicht. Ich hatte die Probe verpasst, wo man uns die Handlung auseinandergesetzt hatte. Der Text allein konnte wenig Aufklärung bieten. Und was ein/eine Peri ist, weiß ich bis heute nicht.

Aber die Jungs aus dem ersten Tenor hinter uns hielten sich sowieso nicht an das Libretto.

Als wir inbrünstig an die hundertmal sangen »denn heilig ist das Blut für die Freiheit verspritzt vom Heldenmut«, grölte der erste Tenor: »Denn einzig ist die Ruth, bei hundertdreißig geblitzt.«

Der Chorleiter merkte nichts.

»Denn heilig ist das Blut, für die Freiheit verspritzt, für die Freiheit.«

»Der Tenor ruhig etwas kräftiger«, sagte der Dirigent.

»Denn freilich hat der Mut, der sich beizeiten verpisst, für die Freiheit«, sang der Tenor etwas kräftiger.

»Sehr schön so«, lobte der Dirigent.

Der Tenor freute sich. Ich begann, es komisch zu finden. Zumal die Jungs wirklich gut sangen, wenn sie sich nicht gerade über ihre eigenen Witze totlachten.

»Denn heilig ist das Blut, für die Freiheit verspritzt«, sangen wir, und der Tenor hielt, immer mutiger, dagegen: »Denn eilig ist die Mutt', die die Mahlzeit erhitzt!«

Ich musste lachen und steckte das Mädchen neben mir an. Nach einer Weile kicherte die ganze Reihe. Das stachelte die Jungs noch mehr an.

»Denn heilig ist das Blut, für die Freiheit verspritzt vom Heldenmut«, kichersangen wir mit zittrigen Stimmen und hatten noch mehr Schwierigkeiten mit dem hohen A.

Das hörte der Dirigent.

»Die Damen da hinten im Sopran, bitte bleiben Sie mit etwas mehr Ernst bei der Sache«, tadelte er uns.

Die Jungs im Tenor lachten schadenfroh.

»Denn heilig ist das Blut, für die Freiheit verspritzt im Heldenmut«, versuchten wir mit etwas mehr Ernst.

»Denn freilich hat's der gut, der die Feier verschwitzt vom He-helmut«, schmetterte der Tenor, und da versagten unsere Stimmen völlig, und wir brachen in haltloses Gelächter aus.

Der Chorleiter hieß Helmut mit Vornamen.

»Ich sehe mich gezwungen, Sie der Probe zu verweisen, wenn Sie noch einmal die Konzentration der Gruppe stören«, drohte er uns, wobei er ärgerlich seine Lippen zusammenkniff und finster in unsere Richtung starrte.

Ich hätte eigentlich nichts gegen einen Feldverweis an dieser Stelle einzuwenden gehabt, aber die anderen Soprane stellten gehorsam das Gelächter ein und konzentrierten sich fortan gewissenhafter auf das heilige Blut. Ich versuchte, es ihnen gleichzutun und an etwas wirklich Trauriges zu denken. Das war nicht schwer.

Diese Chorproben waren noch das kleinere Übel. Wenn man Germanistik studieren will, kann es – wie in meinem Fall – passieren, dass man erst am Tag der Einschreibung erfährt, dass man dieses Fach nur in Kombination mit zwei weiteren Fächern studieren darf. Da man nicht viel Zeit hat, sich die Wahl der Nebenfächer zu überlegen, kann es weiterhin passieren, dass man sich – dermaßen in die Enge getrieben – für Musikwissenschaften und Philosophie entscheidet und fortan seines Lebens nicht mehr froh wird. Zumal man gegen die, die diese Fächer aus Leidenschaft und aufgrund ihrer Talente und Kenntnisse gewählt haben, nicht nur in Sachen Motivation weit abfällt. Nie werde ich die Ängste vergessen, die ich in den ersten beiden Semestern in Harmonielehre auszustehen hatte.

Der Professor pflegte in die Menge zu deuten und auszurufen: »Sie da im roten Pullover, nennen Sie mir die dritte Umkehrung von cis-Moll!«

Ich lief monatelang nur geduckt und in dezentes Grau gekleidet durch die Uni.

Zur Teilnahme am Uni-Chor wurde man ebenfalls gezwungen, aber das war, wie gesagt, das kleinere Übel und konnte, wie heute, ganz lustig sein.

»Hervor aus den Wäldern geschwind, und sehet das holde liebliche Kind«, mussten wir zum Abschluss singen, und der dichtfreudige Tenor machte daraus: »Hervor mit den Gläsern Absinth und leeret das tolle, gift'ge Getränk!«

Nach der Chorprobe brauchte ich – wie immer – eine Viertelstunde, um alle Schlösser, mit denen ich mein Fahrrad gegen Diebe zu schützen pflegte, zu knacken. Es begann bereits zu dämmern, und ich summte »denn heilig ist das Blut für die Freiheit verspritzt ...« vor mich hin, um mich damit gegen etwaige Angriffe auf dem Weg zum Babysitten bei meiner Cousine zu wappnen.

Jeder weiß, dass die Polizei immer rät, sich im Falle einer Begegnung mit dem gemeinen Feld-, Wald-, Wiesen- und Straßenbahnhaltestellenvergewaltiger passiv zu verhalten und sich bloß nicht zu wehren, damit er nicht zum hinterhältigen Würger oder blutrünstigen Schlitzer mutiert.

Dennoch jagten mir Zeitungsberichte über Opfer, die dem gemeinen Vergewaltiger gegenüber zum Täter werden, indem sie ihm entweder die Zunge abbeißen und mit dem Stück weglaufen, ihn mit einer Handarbeitsschere kastrieren oder mit einer Konservendose aus dem Einkaufskorb hirntot schlagen, wohlige Schauer über den Rücken.

Weil ich persönlich aber Probleme mit derart unappetitlichen Handgreiflichkeiten gehabt hätte und eine Konservenbüchse ja auch nicht immer zur Hand war, hatte ich bei Parkdurchquerungen nach Einbruch der Dämmerung ein Springmesser mit einer fünfzehn Zentimeter langen Klinge quer im Mund und das Hunde- und Menschen-Abwehr-Spray in der linken Hand. So und mit einer Geschwindigkeit von hundertfünfzig Stundenkilometern ließ sich jede Grünanlage völlig angstfrei durchqueren.

Auch heute fuhr ich unbehelligt durch das gefährliche

Terrain, vielleicht nicht zuletzt, weil ich durch die zusammengebissenen Zähne – die mussten ja das Messer halten – »Denn heilig ist das Blut für die Freiheit verspritzt vom Heldenmut« sang. Jedenfalls traute sich kein gemeiner Feld-Wald-Wiesen- und Straßenbahnhaltestellenvergewaltiger aus dem Gebüsch, bis ich wohlbehalten bei meiner glücklichen Cousine Zarah angekommen war, die mit ihrer Familie eine wundervolle Villa direkt an der Rheinpromenade bewohnte.

Sie war wirklich ein Mensch, den man beneiden konnte, klug, schön und erfolgreich. Zu allem Überfluss hatte sie einen Mann geheiratet, dessen einziger Makel war, auf den Namen Gottlieb Landström getauft zu sein. Dafür hatten ihre drei Kinder umso nettere Namen, die wunderbar zu ihren kleinen Stupsnasen und ihrem skandinavischen Nachnamen passten. Es waren wirklich süße Kinder.

Lars und Nils fielen mir zur Begrüßung um den Hals, Lennart umklammerte fröhlich meine Beine.

»Sie freuen sich schon den ganzen Tag auf dich«, sagte Zarah listig. »Dich mögen sie viel lieber als meine Schwester.«

Ich war geschmeichelt. Es waren wirklich süße Kinder. Zarah zeigte mir sämtliche Vorräte in allen Schränken und schlug vor, den Kindern ein gesundes Abendessen aus Salat und Pellkartoffeln und gedämpften Möhrchen zu kochen. Ich könne alles stehen- und liegenlassen, die Zugehfrau käme morgen und kümmere sich darum.

Bevor Zarah und Gottlieb in Abendkleid und Smoking das Haus verließen, bedankten sie sich noch einmal so überschwänglich fürs Babysitten, dass es mir schon peinlich war, und versprachen, vor dem Frühstück wieder zurück zu sein.

Natürlich schlug ich ihre Ratschläge bezüglich des urgesunden, knackigen Nachtmahls in den Wind und ließ die Kinder wählen, was wir kochen sollten. Sie waren begeistert und ich auch, weil sich ihre Vorschläge exakt mit meinen Gelüsten deckten.

Wir machten ungesunde Pommes frites in der Fritteuse und ungesunde Schokoladeneisshakes im Mixer, dass die Küche nur so vollspritzte. Ich dachte mit schlechtem Gewissen an die arme Zugehfrau, aber die Jungs überschlugen sich mit Komplimenten für mich.

»Bei dir ist es viel schöner als bei Simone«, sagten sie.

Simone war meine gediegene Cousine, die mit Pietäten-Ralf von Bestattungen Kühl und Söhne verlobt war.

»Die hat überhaupt keinen Mohr!«, meinte Lennart.

»Du meinst, keinen Humus«, verbesserte Nils kichernd.

»Keinen Mohr.«

»Humus!«

»Mohr!«

»Ihr habt beide recht, Mann. Es heißt Humor, ihr Flaschen«, sagte Lars, bevor ich überhaupt kapiert hatte, worum es ging.

Lennart mochte keine Fritten und bekam Brot.

»Ich will Schokoladensenf drauf haben«, forderte er.

»Er meint Nutella«, erklärte mir Nils. »Zu Mandarinen sagt er ›Kratzeapfelsinen‹ und zu Marzipan ›Essknete‹, komisch, was?«

Sie waren wirklich süß.

Als wir satt waren und die Küche aussah wie das Epizentrum eines Erdbebens der Stärke Sieben auf der beliebten Richterskala, setzte ich mich mit ihnen in die Kaminecke und las aus Tausendundeiner Nacht von den Reisen Sindbad des Seefahrers vor. Nach der zweiten Reise meinte ich, dass es für die Kinder an der Zeit sei, das Bett aufzusuchen.

Sie verlegten sich auf schmeichelhaftes Bitten: »Bitte lies noch weiter. Keiner kann das so gut wie du.«

»Es ist gerade so spannend, bitte, bitte.«

»Mehr Bindsad, mehr Bindsad!«

Nach Sindbads vierter Reise versagte meine Stimme.

»Jetzt ist es aber wirklich Zeit«, flüsterte ich.

Die Jungs gingen ohne Widerspruch die Treppe hinauf. Sie teilten sich einen Raum unterm Dach mit einer gigantischen Bettlandschaft in zwei Metern Höhe, mit Schaukeln, Takelagen und Klettertauen wie im Affenhaus. Das Gästezimmer für mich war nebenan.

»Könnt ihr euch allein ausziehen? Zähneputzen?«, flüsterte ich taktvoll. Natürlich konnten sie das. Es waren wirklich süße Kinder.

Als ich nach einer halben Stunde auf Zehenspitzen ins Zimmer schlich, um die Kleinen gut zuzudecken, spielten Nils und Lennart »Fangen-ohne-den-Boden-zu-berühren«, und Lars saß zusammengesunken in einer Ecke und drückte wie besessen auf die Knöpfe eines Kästchens, das nervenaufreibende Piepsgeräusche von sich gab. Ob ich wüsste, dass er der Einzige in seiner Klasse, ja der Schule und bestimmt auf der ganzen Welt sei, der keinen Gameboy besitze? Und ob ich nicht mal mit seinen ungerechten, verständnislosen und unmodernen Eltern reden könne?

Das arme Kind. Ich konnte es gut verstehen. So wie ihm mit dem Gameboy war es mir mit der Barbie-Puppe ergangen. Meine Mutter hatte sich strikt geweigert, eine Barbie im Haus zu dulden, und erfolgreich verhindert, dass mir eine geschenkt wurde. Genau das gleiche galt übrigens auch für »Hanni-und-Nanni«-Bücher, Schlümpfe und Shetlandponys.

Die Erinnerung an meine entbehrungsreiche Jugend stimmte mich milde und nachgiebig. Von mir aus dürften sie ruhig noch ein halbes Stündchen spielen, lenkte ich ein. Ich lieh mir von Lars »Berts gesammelte Katastrophen« und legte mich damit im Gästezimmer aufs Bett.

Da aber ein halbes Stündchen nach dem anderen verging und der Lärm im Kinderzimmer nicht nachließ, schlug meine milde Stimmung wieder um.

Draußen hatte sich längst die Sommernacht niedergesenkt, ich sehnte mich nach Schlaf und Stille, und diese ruhelosen Kinder tobten immer noch hellwach durchs Zimmer.

Verwöhnte Konsumbälger!

Früher war das alles anders. Wie war ich meiner Mutter inzwischen dankbar, dass sie dafür gesorgt hatte, dass mir diese geschmacklosen Plastik-Püppchen erspart geblieben waren, von den entsetzlich blöden Internatsgeschichten ganz zu schweigen. Und hatte es mir etwa geschadet, dass niemals Fritten oder Nutella auf den Tisch kamen?

Gute Ernährung, phantasieanregendes Spielzeug und regelmäßiger Schlaf waren schließlich die Basis für eine gesunde Entwicklung einer jeden Kinderseele. Regelmäßiger Schlaf war auch in meinem Alter noch ungeheuer wichtig. Jedermann weiß, dass Schlafmangel für die verfrühte Bildung von Krähenfüßen verantwortlich ist.

Ich erkannte, dass die gesunde Entwicklung der drei lärmenden Kinderseelen nebenan in unmittelbarem Zusammenhang zu der Anzahl der Krähenfüße stand, die sich heute Nacht um meine Augen graben würden. Deshalb wechselte ich gegen elf Uhr vom Laisser-faire zum autoritären Stil. In scharfem Ton befahl ich, Kleider mit Schlafanzügen zu tauschen, alle elektrischen Geräte auszuschalten und innerhalb einer Minute mit geputzten Zähnen im Bett zu liegen, sonst würde ich mich in einen von Roald Dahls schrecklichen Riesen verwandeln, bevorzugt in »Knochenknacker« oder »Kindermanscher«.

Als ich nach einer kurzen Gnadenfrist wieder ins Kinderzimmer kam, um Angst und Schrecken zu verbreiten, hing Lennart in drei Metern Höhe an einem Klettertau, und Nils tat sein Bestes, um ihn zum Hinunterfallen zu bringen. Lars saß immer noch mit dem geborgten Gameboy in der Ecke. Er sah nicht mal auf. Lennarts vergnügtes Quietschen wich kurzzeitig einem jammervollen Wimmern, als er mich sah, aber Nils rüttelte unbeirrt weiter am Tau. Vom bloßen Zusehen konnten einem Krähenfüße wachsen. Es waren grässliche Kinder.

»Jetzt reicht's aber«, sagte ich mit gefletschten Zähnen, schüttelte den jaulenden Lennart von der Decke, beschlagnahmte den Gameboy und begann, den Kindern die Klamotten vom Leib zu reißen.

Als Lars an der Reihe war, fiel ihm plötzlich ein, dass er seine Hausaufgaben noch nicht gemacht hatte.

»Ich hab früher meine Hausaufgaben auch nie gemacht«, tröstete ich ihn und zerrte an seinem Pulli.

»Früher gab's bestimmt auch keine Lehrer, die Prügel verteilen«, sagte Lars.

»Haut euer Lehrer?«

»Mit einem Schlagstock«, behauptete Lars.

Ich glaubte ihm kein Wort, gab ihm aber eine halbe Stunde, um die Sage vom Mäuseturm im Rhein bei Bingen nachzuerzählen. Er setzte sich ohne Hose an den Schreibtisch und begann fieberhaft zu schreiben.

In der Zwischenzeit packte ich die beiden anderen ins Bett und las ihnen die fünfte und sechste Reise von Sindbad, dem Seefahrer vor. Dann wünschte ich ihnen einen erholsamen Schlaf.

»Ich hab aber Hunger«, jammerte Nils.

»Pech für dich«, sagte ich finster.

»Mehr Bindsad! Mehr Bindsad!«, grölte Lennart in seinem Bettchen.

Ich zerrte Lars vom Schreibtisch in sein Bett. Er hatte seine Hausaufgaben beendet und war über dem Heft eingeschlafen.

»Kannst du die Kommas für mich machen?«, fragte er schlaftrunken.

Ich nahm das Heft mit hinaus und machte das Licht aus.

Es war wahrhaftig schon Mitternacht vorbei, als die Kinder endlich aufhörten »Hunger! Hunger!« zu schreien. Völlig erschöpft ließ ich mich auf dem Sofa nieder und las die Geschichte vom Mäuseturm zu Bingen:

Es gab mal ne echt öde Zeit da war alles voll teuer also auch die Fressalien. Die Leute hatten Sauhunger aber sie konnten sich nichts kaufen. Es gab da son echt reichen Bischof also nen Kirchenheini. Das war ein echt mieser Sack. Überall vor seinen Protzvillen hingen Penner und flennten vor Hunger. Aber der Typ kümmerte sich nen Scheißdreck darum. Er heizte mit seinem Ferrari durch die Penner grölte »Platz da, ihr hirnamputierten Penner« und fuhr manche platt. Irgendwann wurde es den Pennern zu bunt. Sie nahmen ihre scharfen Waffen und plünderten Rudis Brotshop. Das ärgerte den Bischof und er hatte ne echt miese Idee um sich die Hungerleider vom Leib zu schaffen. Er lud alle Penner ein und ging mit ihnen in einen echt starken Schuppen. Da sollten alle was zu futtern kriegen. Der Kackbischof rannte aber nach draußen und verriegelte die Tür. Dann kippte er Benzin über die Bude schmiss einen Monotoffkockteil drauf und brüllte dann: »Friede eurer Asche!« Die Bude brannte die Penner schrien echt fürchterlich und der Bischof meinte zu seinen Killerfreunden: »Da pfeifen ja die Mäuse!« Das hätte er aber besser nicht gesagt. Denn im Nu kamen lauter Mäuse von weiß Gott woher die den Kirchenopa anfielen. Der rettete sich in einen Turm auf den Rhein aber die Mäuseviecher überwältigten die Wasserpolizei und setzten mit deren Motorbooten über den Rhein. Dort machten sie den Bischof kalt. Deshalb heißt der Turm heute Mäuseturm. Heppi End.

Die Geschichte war treffend nacherzählt, fand ich. Nur der Satz mit Rudis Brotshop gab mir ein Rätsel auf. Ich beschloss, Lars morgen nach Rudi zu fragen und setzte die vergessenen Kommas an die richtigen Stellen. Ich hätte auch gerne den Monotoffkockteil verbessert, wusste aber leider nicht, wie man ihn richtig schreibt.

»Molotov, Mollotof, Molotoff oder Mollotow«, probierte ich beim Zähneputzen singend, »so ein Molli macht nur Zoff.«

Die Kinder lagen alle drei schlafend in ihren Betten, die kleinen Engelsgesichter in die Kissen gedrückt, als ich ihnen einen letzten Kontrollbesuch abstattete.

Es waren eigentlich doch süße Kinder. Wenn sie schliefen.

Als Zarah und Gottlieb nach Hause kamen, weckten sie mich, um zu sagen, dass sie wieder da seien.

»Fein«, sagte ich mit geschlossenen Augen.

»Waren die Racker lieb?«

»Fein.«

»Es war richtig schön, mal wieder so lange zu bleiben, dass man dem Gastgeber anmerkt, wie sehr er sich freut, wenn man geht.«

»Fein.«

»Es ist schon drei Uhr. Wir lassen dich besser schlafen.«

»Fein.« Fein.

Ein dumpfer Rumms weckte mich unbestimmte Zeit später und trieb mich nach nebenan. Im Kinderzimmer lag Lennart auf dem Boden vor seinem Bett. Es sah nicht so aus, als ob er sich etwas gebrochen hätte, denn er war noch nicht einmal aufgewacht. Ich rüttelte ihn an der Schulter.

»Muss Pipi, muss Pipi«, murmelte er.

Also trug ich ihn ins Badezimmer, setzte ihn aufs Klo und schleppte ihn anschließend wieder zurück ins Bett. Während der ganzen Prozedur öffnete er nicht mal die Augen.

Ich schlich zurück ins Gästezimmer und sah auf meiner Armbanduhr, dass es viertel nach vier war. Das bedeutete noch drei süße Stunden Schlaf. Dachte ich jedenfalls, bis sich die Tür öffnete und Nils hereinkam. Er hatte einen aufgepusteten Luftballon und sein Taschenmesser dabei.

Eine Zeitlang konnte ich das Schlimmste verhindern, indem ich die siebte Reise von Sindbad dem Seefahrer erzählte und eine achte und neunte dazu erfand. Um kurz nach fünf platzte der Ballon dann leider doch. Im elterlichen Schlafzimmer rührte sich nichts, aber dafür kamen Lennart und Lars wach und ausgeschlafen herbeigelaufen. Sie spielten, ich sei der böse Vogel Greif auf einem hohen Berg, und sie selber mimten zwei Sindbads und einen Bindsad, alles Seefahrer, die versuchten, meinen Horst zu entern. Ein Sindbad zerstach todesmutig das Nest vom bösen Vogel Greif mit seinem Taschenmesser, und Tausende von Gänsedaunen stoben durch das Zimmer.

Wir husteten so laut, dass Zarah eine Minute später in der Tür stand. Sie befahl den drei Seefahrern mit freundlicher Stimme, mich gefälligst weiterschlafen zu lassen und in ihren Betten auf ein Signal zum Aufstehen zu warten. Ich konnte die Stille kaum fassen, die das souveräne mütterliche Eingreifen hinterlassen hatte, aber die Zeit, die die Kinder brauchten, um zwei Tafeln Schokolade aus der Speisekammer zu entwenden und aufzuessen, reichte, um wahrhaftig noch mal einzuschlafen.

Nach einer köstlichen Viertelstunde wurde ich allerdings wieder geweckt, weil man mir eine Flasche Sprudel ins Ohr kippte. Ich stieß einen fürchterlichen Schrei aus und stand in Sekundenschnelle, aus beiden Ohren tropfend, neben dem Bett.

Das freute die Kinder so lautstark, dass Gottlieb aus dem Schlafzimmer kam und mit blicklosen Augen und geschlossenem Mund sagte: »Es ist noch mitten in der Nacht, lasst Judith weiterschlafen.«

Offensichtlich sah er nicht den Unterschied zwischen mir und der kalten Pfütze, die in meinem Bett blubberte, denn er schlurfte ohne weiteren Kommentar von dannen und verbrachte die nächste Dreiviertelstunde unter der Dusche.

Nachdem ich zehn Minuten lang – sehr zum Vergnügen der drei Monster – vergeblich versucht hatte, auf einem Bein hopsend das Wasser aus meinem Ohr zu schütteln, zwang ich die Kinder, sich für Schule und Kindergarten anzuziehen und anschließend im Gästezimmer mit dem Staubsauger die Daunen zu entfernen.

Als wir alle Betten gemacht, die Schultaschen gepackt und den Frühstückstisch gedeckt hatten, hörte die Dusche auf zu rauschen, und Zarah rief aus dem Schlafzimmer: »Meine Prinzen, kommt mich wachküssen!«

Da ließen die Prinzen alles stehen und liegen, um an ihr Bett zu sprinten.

»Und dann haben wir ihr Sprudel ins Ohr gegießt«, hörte ich ein begeistertes Stimmchen berichten.

Die ungläubige Antwort meiner beneidenswerten Cousine konnte ich leider nicht verstehen. Ich hatte zu viel Wasser im Ohr und fürs Erste wieder mal die Nase voll von Kindern.

Samstag

Bevor ich Freitagabend aus dem Haus gehen konnte, um mich endlich dem wohlverdienten Amüsement hinzugeben, rief Mo noch einmal an, um mich daran zu erinnern, dass die Anzeige für sein Auto Samstag früh in der Zeitung stehen würde.

Er persönlich würde sich von halb neun Uhr an neben mein Telefon setzen. Falls aber jemand vorher anrufen sollte, könnte ich schon mal sagen, dass er auch Winterreifen mit Felgen und die Stereoanlage, nur drei Jahre alt, hochwertige Drei-Wege-Boxen und so weiter und so weiter mitverkaufen würde.

Ich versuchte in der Zeit angestrengt, das Beste aus meinem Typ zu machen und einen wirklich perfekten Lidstrich zu ziehen.

»Hast du dir alles gemerkt? Judith? Warum sagst du nichts?«, fragte Mo nach einem viertelstündigen Monolog.

Ich fragte ihn, ob ich lieber einen geranienroten oder einen rosenholzfarbenen Lippenstift nehmen sollte.

»Du musst doch wissen, was du sagen sollst, falls

schon jemand vor halb neun anruft«, sagte er ärgerlich.

Ich sagte, dass ich, falls jemand vor halb neun anrufen sollte, nicht ans Telefon gehen würde, weil ich endlich, endlich die Gelegenheit nutzen wolle, einmal so richtig auszuschlafen.

Hatte ich wirklich gedacht. Aber Mos Auto schien begehrenswerter zu sein, als wir für möglich gehalten hatten.

Um vier Uhr morgens klingelte das Telefon und schreckte mich aus meiner Tiefschlafphase auf.

»Was ist passiert?«, keuchte ich in den Hörer.

Eine wache Männerstimme sagte: »Ich ruf an wegen der Anzeige im Stadtanzeiger. Ist der Wagen schon weg?«

»Was?«, fragte ich ungläubig.

»Dat Auto, dat in der Zeitung steht«, sagte die wache Männerstimme geduldig.

»Was?« Mir fiel nichts anderes ein.

»Wenn nicht, dann kämen wir jetzt ganz gern vorbei, um es anzugucken.«

Ich sagte gar nichts mehr.

»Wenn Sie uns sagen, wo das ist, sind wir in einer halben Stunde da«, sagte die wache Männerstimme.

Nachdem ich den Hörer aufgelegt und auf die Uhr gesehen hatte, war ich dann auch wach. Wütend rief ich bei Mo an. Nach dem zweiten Klingeln schaltete sich Steffens Anrufbeantworter ein. Eine Maschinengewehrsalve knatterte mir ins Ohr, ein grässlicher Schmerzensschrei erscholl, und eine Stimme stöhnte gepresst: »Bitte hinterlassen Sie einen Nachruf.«

Ich schrie den lautesten und wütendsten Nachruf aufs

Band, den die Welt je gehört hat. Mo stand dementsprechend eine Viertelstunde später vor der Tür.

»Das klappt ja wunderbar«, sagte er zufrieden und rieb sich die Hände.

Obwohl ich immer noch wütend war, wagte ich mich noch nicht zurück ins Bett. Menschen, die nachts um vier ein Auto erwerben möchten, erscheinen mir ausgesprochen verdächtig, zumal dann, wenn sie im Dunkeln Sonnenbrillen tragen.

Mo kehrte jedoch wider Erwarten wohlbehalten und gutgelaunt von der Probefahrt zurück. Ich war der festen Überzeugung, dass sein Wagen in nächster Zukunft als Fluchtauto missbraucht werden würde, aber er schlug meine diesbezüglichen Warnungen in den Wind. Nach drei Minuten war die Verhandlung abgeschlossen, und die Gangster fuhren reifenquietschend davon.

»Dieses Auto wird noch Schlagzeilen machen«, prophezeite ich düster, aber Mo zählte die Hundertmarkscheine in seiner Hand und lächelte verklärt.

»Kannst wieder schlafen gehen«, sagte er und schenkte mir einen Hunderter als Schmerzensgeld.

»Schweigegeld, meinst du wohl«, sagte ich einigermaßen erfreut und legte mich wieder ins Bett.

Um acht rief der nächste Interessent an.

»Entschuldigen Sie bitte vielmals, dass ich schon so früh störe«, sagte er zaghaft. »Aber ich rufe wegen der Anzeige an.«

Ich sagte, dass ich seine Entschuldigung akzeptiere und zog die Telefonschnur aus der Wand. Es gibt doch noch höfliche Menschen. Der Arme konnte ja wirklich nicht wissen, dass ich zum zweiten Mal aus meiner Tiefschlafphase geschreckt wurde.

Erst der Hunger weckte mich am Nachmittag. Ausgeschlafen machte ich mich auf den Weg zu meinem Rendezvous mit Kai-Uwe Friedmann im Volksgarten. Er wusste es noch nicht, aber ich hatte ihn dazu ausersehen, mich über Holger hinwegzutrösten. Ich war sehr gespannt.

Kai-Uwe wartete bereits. Trotz des warmen Wetters trug er eines dieser Popelinemäntelchen, wie sie Exhibitionisten gern tragen, mit einem Gürtel um die Taille. Außerdem sprach er so laut, dass sich alle Leute nach uns umdrehten.

»Meine Güte, hast du dich verändert, Judith«, röhrte er, nachdem er mir zur Begrüßung förmlich die Hand geschüttelt hatte.

Er selbst hatte sich kein bisschen verändert. Er sah immer noch aus wie vor neun Jahren. Ich lächelte ihn trotzdem an. Kai-Uwe lächelte zurück.

»Du bist ja eine rrichtige junge Dame geworden«, sagte er und nahm meinen Arm, um mich in den Biergarten zu geleiten. »Ich kann es gar nicht erwarten zu hören, wie es dirrrr in der Zwischenzeit ergangen ist.«

Nicht nur, was er sagte, war irgendwie seltsam, auch wie er es sagte, jede Silbe klar und deutlich akzentuiert mit eigenartig rollenden 'R's, begleitet von dramatischen Armbewegungen. Die Gesangsstunden waren offensichtlich nicht spurlos an ihm vorübergegangen. Ich war nicht mehr so sicher, ob er der Richtige war, um mich über Holger hinwegzutrösten.

Bei Berliner Weiße für mich und alkoholfreiem Pils für ihn setzte Kai-Uwe mich ausgiebig über die Tücken und Wonnen im Leben eines angehenden Heldentenors in Kenntnis, und ich schaffte es meinerseits, die

Misserfolgsbilanz der vergangenen Jahre als aufregenden Lebensabschnitt zu tarnen. Kai-Uwe war sichtlich beeindruckt.

»Ich habe immer schon gewusst, dass aus dirrrr etwas ganz Besonderrrres wird«, sagte er und winkte die Kellnerin heran. »Aber so hübsch warst du ja schon immer.«

Was machte es bei solchen Worten schon, dass er die Rs rollte und dabei so laut sprach, dass auch der letzte Winkel der Terrasse beschallt wurde. Ich lächelte beglückt. Kai-Uwe lächelte zurück. Wir lächelten überhaupt viel.

»Was fürrr ein wunderrrrschönerrrr Tag«, sagte Kai-Uwe schließlich. »Wie geschaffen dafürrrrr, mit einer schönen Frau im Arrrrm unterrrr blühenden Linden zu flanierrrren.«

Die Leute am Nebentisch lächelten auch. Ich konnte zwar keinen Bekannten unter ihnen ausmachen, aber ich informierte Kai-Uwe trotzdem darüber, dass ich auch gern unter den blühenden Linden flanieren würde, schon, um den belustigten Blicken zu entgehen.

Bevor ich aufstehen konnte, war er an meine Seite geeilt und zog mir höflich den Stuhl unter dem Hintern weg. Hätte ich eine Jacke angehabt, hätte er mir sicher hineingeholfen. Ich beschloss, es nett zu finden, mit jemanden auszugehen, der das hatte, was meine Oma »Manieren« genannt hätte, und lächelte ihn dankbar an.

Er knotete den Gürtel des Exibitionistenmäntelchens sorgfältig vor seinem Bauch und nahm meinen Arm. Eingehakt wie zwei Sieche in einem Rehabilitationsheim, zogen wir lächelnd unsere Bahnen durch den Volksgarten.

»Frrrühling, ach Frrrrühling!« seufzte Kai-Uwe.

Ich seufzte auch.

Ein langhaariger Typ in verlotterten Klamotten und mit einer Flasche Bier in der Hand spuckte vor uns auf den Boden.

»Grinsende Arschgesichter«, sagte er.

Ich fühlte mich augenblicklich unbehaglich. Obwohl Kai-Uwe sagte, dass der gar nicht uns gemeint hatte, sondern die Menschen im Allgemeinen, nahm ich kurzentschlossen Kai-Uwes Hand. Besser Händchen in Händchen als eingehakt wie Opa und Oma, fand ich. So zogen wir weiter unsere Kreise durch den Park.

»Denkst du auch manchmal daran, eine Familie zu gründen?«, fragte Kai-Uwe unvermittelt.

»Ümüm«, antwortete ich vage.

»Wenn ich die Harmonie in meinem Elternhaus sehe, dann komme ich nicht umhin, mir genau so eine Familie zu wünschen«, vertraute mir Kai-Uwe an, »mit allem, was dazugehört, einer schönen Frau, einem schönen Haus im Grünen, Kindern und Haustieren.«

»Katzen«, rief ich spontan. Die Vorstellung vom Haus auf dem Land hatte mich mehr bewegt, als ich für möglich gehalten hätte.

»Eine Katze würde sich wohl kaum mit unserem Vogel vertragen«, widersprach Kai-Uwe. »Meine Mutter hat einen Kanarienvogel, der würde dir gefallen. Er kann die kleine Nachtmusik pfeifen, stell dir das mal vor.«

»Ich mag Katzen lieber«, sagte ich verstockt. Außerdem, was hatte unsere Katze mit dem Kanarienvogel von Kai-Uwes Mutter zu tun?

»Darüber können wir immer noch reden«, meinte

Kai-Uwe versöhnlich und lächelte mich an. Womit er recht hatte. Ich lächelte zurück. Wir ließen uns auf der Wiese nieder, und Kai-Uwe betrachtete versonnen meine Hand.

»Du hast so edle Hände«, fand er.

Das hatte noch niemand zu mir gesagt.

»Hände betrachten gibt Streit«, sagte ich verlegen.

»Und du hast so wunderbare kleine Nasenlöcher«, meinte Kai-Uwe. »Dich würde ich auf der Stelle heiraten.«

Das war selbst im Konjunktiv sehr nett zu hören.

»Wir würden sicher hübsche Kinder haben«, träumte Kai-Uwe vor sich hin, »ein Mädchen und einen Jungen mit deinen schönen, blonden Locken und meinen braunen Augen, genau wie bei uns in der Familie. Das Mädchen nennen wir Corinna wie meine Schwester und den Jungen Kai-Uwe junior.«

Und alle beide würden meine wunderbaren, kleinen Nasenlöcher erben. Wie schön. Ich fand allerdings, dass Kai-Uwe ein saublöder Name für ein Kind war. Aber irgendwie hatte ich das Gefühl, Kai-Uwe mit dieser Ansicht zu kränken. Deshalb sagte ich nichts.

»Wir würden uns ein Haus auf dem Land bauen, einen schönen Bungalow wie meine Eltern«, fuhr Kai-Uwe fort. »Und wir hätten auch einen kleinen Vogel. Wie würde dir das gefallen?«

Ja, wie wohl? Wenn er so weitermachte, dann würde er sich sein Herz völlig ohne mein Zutun brechen. Ich musste nur lächeln und mit meinen edlen Händen durch meine schönen, blonden Locken fahren, alles andere kam von allein. Aber deswegen wollte ich mir kein schlechtes Gewissen machen.

Als es Abend wurde, musste Kai-Uwe aufbrechen.

»Bei meinen Eltern gibt es heute Rrrrrratatouille«, erzählte er. »Samstagabend trifft sich dort immer die ganze Familie. Du musst unbedingt mal mitkommen und sie kennen lernen.«

»Ja, ja«, stotterte ich erschrocken. »Das nächste Mal vielleicht.«

»Ja, natürlich das nächste Mal«, erwiderte Kai-Uwe und küsste mir zum Abschied die Hand.

Glücklicherweise sah es niemand.

Obwohl unser Rendezvous nicht ganz so einfach verlaufen war, wie ich mir gedacht hatte, hatten Kai-Uwes Komplimente durchaus ihre Wirkung gehabt. Vollgesogen mit seinen Ansichten über mein liebliches Äußeres und einem ganz neuen Selbstbild machte ich mich auf den Weg zu Katjas Geburtstagsfeier.

Ich war sogar bereit, Holger gegenüberzutreten, jetzt, wo ich wusste, dass es Männer gab, die mich nicht ausschließlich für eigenartig, sondern für wahrhaft schön und würdig hielten, Bungalow und Kanarienvogel mit ihnen zu teilen.

Doch Holger kam gar nicht. Ich wusste nicht, ob ich darüber enttäuscht oder erleichtert sein sollte, beschloss aber, mich trotzdem zu amüsieren. Das konnte ich erfahrungsgemäß ohnehin besser ohne Holger. Ich lächelte den netten Aufbauspieler von der Party neulich draufgängerisch an. Er lächelte zurück.

Katja hatte literweise Chili con Carne zubereitet. Es schmeckte wunderbar, war aber so scharf, dass um halb neun schon das ganze Bier leergesoffen war und auf nicht-alkoholische Getränke umgestiegen werden musste. Es wurde trotzdem ein lustiger Abend.

Nach dem Essen spielten einige in einer Ecke das Lexikon-Spiel. Ich weiß nicht, wer es erfunden hat, aber es ist mein absolutes Lieblingsspiel.

Jeder bekommt Papier und Stift, und einer sucht im Großen Brockhaus nach einem Begriff, von dem er hofft, dass er möglichst niemandem bekannt ist. Dann versuchen alle, für dieses Wort eine lexikontypische Definition zu finden, während der mit dem Brockhaus die richtige Version ebenfalls auf einen Zettel schreibt. Er sammelt nun alle Definitionen ein und liest sie in selbst gewählter Reihenfolge vor, ohne dass die anderen erkennen können, welches die richtige Version ist, die sie erraten müssen.

Ich durfte anfangen, suchte den Begriff WANNENMACHER aus, schrieb die Brockhauserklärung ab und sammelte eifrig die Zettel der anderen auf meinem Schoß. Man musste sie vorher gründlich studieren, damit man beim Vorlesen nicht stotterte oder sagte: »Also, die Sauklaue hier kann ich wirklich nicht entziffern.« Besonders schwierig war es, nicht laut loszulachen.

»WANNENMACHER (mask.), veralteter Begriff für Berufe in der Sanitärbedarfsindustrie«, versuchte ich mit neutraler Nachrichtensprecherstimme zu lesen.

Alle in der Runde brachen in brüllenden Gelächter aus, das heißt, alle außer Katjas Freund Jens.

»Ich weiß gar nicht, worüber ihr lacht«, ereiferte er sich, »das ist garantiert die richtige Version.«

Jetzt wussten natürlich alle, dass diese Definition von Jens stammte, und sie lachten noch mehr. Jens war beleidigt.

»WANNENMACHER, Gemeinde in Westfalen, Kreis Lippe, 4500 Einwohner, gotische Kirche mit bekanntem Marienaltar«, fuhr ich fort, »WANNENMACHER (lat. bagnus nestus aquarius) Galapagosfinkenart. Wannenartiger Nestbau in den Brandungsfelsen, Gelege grau-weiß gesprenkelt.«

Nachdenkliche Gesichter in der Runde. Hörte man das nicht öfter im Verkehrsfunk: »Auf der A1 kommt Ihnen zwischen Wanne-Eickel und Wannen-Macher ein Fahrzeug entgegen. Bitte fahren Sie äußerst rechts und überholen Sie nicht. Wir melden uns wieder, wenn die Gefahr vorüber ist . . .«?

»WANNENMACHER, Eugen Viktor, Zahnarzt, geb. in Aufen 1924, Grundlagenwerke in der Parodontoseforschung«, las ich. Erleichtertes brüllendes Gelächter in der Spielrunde. Jens lachte am lautesten.

»WANNENMACHER, Stellmacher, mittelalterliche Berufsbezeichnung für die Hersteller von Holzfässern und -zubern«, fuhr ich fort, »und WANNENMACHER, Ottokar, 1320–1367, berühmter Kaufmann und Reeder der Hansestadt Bremen, versuchte als Erster mit seinem Handelsschiff einen Seeweg nach Indien zu entdecken.«

Erneutes Gelächter.

Dann musste sich jeder entscheiden, welche Definition er für die echte hielt. Alle, die kein Latein in der Schule gehabt hatten, entschieden sich für die Galapagosfinkenart mit wannenartigem Nestbau in den Brandungsfelsen, – bagnus nestus aquarius, hahaha!

Oliver, der nette Aufbauspieler, tippte auf die Gemeinde im Kreis Lippe, und Jens wählte den veralteten Begriff für Berufsbezeichnungen in der Sanitärbedarfsindustrie, obwohl alle wussten, dass es sich dabei um seinen eigenen Beitrag handelte.

Katja, von der die Galapagosfinken stammten, und der Typ, der sich die Gemeinde mit viertausendfünfhundert Einwohnern ausgedacht hatte, lachten sich halb schlapp, weil die anderen auf sie hereingefallen waren. Aber wer hätte auch ahnen können, dass WANNENMACHER tatsächlich Eugen Viktor mit Vornamen hieß und Wesentliches zur Grundlagenforschung der Parodontose beigetragen hatte?

WEIBERKRIEG hieß der Begriff, den Oliver aussuchte und der Anlass zu einer Reihe von Spekulationen gab. Ich definierte WEIBERKRIEG als eine tückische Geschlechtskrankheit, lateinisch dehibitio copulatio major, welche ähnlich der Siphilis durch Geschlechtsverkehr übertragen wurde. Oliver lachte schon beim Vorlesen so sehr darüber, dass er beinahe vom Stuhl fiel. Klar, dass niemand mehr darauf hereinfiel.

Nach dem Vorlesen mutmaßte ich, dass sich hinter dem Begriff eine auf den Antillen heimische Starenart verbarg, deren Weibchen sich während der Brutzeit dermaßen um die Nistplätze zu streiten pflegten, dass die Vogelart im Volksmund unter dem Namen WEIBERKRIEG geführt wurde. Dabei hätte ich mir eigentlich denken können, dass die Federviecher wieder nur Katjas Phantasie entsprungen waren.

»Ich hätte Ornithologe werden sollen«, meinte sie und kassierte zwei weitere Punkte.

Jens war sehr verärgert, weil niemand seiner Version Beachtung geschenkt hatte, und das, obwohl er sich wieder selber gewählt hatte, um die anderen auf die falsche Fährte zu locken. Aber keiner konnte so recht glauben, dass WEIBERKRIEG für die Abkürzung der »Organisation Wissbegieriger Emigranten Im Beirat Einer

Räte Kommission Rühriger Interessenten Einmaliger Gelegenheiten« stand.

Die meisten waren überzeugt, dass WEIBERKRIEG der Sage nach eine Auseinandersetzung der Waschfrauen zu Linz am Rhein bezeichnete, deren Auslöser das Hemd des Burgfürsten Graf Umbart von Linz war, in dessen Brusttasche ein wertvoller Ring eingenäht war. Die Waschfrau, die das Hemd aus dem Rhein fischte und den Ring zurückgab, wurde am Ende Gräfin auf Burg Linz. Hahaha! Da war meine Geschlechtskrankheit doch wirklich besser gewesen. Wahr war aber, dass WEIBERKRIEG der volkstümliche Pflanzenname für Natterkopf und Hauhechel war.

Bei diesem Spiel konnte man wirklich was lernen. Ich hätte es die ganze Nacht weiterspielen können, aber nach dem Weiberkrieg hatten die anderen leider schon keine Lust mehr. Vor allem Jens nicht.

Oliver setzte sich neben mich.

»Tut mir leid, dass ich lachen musste«, sagte er und kicherte wieder. »Aber das war zu komisch.«

»Schon okay«, sagte ich großmütig.

»Und wie gefällt dir Holgers Neue?«, fragte Oliver unvermittelt.

Ich musste tief Luft holen. Holger hatte schon eine Neue, und das, obwohl ich noch nicht kalt war? Ja, genaugenommen noch nicht mal tot!!!

»Wie sieht sie aus?«, konnte ich mir nicht verkneifen zu fragen.

»Blonde Haare, so wie du eigentlich, hm, nur dünner«, sagte Oliver.

Ich murmelte mit schwacher Stimme: »Dünner als ich?«

»Dünnere Haare«, sagte Oliver.

Ich war erleichtert. Das war ein Kompliment und überhaupt sehr nett zu hören. Obwohl Bille es hinterher ziemlich relativierte, als ich es ihr erzählte und sie lachend ausrief: »Mein Gott, wie muss die aussehen, wenn sie noch dünnere Haare hat als du?«

Aber es brachte Oliver endgültig meine Sympathien ein, und als er vorschlug, dass wir uns doch mal treffen sollten, gab ich ihm bereitwillig meine Telefonnummer.

»Ich ruf dich an«, versprach er, bevor er ging, und gab mir einen Kuss auf die Wange.

Noch ein Mann, dem ich das Herz brechen würde, ach ja. Ich konnte sehr zufrieden sein mit diesem Tag.

Montag

Die nette Frau Asche von der Zeitarbeitsfirma weckte mich zeitig, um mir telefonisch mitzuteilen, dass ich ab dem nächsten Tag bei einer Erwachsenenbildungsstätte in der Innenstadt als Schreibkraft und Telefonistin anzutreten hätte. »Morgen schon?«

Mir wurde plötzlich ganz mulmig zumute.

»Sie kennen sich doch mit Windows-Programmen aus?«, fragte die nette Frau Asche in so selbstverständlichem Tonfall, dass Angst in mir hochstieg. Ja, hatte sie denn ganz vergessen, wie dämlich ich mich in dem Vorstellungsgespräch angestellt hatte?

Mit unüberhörbarer Panik in der Stimme sagte ich, dass ich mich keineswegs mit Windows-Programmen auskennen würde. Ich wüsste ja nicht mal, was Windows-Programme seien.

»Ach, das macht gar nichts«, meinte Frau Asche, »Sie werden sich im Nu eingearbeitet haben.«

Ich schluckte schwer. Frau Asche gab mir die Adresse der Erwachsenenbildungsstätte und die Anweisung, mich um halb neun bei einer Frau Mehlig zu melden.

»In Ordnung«, sagte ich mit zittriger Stimme. Worauf hatte ich mich da nur eingelassen?

»Wenn es Schwierigkeiten gibt, können Sie jederzeit anrufen«, sagte die nette Frau Asche munter. »Ansonsten wünsche ich Ihnen viel Erfolg.«

Der Tag hatte nicht gut begonnen. Irgendwie ging mir plötzlich alles etwas zu schnell.

Die Tatsache, dass heute mein letzter freier Tag war, trieb mich zeitig aus dem Bett und an den Werktisch mit Kindergartenmodelliermasse, den ich in der Blaubartkammer aufgebaut hatte. Mittlerweile war ich ein wenig geübter geworden. Die ersten massiven Klumpen waren nach dem Trocknen immer viel zu schwer gewesen. Daher bekamen die Köpfe nun einen dicken Kern aus zusammengeknüllter Alufolie, um den die Modelliermasse lappenweise und Schicht für Schicht gelegt wurde. Nachdem ich einmal herausgefunden hatte, dass die Augen erst ungefähr in der Mitte des Gesichtes zu platzieren waren und der Kopf weniger affenähnlich aussah, wenn man ein paar Extrawülste für die Stirn einplante, gelangen mir ganz wunderbare Gesichter. An diesem Morgen entstand der wilde Räuber Hotzenplotz unter meinen Händen. Eigentlich hatte ich eine weibliche Figur erschaffen wollen, aber schon die ersten Versuche, eine weibliche Nase zu bilden, schlugen fehl. Doch statt den Kopf wieder einzustampfen oder in die Reihen der abschreckenden Beispiele einzugliedern, erkannte ich glücklicherweise die frappierende Ähnlichkeit mit dem Hotzenplotz aus Mos und meinem alten Kinderbuch und hörte nicht eher auf, bis er aufs i-Tüpfelchen genau der Abbildung glich. Tatsächlich stellte sich dabei wieder das gewisse Hochgefühl ein, das mich stundenlang in der Blaubartkammer festhielt.

Am frühen Nachmittag bürstete ich mir befriedigt die Modelliermasse von meinen Händen und fuhr zu Bille. Immer im Frühling, wenn es wieder warm genug für kurze Hosen und Röcke wurde, starteten wir voller guter Vorsätze das Jedes-Jahr-aufs-Neue-Trainingsprogramm für die sportliche Traumfigur.

»Diesmal ist es uns aber wirklich ernst damit«, sagte Bille streng.

»Wirklich ernst«, bestätigte ich.

Billes Wohnung lag nur ein paar Schritte vom Rheinufer entfernt, und wir nahmen uns vor, flussabwärts bis nach Düsseldorf und wieder zurück zu joggen.

»Diesmal ist es wirklich ernst«, wiederholte Bille, und ich nickte dynamisch.

An einer Bank machten wir ein paar ungemein professionelle Übungen zur Muskelerwärmung und trabten zügig los, um die Stadt rasch hinter uns zu lassen.

Aber schon bei der nächsten Bank war mir, als habe jemand Bleisäcke an meine Waden gehängt, und mein Atem ging stoßweise und pfeifend. Zweihundert Meter weiter begann ein fürchterliches Seitenstechen, und ich hatte rote Schleier vor den Augen und ein äußerst beklemmendes Gefühl in der Brust.

»Herz-in-fa-ha-harkt«, keuchte ich alarmiert in Billes Richtung.

»Kreis-la-hauf-kollaps«, keuchte Bille zurück.

»Diesmal i-hist es wi-hirk-lich ernst«, japste ich.

»Noch bis zur nächsten Laterne«, japste Bille zurück, und wir schleppten uns zwanzig Schritte weiter, bevor wir uns auf die Böschung fallen ließen und vorwurfsvoll in das hochrote Gesicht des anderen starrten.

»Nächstes Mal wird es aber wirklich ernst«, sagte Bille schließlich. »Sonst wird das nie was!«

»Nächstes Mal wirklich«, bestätigte ich streng und schüttelte meine Bleibeine aus.

Als wir zu Billes Wohnung zurückkamen, begegnete uns der schöne Burghart mit den Grübchen im Treppenhaus.

»Hallöchen«, rief er. Ich versuchte, meine Beine hinter Billes zu verstecken und lächelte erfreut über ihre Schulter.

»Ich bin gerade auf die Idee gekommen, heute Abend ganz spontan eine Fete steigen zu lassen«, sagte Burghart. »Habt ihr auch Lust zu kommen?«

Klar hatten wir Lust.

Nach der Dusche in Billes Marmorbad erbettelte ich mir Billes beste Jeans und ihr bestes T-Shirt. Sie gab mir die Sachen widerspruchslos. Offenbar fand sie, dass sie in ihren zweitbesten Sachen immer noch besser aussah als ich in ihren besten.

Um nicht uncool zu erscheinen, warteten wir noch, bis es dunkel war, bevor wir voller Erwartung ein Stockwerk tiefer gingen.

Burgharts Wohnung lag im Stockdunkeln, nur erhellt von zwei Teelichtern und den Leuchtdioden seiner Stereoanlage, die bis zum Anschlag aufgedreht war und Weisen aus bekannten Musicals zum Besten gab. Wenn das nicht mal eine wirklich günstige Beleuchtung für meinen Teint war!

Soweit ich erkennen konnte, waren außer uns nur noch ein übergewichtiges Pärchen und ein segelohriger Junge Burgharts Einladung gefolgt. Trotzdem schien Burghart in bester Stimmung. Er tanzte mitten im Raum eine Mischung aus Schwanensee und Dirty Dancing und etwas, was ich noch nie gesehen hatte.

Auf dem Esstisch standen mehrere Flaschen, deren verschiedenfarbige Flüssigkeiten im Schein der Teelichter diabolisch funkelten. Ich vermutete 15% Vol. in jeder Flasche, und mindestens zwei davon musste Burghart schon ganz allein getrunken haben. Was sonst könnte einen dazu bewegen, die Bielmann-Pirouette ohne Schlittschuhe zu tanzen?

»Ich heiße Achim«, sagte der segelohrige Junge.

Er deutete auf die Flaschensammlung auf dem Tisch.

»Wir haben uns überlegt, dass wir keine Gläser brauchen, wenn jeder sich direkt eine Flasche nimmt«, sagte er. »Sucht euch eine aus.«

Bille und ich tauschten einen schnellen Blick. Es gab nur zwei Möglichkeiten. Entweder wir suchten auf der Stelle das Weite, oder wir betäubten uns auf der Stelle mit Alkohol.

»Ich nehme die Sektflasche«, sagte Bille ergeben und ließ den Korken knallen.

»Ich nehme die hier«, entschied ich mich und griff nach einer Flasche, deren Inhalt rot schimmerte.

»Das ist Genever«, informierte mich Burghart. »Den mag hier sonst sowieso keiner.«

Der Genever schmeckte süß und klebrig. Aber er wirkte Wunder. Schon nach den ersten zwei großen Schlucken begann ich, die Spontanfete in einem anderen Licht zu sehen. Und nach dem vierten Schluck fand ich mich gemeinsam mit Burghart, Bille und dem Segelohr tanzend auf dem Wohnzimmerteppich wieder, zu »Don't cry for me, Argentina«.

Das übergewichtige Pärchen verabschiedete sich dezent gegen Mitternacht, als Marius Müller-Westernhagen aus den Boxen dröhnte und wir einstimmig mitgrölten: »Ich bin froh, dass ich kein Dicker bin!«

Als mitten in der Nacht Helmut mit dem Kaiser-Wilhelm-Bart aus dem zweiten Stock an der Wohnungstür klingelte, war nur noch ein Spuckrest in der Geneverflasche, und ich war fast so weit, die Bielmann-Pirouette auch zu versuchen.

Kaiser-Wilhelm zuliebe drehten wir die Anlage leiser und hörten auf mitzusingen.

»Ich steh auf ältere Frauen«, flüsterte der segelohrige Achim in mein Ohr und legte vertrauensvoll den Arm um meine Schulter.

»Hast du morgen keine Schule, Achim?«, fragte ich.

»Morgen nicht«, lallte Achim.

Ich suchte nach einer zweiten Flasche Genever. In der Küche tanzte Bille ganz allein mit einer Bierflasche.

»Sekt und Wein, das schmeckt fein, danach ein Bier, das rat ich dir«, sang sie. Der segelohrige Achim legte Bille den Arm um die Schulter und raunte ihr ins Ohr:

»Ich steh auf ältere Frauen, weißt du? Ich find' euch beide stark.«

Bille nahm einen kräftigen Schluck aus der Flasche. Burghart kam auch in die Küche.

»Ich habe furchtbaren Hunger«, sagte er und öffnete seine Schränke.

»Und ich bin furchtbar müde«, sagte ich und versuchte mühsam die Zeiger der riesigen Küchenuhr zu deuten. »Kein Wunder, es ist schon halb vier, und morgen ist mein erster Arbeitstag.«

»Nichts zu essen da«, stellte Burghart resigniert fest. »Dabei hätte ich Hunger auf ein richtig gutes Spiegelei.«

»Ich habe Eier in meinem Kühlschrank«, nuschelte Bille, »gehen wir hoch zu mir und machen Spiegeleier daraus.«

Mühsam erklommen wir die Treppe in den zweiten Stock. Bille brauchte zwar mehrere Minuten, um den Schlüssel ins Schloss zu stecken, aber es gelang ihr, sechs Eier fast ohne Schale in die Pfanne zu schlagen. Die Spiegeleier verbreiteten einen vorzüglichen Duft. Leider begannen sie sich vor meinen Augen zu drehen, als sie gerade so richtig knusprig waren. Vorsichtshalber verzichtete ich auf ihren Verzehr und ließ mich nebenan auf Billes Bett plumpsen. Das ganze Zimmer drehte nun wilde Pirouetten. Mit Schaudern dachte ich an den Morgen. Achim mit den Segelohren legte sich neben mich.

»Ich stehe auf ältere Frauen«, murmelte er und legte die Hand auf meinen Po.

Ich raffte mich noch einmal auf.

»Wände heg, du megelohriges Sonster!«, lallte ich, aber der jugendliche Missetäter war schon eingeschlafen, die Öhrchen unschuldig auf Billes Kopfkissen ausgebreitet.

Mit dem letzten Rest Verstand stellte ich Billes Wecker auf halb sieben, legte ihn neben mein Ohr und sank in eine tiefe Ohnmacht.

Der Tag danach

Als Billes Wecker um halb sieben losschepperte, erlangte ich mein Bewusstsein wieder. Kein schönes Gefühl.

Ich schob mühsam den Arm des besoffenen Knäbleins neben mir von meinem Hintern und schlug nach der plärrenden Uhr. Das Segelohr drehte sich unwillig auf die andere Seite und kuschelte sich an Bille, die mit Burghart neben ihm lag. Keiner sonst rührte sich.

Ich setzte mich vorsichtig auf. Mir war so elend zumute wie jemandem, der einen Liter Genever oder so im Blut kreisen spürt, in seinen Klamotten geschlafen und sich ein Doppelbett mit drei anderen Personen geteilt hat.

Ich gehörte für drei Tage ins Bett, bei Mineralwasser und Zwieback in einem abgedunkelten Zimmer. Aber es half nichts, ich musste aufstehen, denn heute war mein erster Arbeitstag.

Als ich über meine drei Bettgenossen hinweg ins Badezimmer stieg, merkte ich, dass die fünfhundert Meter Jogging und die Balletteinlagen von gestern ausgereicht hatten, heftigen Muskelkater in meinen Beinen zu erzeugen. In meinem Kopf hämmerte es überdies wie auf einer Großbaustelle.

Aus dem Spiegel sah mir ein verquollenes Säufergesicht mit blutunterlaufenen Augen entgegen. Einen Augenblick lang hoffte ich, mich übergeben zu können, um auf diese Weise eine drastische Promillereduzierung zu erzielen, aber daraus wurde nichts. Ich unterzog mich stattdessen tapfer einer Wechseldusche, gurgelte minutenlang mit Billes Mundwasser und benutzte ihr Make-up, um die geschwollenen Äuglein optisch zu vergrößern. Bille besaß leider keinen Pickelabdeckstift – wozu auch? Aber meine Pickel waren an diesem Morgen wirklich mal ein nebensächliches Problem.

Ich taumelte nackt zurück ins Schlafzimmer, bediente mich schamlos mit Billes Unterwäsche und suchte mir seriöse Buchmessenkleider aus ihrem Kleiderschrank, dazu ein Paar flotte, wohlgeputzte Collegeschuhe. Gut, dass wir die gleiche Größe hatten.

Als ich fertig war, hatten sich die drei Alkoholleichen immer noch nicht gerührt. Ich weidete mich ein paar Sekunden an dem Anblick, der sich mir bot. Bille lag in der Mitte auf dem Rücken und hatte noch einen Schuh an, der minderjährige Grabscher hatte sich an ihre rechte Schulter geschmiegt, und links von ihr lag Burghart, eine Hand auf Billes Bauch. Auch an Burghart war die Nacht nicht spurlos vorübergegangen, und ich war ganz sicher, dass es keine reine Freude sein würde, in seine sonst so blauen Augen zu schauen, wenn er erwachte. Über dem Bett schwebte ein säuerlicher Geruch.

Nur der Gedanke daran, wie sich Bille nachher fühlen mochte, wenn sie mit dickem Kopf und belegter Zunge zwischen zwei völlig fremden Männern aufwachte, gab mir die Kraft, einigermaßen aufrecht zur Straßenbahn zu wanken, an der richtigen Station auszusteigen und das Gebäude der Erwachsenenbildungsstätte ausfindig zu machen, ohne mich zu verlaufen.

Den Mund voll Pfefferminz kontra vergärten Genever fragte ich mich von der Pforte bis zu Frau Mehligs Büro durch. Als ich zaghaft an die Tür mit ihrem Namensschild in einem völlig ausgestorbenen Flur im dritten Stock klopfte, war es genau halb neun.

Nichts tat sich. Ich klopfte energischer.

Keine Antwort.

Vorsichtig drückte ich die Klinke runter. Die Tür war abgeschlossen!

Ich versuchte es bei den anderen Büros auf dem Gang. Überall das Gleiche. Verunsichert hielt ich mir den pochenden Kopf. War vielleicht heute Feiertag? Oder hatte ich gar vier Tage und Nächte geschlafen, und es war wieder Wochenende? Ausgeschlossen.

Seufzend schob ich mir ein frisches Pfefferminz in den Mund, lehnte mich an die Wand und wartete.

»Was macht dein Knie, Frau Heibig?«, brüllte eine Frauenstimme vom anderen Ende des Flures.

Erschrocken riss ich meine Augen auf. Die große Wanduhr gegenüber zeigte jetzt auf einmal 8.47 Uhr an. Ich musste im Stehen eingeschlafen sein!

»Ach, bei dem Wetter ist es doch immer dick und tut weh«, antwortete eine andere Stimme.

Ich wickelte schnell ein frisches Pfefferminz aus und schob es mir in den Mund.

Zwei Frauen kamen den Flur hinunter. Die mit dem dicken Knie blieb stehen und schloss eine Bürotür auf. Die andere ging weiter und kam genau auf mich zu.

»Also dann, Mahlzeit«, sagte die Frau mit dem dicken Knie und verschwand in ihrem Büro.

»Auch so was«, schrie die andere über ihre Schulter.

Sie trug einen mehlfarbenen Pullover, hatte mehlweißes, kurzgeschnittenes, drahtiges Haar und ein mehliges, unfreundliches Gesicht. Folgerichtig musste sie Frau Mehlig sein.

»Guten Tag«, sagte ich und streckte ihr meine Hand hin. »Judith Raabe von Asche-Zeitarbeit.«

Die Frau musterte mich von oben bis unten.

»Mein Gott«, sagte sie dann und schloss ihre Bürotür auf.

Drinnen klingelte das Telefon. Die Frau warf ihre Handtasche auf den Schreibtisch und nahm den Hörer ab. Ich blieb unsicher auf der Schwelle stehen.

»Mehlig«, schrie sie ins Telefon. Schreien schien ihr normaler Umgangston zu sein. »Mahlzeit, Herr Hinz. Ja, das kann gut sein. Heute ist hier wieder mal der Teufel los. Seit acht Uhr früh sind wir hier am Rotieren. Ja, ja, wem sagen Sie das? Darüber möchte ich auch gern mit Ihnen sprechen.«

Die Mehlig warf mir einen Blick zu und machte eine unwirsche Handbewegung, aus der ich schloss, dass es ihr lieber war, wenn ich auf dem Flur wartete. Eingeschüchtert zog ich mich zurück, bis das Telefonat beendet war.

Inzwischen schienen sich auch die anderen Büros belebt zu haben. Aus dem Zimmer nebenan lächelte mir ein sommersprossiges Mädchen zu. Ich lächelte erleichtert zurück. Wenigstens ein freundliches Gesicht.

Nach zehn Minuten öffnete die Mehlig wieder ihre Tür.

»Kommen Sie mit, Frau Dings«, schrie sie.

»Raabe, Judith Raabe.«

»Ich merke mir grundsätzlich nicht die Namen von Aushilfen«, sagte die Mehlig. »Ich brauche meinen Kopf für wichtigere Dinge. Sie sind jetzt schon die dritte Aushilfe, mit der wir uns hier herumschlagen müssen.«

Sie öffnete die Bürotür schräg gegenüber. Ein muffig-süßlicher Geruch schlug uns entgegen.

»Hier werden Sie arbeiten, Frau Dings. Sie erledigen die Korrespondenz für den Abteilungsleiter, Herrn Römer, und die Herren Schmiede und Schimmler-Kottenbrocke, wobei Sie aber von Glück sagen können, dass Herr Schmiede zurzeit auf Erziehungsurlaub ist.«

»Für wie lange?«, fragte ich und sah mich entsetzt im Raum um.

»Für drei Jahre«, antwortete die Mehlig.

Den würde ich jedenfalls nicht mehr kennen lernen, so viel stand fest.

»Ich zeig Ihnen, wie Sie den Computer an- und ausschalten, den Rest sollten Sie selber können«, fuhr die Mehlig fort. »Ihre Vorgängerin, eine Frau Dings, hatte hier alles voll im Griff.«

Ich sah mich ungläubig im Raum um. An den Wänden entlang zogen sich Regale hin, in denen Hunderte und Aberhunderte von Ordnern und Kartons in wüster Unordnung gestapelt waren, vor dem Fenster, das einen feinen Ausblick auf die Gleise des Hauptbahnhofes bot, kümmerten ein paar Pflanzen vor sich hin, unter denen sich Haufen mit trockenem Laub gebildet hatten. Schreibtisch und eine Art Sideboard waren beinahe vollständig unter meterhohen Papierstapeln begraben, und überall standen leere Automatenflaschen Cola Light herum und bildeten klebrige Kränze.

Dass meine Vorgängerin hier alles voll im Griff gehabt hatte, wagte ich zu bezweifeln.

»Hier geht der Computer an«, erklärte die Mehlig und zeigte auf den Power-Knopf. »Das Kennwort liegt in der obersten Schublade, Bänder und Diktiergerät sind hier. Wenn Sie noch Fragen haben, bedenken Sie, dass ich weiß Gott Besseres zu tun habe.«

Ich hob zwei Colaflaschen vom Boden auf.

»Werden die Büros denn nicht gereinigt?«

»Jeden Abend natürlich«, sagte die Mehlig und ging zur Tür. »Und sehen Sie zu, dass Sie mit der Ablage nachkommen, das sieht ja schlimm hier aus. Die arme Frau Meister wird Zustände bekommen, wenn sie wiederkommt.«

»Wer ist Frau Meister?«

»Das ist die Dame, die diesen Posten von Rechts wegen innehat«, erklärte die Mehlig. »Aber sie ist krank. Auf unbestimmte Zeit. Schluss jetzt mit der Fragerei, ich habe auch noch was zu tun. Mahlzeit.«

Sie verschwand wie ein mehliger Blitz durch die Tür. Ich ließ mich hilflos auf den Schreibtischstuhl fallen und drehte mich immer noch fassungslos einmal um die eigene Achse. Chaos, wo man hinsah. Womit hatte ich das verdient? Ich seufzte und versuchte nachzudenken.

Eigentlich hatte ich nur zwei Möglichkeiten. Die erste war, mich still und heimlich zu verdrücken und zu Hause zu verbarrikadieren. Die zweite war, der mehligen Mehlig und mir selbst zu beweisen, dass ich der Herausforderung durchaus gewachsen war und für jeden Betrieb eine Bereicherung darstellte. Ich entschied mich aus unerfindlichen Gründen für die zweite Möglichkeit, ignorierte das Pochen hinter meinen Augen und ging an die Arbeit. Zuerst räumte ich die Pflanzen von der Fensterbank und riss beide Fensterflügel auf. Zwar war es dadurch so laut, dass die D-Züge unmittelbar in meinem Kopf herumzufahren schienen, aber der muffige Geruch konnte entweichen. In einen leeren Karton sammelte ich die Colaflaschen und stellte sie vorerst auf dem Gang ab. Nachdem ich das raschelnde Laub vom Fußboden auf Papierbögen zusammengekehrt und in den Abfalleimer geleert hatte, machte ich mich mit der verstaubten Gießkanne auf die Suche nach Wasser.

Ich fragte das nette, sommersprossige Mädchen im Büro gegenüber, wo sich die Toiletten befänden.

»Ja, so was sollte man immer als Erstes wissen«, meinte die Sommersprossige und lächelte. »Wenn du möchtest, zeig' ich dir auch alles andere.«

So viel Freundlichkeit überwältigte mich beinahe. »Vielen Dank«, sagte ich gerührt.

»Ich heiße Stefanie«, stellte sie sich vor und hielt mir eine Tüte mit Fruchtgummitieren hin.

»Und ich Judith. Aber du kannst auch Frau Dings zu mir sagen wie die Mehlig«, sagte ich und nahm ein rotes Krokodil aus der Tüte. »Hast du nicht selber viel Arbeit?«

»Hier hat niemand viel Arbeit, außer dir vielleicht«, antwortete Stefanie und lachte. »Und auch das nur, weil in deinem Büro monatelang niemand mehr einen Handschlag getan hat.«

Ich glaubte ihr aufs Wort.

Eine halbe Stunde später wusste ich, wo sich Teeküche, Damentoilette, Kopierraum und Colaautomat befanden und war Stefanie unendlich dankbar. Der muffige Geruch war fast aus meinem Büro verschwunden, als ich wiederkam. Sorgfältig tränkte ich die Pflanzen, zupfte die verwelkten Blätter aus dem Geäst und fühlte mich schon fast heimisch, als es an meine Tür klopfte und ein kräftiger Mann um die Vierzig eintrat.

»Was ist denn hier los?«, rief er, eine Spur zu laut für meinen Kater.

»Judith Raabe von Asche-Zeitarbeit«, sagte ich verlegen.

»Frau Raabe, Sie scheinen Wunder vollbringen zu können«, rief der Mann und lächelte. »Mein Name ist Römer, Sie werden mit mir zusammenarbeiten. Wenn Sie irgendwelche Fragen haben, fragen Sie ruhig.«

Der Mann war mir sympathisch. Mutig deutete ich deshalb auf die Papierberge ringsrum und dann hinüber zu den Ordnern im Regal.

»Das Ablagesystem habe ich noch nicht ganz durchschaut«, gab ich zu.

»Dazu muss es hier irgendwo einen Aktenplan geben«, meinte der sympathische Herr Römer. »Den hat die gute Frau Meister irgendwo in den Schubladen versteckt. Wenn Sie den finden, wissen Sie ganz genau, in welchen Ordnern Sie was einzuordnen haben. Ich bin nebenan, wenn Sie mich brauchen.«

Den Aktenplan fand ich tatsächlich in der Schublade. Besagte Frau Meister hatte zweihunderteinundsiebzig Ordner angelegt, die durch vier verschiedenfarbige Etiketten und einhundertzwanzig verschiedene Kennziffern zu unterscheiden waren. Ich machte mich daran, sie im Regal nach diesem System zu sortieren. Das war beinahe einfach und ging sogar ziemlich schnell. Alle anderen Gegenstände, wie Kisten, Kartons und Karteikästen, stapelte ich ohne System in die anderen Fächer. Trotzdem blieb immer noch Platz genug, einen Teil der Ablagehaufen vom Schreibtisch vorläufig ebenfalls im Regal unterzubringen. Dadurch kam ein kleines Häufchen besprochener Bänder auf der Schreibtischoberfläche zum Vorschein, die ich zu den anderen legte.

Zusammen ergab sich daraus ein ziemlich großer Haufen Arbeit, der mich zwang, mich seufzend vor den Computer zu setzen und den Power-Knopf zu betätigen.

Ein freundliches »Guten Morgen« erschien auf dem Bildschirm, und dann: »Bitte geben Sie Ihr Kennwort ein.«

Ich erinnerte mich an Frau Mehligs Worte und zog die oberste Schublade auf. Das Kennwort war in einem Briefumschlag untergebracht und lautete »A-p-f-e-l«. Ich tippte es ein.

»Es ist wieder einmal Zeit, das Kennwort zu erneuern«, stand auf dem Bildschirm. »Bitte geben Sie ein neues Kennwort ein und drücken Sie anschließend die Entertaste.«

Ich überlegte eine Weile und schrieb dann »M-e-h-l-i-g«.

»Das Kennwort ist ungültig«, behauptete der Computer. »Bitte geben Sie ein neues Kennwort ein und drücken Sie anschließend die Entertaste.«

»J-u-d-i-t-h«, schrieb ich und drückte die Entertaste.

»Das Kennwort ist ungültig.«

Verdammt. Vielleicht nahm er nur Früchte.

»E-r-d-b-e-e-r-e.«

Auch nichts. Oder er nahm nur Früchte mit A, wie A-n-a-n-a-s. Aber nichts tat sich. Mit zunehmender Verzweiflung versuchte ich es noch mit »R-ö-m-e-r«, »G-e-n-e-v-e-r« und »S-c-h-e-i-s-s-e«, aber der Computer blieb unerbittlich.

Schließlich fragte ich die hilfreiche Stefanie von gegenüber um Rat.

»Ah, Kennwortwechsel«, sagte sie und grinste. »Du kannst es nicht wissen, aber er akzeptiert nur Wörter mit fünf Buchstaben, die keinen Umlaut enthalten.«

»H-i-l-f-e«, schrieb ich also beim nächsten Mal, und wie durch ein Wunder ließ der Computer mich endlich passieren.

Alles Weitere war eigentlich einfach. Schreiben nach Tonband kannte ich schon aus der Versandfirma. Man musste sich Kopfhörer aufsetzen und das Kassettengerät mit Fußpedalen bedienen wie eine Nähmaschine.

Ich fing gerade mit dem ersten Band an, als sich die Tür öffnete und jemand »Mahlzeit!« rief. Es war ein schmächtiges Männchen, dessen Schultern nur unwesentlich breiter waren als sein Kopf.

»Sie sind sicher unsere neue Frau eh-eh?«, sagte es lächelnd und ergriff meine Hand, um sie ausgiebig zu schütteln.

»Raabe, Judith Raabe«, sagte ich unbehaglich.

»Freut mich wirklich, Sie kennen zu lernen, Frau eh-eh.«

»Raabe«, wiederholte ich und versuchte, meine Hand zurückzuziehen.

»Mein Name ist Schimmler-Kottenbrocke.«

Herr – wie? Das schmächtige Männchen strich sich über seinen schütteren Vollbart und schüttelte weiter meine Hand.

»Ich bin zuständig für den Bereich Religion und Gesellschaft. Sie werden für mich schreiben, Frau eh-eh.«

»Raabe«, sagte ich zum dritten Mal.

»Ich hoffe, wir werden gut miteinander auskommen«, sagte Herr Schimmler-Kottenbrocke und neigte sich vertrauensvoll zu mir hinüber. »Zwischen uns mag vielleicht eine kleine Kluft in Sachen Bildung und Intellekt klaffen, aber vor Gott sind wir doch alle gleich, Frau eh-eh.«

»Raabe«, sagte ich und erhielt endlich meine Hand zurück. Herr Schimmler-Kottenbrocke wünschte mir viel Erfolg und Gottes Segen für meine Arbeit und ging rückwärts und lächelnd durch die Tür.

Kaum war er weg, kam Stefanie ins Zimmer gehuscht.

»Na, wie fandest du unseren Herrn Schimmel-Kotzbrocken?«, fragte sie.

»Nomen est omen«, sagte ich und musste lachen. »Zwischen uns klafft ja auch eine kleine Bildungskluft, nur meinen Namen konnte er sich nicht merken.«

»Ich kenne den jetzt schon vier Jahre«, sagte Stefanie, »und meine Namen kennt er auch noch nicht. Aber es vergeht kein Tag, an dem er mir nicht unsere Bildungskluft aufs Butterbrot schmiert. Natürlich immer hinter von jovialer Fürsorge durchschleimter Herzlichkeit versteckt.«

»Das hast du schön gesagt«, meinte ich bewundernd.

Die Briefe auf den Tonbändern beanspruchten meine ganze Aufmerksamkeit. Schließlich hatte ich die ersten vierzehn eingegeben und machte mich daran, sie auszudrucken. Das war nicht so einfach. Um den Drucker bedienen zu können, musste man den Computer eine ganze Reihe von rätselhaften Befehlen erteilen, die erneut Stefanies Anwesenheit forderten. Mit ihrer Hilfe gelang es mir, die Bedienungstücken des Druckers zu überlisten und die ersten Briefe dem sympathischen Herrn Römer nebenan zur Unterschrift vorzulegen. Er fand genau die richtigen Worte, mich meine Kopfschmerzen vergessen zu lassen und für immer zu seiner arbeitswütigen Sklavin zu machen.

»Sie muss der Himmel geschickt haben«, sagte er. »Was Sie an einem Tag in diesem Büro vollbracht haben, grenzt an ein Wunder.«

Ich strahlte ihn dankbar an und stürzte eifrig zurück an meinen Computer, um mich seines Lobes würdig zu erweisen.

Erst um vier Uhr nachmittags fand ich Zeit, Bille in der Buchhandlung anzurufen.

»Fräulein Roth ist heute nicht hier«, sagte Billes Kollegin. »Die hat sich krankgemeldet. Es ging ihr gar nicht gut.«

Das konnte ich mir vorstellen. Aber Bille sollte sich mal ein Beispiel an mir nehmen. Seit halb sieben ununterbrochen auf den Beinen, hatte ich mir schon ein ganzes Computerprogramm und ein Ablagesystem mit zweihunderteinundsiebzig verschiedenen Ordnern Untertan gemacht. Wie Herr Römer schon gesagt hatte, es grenzte an ein Wunder.

Ich wählte Billes Privatnummer und ließ es rücksichtslos elfmal klingeln.

»Hallo«, flüsterte schließlich ihre Stimme ins Telefon.

»Ich bin's«, sagte ich betont heiter.

». . . kann nicht . . . echen«, hauchte Bille.

»Nicht brechen?«

»Och, ge . . . ochen ab ich on den anzen orgen«, jammerte Bille, »eshalb ann ich ja nich echen.«

»Den Genever habe ich jedenfalls ganz allein getrunken«, sagte ich. Das musste doch mal gesagt werden.

»Dafür hatte ich den Sekt und den Wein und das Bier für mich ganz allein«, verteidigte sich Bille mit neuerwachter Kraft. »Aber kein Wort mehr darüber.«

»Und was du gedacht hast, als du heute Morgen aufgewacht bist?«, fragte ich schadenfreudig.

»Ich bin tot und in der Hölle«, sagte Bille.

Ich lachte vorsichtig.

»Und wie ging es den beiden anderen?«

»Keine Ahnung. Ich hab mich totgestellt, bis sie weg waren«, sagte Bille. »Weißt du, wer der eine war?«

»Der grabschende Grünschnabel?«, fragte ich. »Der heißt Andreas oder Armin oder so.«

»Auf jeden Fall hat der in meine Badewanne gekotzt«, sagte Bille.

Das war nicht schön von ihm.

Sonntag

Obwohl der Wettermann Regen angesagt hatte, schien die Sonne schon am frühen Morgen so heiß, dass ich es wieder nicht schaffte auszuschlafen. Dabei hatte ich Erholung nach dieser Woche dringend nötig. Acht Stunden Arbeit – und das jeden Tag – strengten doch weitaus mehr an, als ich gedacht hatte.

Aber es machte wider Erwarten auch Spaß. Der nette Herr Römer lobte mich weiterhin zwanzigmal am

Tag. Vermutlich hatte er längst erkannt, dass sein Lob mich zu Höchstleistungen anspornte, aber ich nahm seine Worte trotzdem sehr ernst, sog seine Anerkennung in mich auf wie ein Schwamm und versuchte, es am nächsten Tag noch besser zu machen. Langsam hatte das Büro wieder ein anderes Gesicht bekommen, nicht zuletzt, weil ich täglich eine Überstunde drangehängt hatte, um die Ablageberge abzutragen.

Ich hatte festgestellt, dass man die Überstunden besser bezahlt bekam als die gewöhnlichen Arbeitsstunden, und eins war sicher: In diesem Büro waren die Überstunden noch wochenlang begründbar.

Alle, auch der händeschüttelnde Herr Schimmel-Kotzbrocken, hatten die Fortschritte im Büro mit schmeichelhaftem Lob kommentiert. Nur die grässliche Mehlig mochte mich immer noch nicht. Sie nannte mich weiter unwirsch »Frau Dings« und mahnte mich täglich, die Ordnung von Frau Meister, der Dame, die rechtmäßig in dieses Büro gehöre, bloß nicht zu zerstören.

Rebecca und ich beschlossen angesichts des Sonnenscheins, die geplante Besprechung für ihre Modenschau am Abend in den Volksgarten zu verlegen, und verbrachten den Vormittag damit, kleine, leckere Köstlichkeiten für ein Picknick vorzubereiten. Rebeccas Modenschau sollte im September stattfinden, und es war höchste Zeit, das Ganze zu organisieren. Mo, Kaspar und unsere Tante Paula sollten dabei helfen. Ich rollte kleine Hackfleischbällchen und warf sie in die Fritteuse, und Rebecca buk einen riesigen Berg hauchdünne Crepes. Ich aß von beidem etwa zehn Stück.

Am Nachmittag rief Bille an, um eine frisch gebackene Kirsch-Quark-Torte mit mir zu teilen. Nichts lieber als das. Ich zog mein heißestes Sommerkleid an – nur für den Fall, dass der begehrenswerte Burghart auch vorbeikam – und setzte mich hungrig in die Bahn. Es war so warm, dass meine Oberschenkel auf dem Sitz in der Straßenbahn festklebten und sich nur mit einem peinlich schmatzenden Laut ablösten.

Als ich bei Bille ankam, hatte ich das Gefühl, einen Vierundzwanzig-Stunden-Marsch hinter mich gebracht zu haben. Ich konnte mich gerade noch mit letzter Kraft auf ihren Balkon schleppen und über die Kirsch-Quark-Torte hermachen. Sie war wirklich ausgezeichnet.

Als wir beim dritten Stück angelangt waren, klingelte es. Während Bille zur Tür eilte, setzte ich mich lässig in den Korbsessel, der mit dem Rücken zur Sonne stand und drapierte mein heißes Kleid gefällig um meinen schweißverklebten Körper.

Es war tatsächlich Burghart mit dem wunderbaren Grübchenlächeln. Er setzte sich auf den dritten Stuhl, und wir traten ihm mit dem Großmut der Gesättigten das letzte Viertel der Torte ab.

»Ich soll euch schön von Achim grüßen«, sagte Burghart. »Ihr beide habt großen Eindruck auf ihn gemacht.«

»Er hat auch großen Eindruck in meine Badewanne gemacht«, sagte Bille. »Heiß heute, was?«

»Letztes Jahr um diese Zeit war ich auf Sardinien«, seufzte Burghart.

»Ich auch«, sagte Bille erfreut.

»Sardinien ist die schönste Insel der Welt«, fand Burghart.

»Das finde ich auch«, echote Bille.

»Ich war schon vierzehnmal dort«, sagte Burghart. Es war mir ein Rätsel, wie er da noch Gelegenheit gehabt hatte, alle anderen Inseln dieser Welt kennen zu lernen, und zu einem Urteil über die schönste zu kommen.

»Ich erst zweimal«, sagte Bille bescheiden.

Dass ich beide Male auch dabei gewesen war, vergaß sie geflissentlich zu erwähnen. Ich beugte mich vor und lauerte auf eine Gelegenheit, mich als ebenfalls ortskundig zu präsentieren.

Burghart zählte alle Ortschaften der Insel auf, und Bille rief jedes Mal aus: »Ja, da war ich auch!«

Ich hätte es genauso machen können, aber das erschien mir zu plump und uncool. Obwohl Billes primitive Methode ihren Zweck nicht verfehlte. Burghart begann in Bille eine verwandte Seele zu sehen, und seine Augen leuchteten, als er dazu überging, die Surfreviere zu beurteilen. So wie es sich anhörte, war er ein unerhört versierter Windsurfer, und Bille beeilte sich zu sagen: »Zwei meiner Freunde hatten auch ein Surfboard dabei.«

Ich räusperte mich, um sie daran zu erinnern, dass ich auch noch da war. Die zwei Freunde, von denen Bille sprach, waren schließlich *mein* Holger und der Freund *meiner* Freundin Katja gewesen.

»Hast du Fotos?«, fragte Burghart, als er feststellte, dass wir offenbar in einer Bucht Muscheln gesammelt hatten, die er in den vierzehn Jahren nicht ein einziges Mal betreten hatte.

Bille holte einen Schuhkarton aus dem Regal. Ich freute mich, weil Burghart jetzt sehen würde, dass ich auch mit dabei gewesen war, ohne dass ich ein Wort sagen musste.

Es waren wundervolle, sehr schmeichelhafte Fotos. Ich fand, wir sahen alle wirklich cool, sportlich und gutgelaunt aus, fast wie in diesem Werbefilm für weißen Rum aus der Karibik. »Living life the easy way!«

»Wo ist denn euer Zelt?«, fragte Burghart.

»Wir hatten keins, es hat sowieso nie geregnet. Abends haben wir alle unsere Schlafsäcke ans Lagerfeuer gezogen und in die Sterne geschaut«, erinnerte ich mich schwärmerisch.

»Aha«, sagte Burghart.

Er sah den Schuhkarton in Windeseile durch. Länger verweilte er nur bei den Bildern, auf denen die Surfbretter zu sehen waren. Und dabei sah ich im Bikinihöschen erfreulich gut aus, wenn auch kein bisschen wie ein Brett.

»Scheiß-Boards«, meinte Burghart. »Scheiß-Segel, Scheiß-Haltung, Scheiß-Wellen!« und ließ mich für eine längere Weile vergessen, was für wunderbare Grübchen er hatte.

Er stellte den Schuhkarton auf den Boden zurück und sagte abschließend: »Scheiß-Farben!«

Bille und ich schwiegen beleidigt.

»Wollt ihr mal *meine* Fotos sehen?«, fragte Burghart aufmunternd.

»Von mir aus«, sagten wir mürrisch.

Burghart konnte es gar nicht abwarten. Er lief in seine Wohnung und war acht Sekunden später wieder da, um uns vierzehn Fotoalben vor die Füße zu werfen.

In chronologischer Reihenfolge konnten wir uns dann die Sommerurlaube von Mama Schmidt, Papa Schmidt und Klein-Burghart Schmidt auf Sardiniens Campingplätzen anschauen: Klein-Burghart in der Surfschule,

Klein-Burghart und Papa Schmidt beim Wasserballspielen, Mama Schmidt beim Kochen, Klein-Burghart beim Schnorcheln, Papa Schmidt beim Autowaschen.

Bille und ich tauschten irritierte Blicke.

Dann endlich im fünften oder sechsten Jahr ein Personenwechsel: Mama und Papa Schmidt mussten zu Hause bleiben, Klein-Burghart, mittlerweile groß und stark, nahm nämlich von jetzt an seine Freundin mit. Das saubere Hauszelt aber, das saubere Vorzelt, die saubere Kühltasche, der saubere Klapptisch und die sauberen Klappstühle und sogar der saubere Opel waren dieselben geblieben.

Und dann wieder sieben Alben voll: Sunny kocht Reispfanne, Sunny versucht sich beim Surfen, Sunny cremt sich ein, Burghart isst Reispfanne, Burghart spielt Wasserball, und dann zweihundert Fotos mit Selbstauslöser: Burghart küsst Sunny, Sunny küsst Burghart.

Dass das Mädel Sunny hieß, konnte man den peinlichen Kommentaren unter jedem Foto entnehmen:

»Heute macht Sunny ihre berühmten Spaghetti mit Tomatensoße.«

»Guten Appetit, mein Schatz.«

»Bravo, das ist die perfekte Haltung auf dem Surfbrett, Sunny!«

»Sunny liebt es heiß.«

Was mich außer den kindischen Herzchen über den Is am meisten befremdete, war, dass Burghart selber seine Spießerfotos und die unglaublichen Bildunterschriften offensichtlich nicht die Spur peinlich fand. Im Gegenteil, er lachte bei der Erinnerung an diese oder jene Begebenheit und las uns die besonders gelungenen Anmerkungen laut vor: »Nur Küsse schmecken besser als Sunnys Linseneintopf« und »Früh übt sich, wer ein Meister werden will«.

Bille wollte sich ihre Rolle als verwandte Seele nicht verscherzen und lachte synchron mit Burghart, obwohl ich sie, so fest ich konnte, in die Seite zwickte.

»Sieht Sunny nicht süß aus?«, las Burghart vor.

Um Bille zu ärgern, sagte ich: »Die sieht aber wirklich süß aus!«

»Ja, das sieht sie wohl«, sagte Burghart da mit einem resignierten Seufzer und blätterte weiter.

»Und wo ist Sunny in diesem Jahr?«, fragte ich indiskret.

»Keine Ahnung«, antwortete Burghart knapp und klappte Album Nummer vierzehn abrupt zu.

Es dauerte eine ganze Weile, bis ich mich von den Fotos erholt hatte und wieder von Burgharts Grübchenlächeln und seine blauen Augen bezaubert war. Gerade rechtzeitig, um Billes raffinierte Pläne zu vereiteln.

»Nächste Woche fahre ich mit einer Arbeitskollegin nach Dänemark«, sagte sie listig zu Burghart. »Ich bräuchte jemanden, der ab und zu die Blumen gießt. Dafür würde ich mich auch gern erkenntlich zeigen.«

»Kein Problem, das mach ich doch gern«, sagte ich schnell.

Bille warf mir einen bitterbösen Blick zu. Ich sah unschuldig zurück. Haha, hatte sie sich so gedacht.

Als Burghart und seine Fotoalben gegangen waren, seufzte ich tief.

»Ich wünschte fast, ich hätte die Alben nicht gesehen«, sagte ich wehmütig. »Denn schon bröckelt die Fassade.«

»Aber diese Grübchen sind doch zu niedlich«, meinte Bille. »Und wie süß der in der Badehose aussah.«

»Und wie süß das Vorzelt und der Klapptisch aussahen. Und Sunny und ihre Lasagne.«

»Diese Sunny war seine große Liebe, hat er mir mal erzählt«, erklärte Bille.

»Soso«, sagte ich, »war sie auch seine einzige?«

»Also, bei ihm gehen allerhand Mädchen ein und aus«, antwortete Bille mit einem bezeichnenden Blick auf den Türspion, »fade, blonde Mädchen, nichts, was man nicht in die Flucht schlagen könnte!«

So was Eingebildetes!

»Vielleicht steht er ja auf blond«, sagte ich und warf mein Haar in den Nacken. Ich für meinen Teil würde jedenfalls nicht so leicht in die Flucht zu schlagen sein!

Bille schlug ihre langen Beine übereinander und lachte verschlagen.

»Warum lachst du?«

»Ich musste gerade an einen Blondinenwitz denken«, sagte sie. »Was ist eine Blondine zwischen zwei Rothaarigen?«

»Ein Lichtblick?« Es sah so aus, als sollte Grübchen-Burghart wirklich ein arger Prüfstein für unsere Freundschaft werden.

»Nein, eine Bildungslücke«, rief Bille und lachte zufrieden.

Ich sah auf meine Uhr. Höchste Zeit für mich. »Ich wünsche dir einen wunderschönen, erholsamen Urlaub«, sagte ich zu Bille, als sie mir widerwillig ihre Wohnungsschlüssel übergab. »Zwei Wochen sind eine lange Zeit.«

»Weiß Gott«, seufzte Bille, und ihre misstrauischen Blicke verfolgten mich bis in den Volksgarten.

Mo, Rebecca, Kaspar und unsere Tante Paula saßen schon auf einer karierten Wolldecke und warteten nur noch auf mich. Paula war Simones und Zarahs Mutter. Sie hätte eigentlich völlig sorgenfrei von dem stattlichen Unterhalt leben können, mit dem unser geschiedener Onkel ihr unter anderem eine nette, kleine Vorortvilla finanzieren musste, aber das reichte ihr nicht, und deshalb half sie Rebecca beim Nähen und hütete ab und zu den Laden.

»Bevor wir anfangen, darf ich euch die Einladungen zu Simones Hochzeit überreichen«, sagte sie und verteilte weiße Glanzpappe in gefütterten Umschlägen.

Die Hochzeit sollte ausgerechnet am Tag vor unserer Modenschau stattfinden. Was die goldgeprägte Hochzeitskutsche betraf, hatte Zarah nicht übertrieben.

»Uiuiui«, sagte ich.

»Wartet erst, bis ihr das Kleid seht«, flüsterte Paula unheilverkündend.

Um uns herum saßen alle anderen Freiluftfanatiker der Stadt so dicht, dass man kaum noch ein Fleckchen Wiese sah. Die Stimmung war ähnlich ausgelassen wie bei einem Open-Air-Konzert. Rebecca hatte zwei Fackeln in den Boden gesteckt, die ein romantisches Licht verbreiteten, als es dunkel wurde. Neben uns spielten ein paar Typen Gitarre und sangen Lieder von Love and Peace. Es war sehr gemütlich.

Während wir all die feinen kleinen Leckereien aßen,

die Rebecca und ich am Morgen zubereitet hatten, schmiedeten wir Pläne für die Modenschau.

Es sollte die beste und ausgefallenste Modenschau aller Zeiten werden, aber sie durfte so gut wie nichts kosten. Der Laden war zu klein für einen richtigen Laufsteg, aber Mo sagte, er könne zusammen mit seinem findigen Freund Steffen aus Lagerhauspaletten eine Art Miniatur-Laufsteg herstellen. Er hatte außerdem zugesagt, sich um Musik und Beleuchtung zu kümmern. Steffen, der als DJ mit einer mobilen Diskothek von einem Schützenfest zum nächsten durch die Dörfer zog, hatte uns seine besten und größten Licht- und Lärmanlagen versprochen. Rebecca hatte sein Angebot unter der Voraussetzung angenommen, dass es möglich sei, die unförmigen Gerätschaften hinter der vorgesehenen Dekoration verschwinden zu lassen.

Sie hatte bereits eine schlichte, preiswerte, aber wirkungsvolle Gestaltung mit cremeweißem Schleiernessel beschlossen, den sie in Unmengen auf dem Großmarkt gekauft und bei uns im Keller eingelagert hatte.

Kaspar hatte sich bereit erklärt, ein kurzes Stück auf dem Cello zu spielen und darüber hinaus die Einladungskarten entworfen und von einem Freund hundert Stück drucken lassen. Wir hofften allerdings auf höchstens fünfzig Gäste, und selbst das würde eng werden.

Paula und ich wollten uns neben all den Handlangerarbeiten, mit denen wir betraut wurden, um das kalte Büfett kümmern, eine Insel von kleinen, kostbaren Köstlichkeiten inmitten von üppig drapiertem Schleiernessel. Paula schwelgte bereits in Rezepten für Shrimpscocktails und Eismeerkrabbensalaten, während ich mehr für die soliden Hackbällchen war.

Die Vorführung selber wollte Rebecca mit uns genauestens einstudieren. Zwei von ihren Freundinnen, Marianne und Eva, waren als Mannequins engagiert. Die Hässlichere von beiden war sogar ein professionelles Model.

Mo wälzte sich vor Lachen beinahe in einen Hundehaufen, als er hörte, dass ich ebenfalls zwei Kleider vorführen sollte.

»Du hast auch Modelle für Speckzwerge entworfen?«, fragte er Rebecca. »Das finde ich wirklich lobenswert, aber wer soll die kaufen?«

»Ich bin kein Zwerg«, sagte ich gekränkt.

»Aber ein Speck«, beharrte Mo. »Kein Wunder, ich hab noch nie jemanden so schnell so viele Hackfleischbällchen verschlingen sehen.«

»Ich hatte Hunger«, verteidigte ich mich.

»Ja, das sagen Speckis immer. Seit du mit dem, dessen Namen nicht mehr genannt werden darf, Schluss hast, bist du doppelt so dick geworden.«

Er übertrieb natürlich maßlos, wie immer. Auf der anderen Seite war es tatsächlich schon ziemlich lange her, dass ich mich das letzte Mal gewogen hatte.

Zu Hause warf ich missmutig den Fernseher an und mich nachdenklich aufs Bett. Die Kirsch-Quark-Torte, die Unmengen von Hackbällchen, Baguette, kalten Pfannkuchen und besonders Mos Bemerkung über meine Figur lagen mir schwer im Magen.

Ein dicker Showmaster machte Werbung für einen Diätmatsch. Mitten in der Nacht. Er zeigte auf ein Bild von sich und sagte, dass er Deutschlands dickster Showmaster gewesen sei, bevor er mit dem Diätmatsch maßlos viel abgenommen habe. Auf dem Vorher-Foto trug er ein zu enges Hemd, jetzt verbarg er mit einem gutgeschnittenen Blazer, was darunter war. Aber er sah entschieden fröhlicher und bunter aus als auf dem Schwarzweißfoto. Vielleicht hatte er tatsächlich abgenommen.

»Und Sie schaffen es auch!«, sagte er und schaute mir direkt ins Gesicht.

Ich zappte ihn weg. Wenn Deutschlands dickster Showmaster den Mut aufbrachte, seinem wahren Gewicht ins Auge zu sehen, konnte ich es auch. Ich stand auf und stellte mich sehr vorsichtig auf die Waage.

Mo hatte leider recht gehabt. Seit dem letzten Wiegen hatte ich sage und schreibe fünf Kilo zugenommen, das waren zehn Pfund, also zwanzig Päckchen Butter. Um es ganz genau zu wissen, zog ich die Unterwäsche und meine Haarspange aus, aber die Waage blieb bei der Buttermenge von vorher. Im Spiegel konnte ich die zwanzig Päckchen deutlich ausmachen, obwohl sie sich noch auf relativ gefällige Weise um meinen Körper verteilt hatten.

»Na gut«, sagte ich schließlich laut, »was Deutschlands dickster Showmaster schafft, schaffe ich auch.«

Ab morgen würde es nur noch Obst, Knäckebrot und Gymnastik geben.

Obsttag

Mit einem Haufen Obst und guter Vorsätze begann ich meinen ersten Diättag. Herr Römer hatte mir einen kleinen Stapel besprochener Bänder und die Nachricht auf dem Schreibtisch hinterlassen, dass er erst am nächsten Tag wieder im Büro sei. Das kam mir sehr entgegen.

Ich heftete einen Zettel, auf den ich mit großen Buchstaben »ICH BIN SATT« geschrieben hatte, vor mich an die Wand und begann, die Briefe in den Computer einzugeben. Dabei spürte ich förmlich, wie mein Körper mit dem Abbau der Fettzellen begann.

Bis zehn Uhr war es ganz einfach, nichts zu essen. Aber dann bekam ich Hunger. Ich versuchte, die Worte auf dem Zettel zu verinnerlichen.

»Ich bin satt! Ich bin satt«, sagte ich laut vor mich hin. Es half tatsächlich. Ungefähr drei Minuten lang. Dann begannen die Buchstaben vor meinen Augen zu verschwimmen, und ich war regelrecht gezwungen, die Frühstücksbanane aufzuessen. Dadurch wurde ich allerdings erst richtig hungrig. Um zehn nach zehn aß ich deshalb auch den Apfel, der als Zwischenmahlzeit eingeplant war, und um viertel nach zehn das Mittagessen, bestehend aus zwei Pfirsichen und einer Birne. Um zwanzig nach zehn war mein Obstkorb leer, aber der Hunger – oder was immer das jetzt noch sein konnte – raubte mir beinahe den Verstand. Ich wollte auf der Stelle etwas Salziges und Würziges essen und den dämlichen, verlogenen Zettel von der Wand reißen.

Glücklicherweise gelang es mir gerade noch rechtzeitig, mich zu bremsen, indem ich mir Mos Worte vom

Vortag ins Gedächtnis rief, bevor ich mich zu einem Überfall auf den nächsten Supermarkt aufmachen konnte.

Stattdessen stattete ich Stefanie im Büro gegenüber einen Besuch ab. Wir verstanden uns wirklich gut, gingen mittags manchmal zusammen in der Kantine essen oder am Rhein spazieren und waren uns einig, dass Herr Schimmel-Kotzbrocken ein Kotzbrocken und die Mehlig mehlig war.

»Du siehst irgendwie somnolent aus«, meinte Stefanie, als ich in ihr Büro kam. »Um nicht zu sagen, soporös!«

Ich guckte verblüfft. »Ich nicht sprechen solches schweres Sprach«, sagte ich.

Stefanie lachte und bot mir Gummitiere aus der Tüte an, die ich ausnahmsweise ablehnte.

»Ich lese gerade in meinem Fremdwörterbuch unter S. Man kann wirklich viel daraus lernen«, erklärte sie. »Oder weißt du, was Servituten sind?«

»Waren das nicht die Dinger, mit denen man sich nach dem Essen den Mund abtupft?«, fragte ich und lief zurück, um ein Exemplar Fremdwörter aus meinem Büro zu holen.

Wir unterhielten uns eine Weile auf gehobenere Art und Weise.

»Ich bin doch etwas zu apprehensiv, um die Sojafrikadellen in der Kantine heute einer Degustation zu unterziehen, oder was meinst du?«, fragte Stefanie.

»Durchaus verständlich, denn diese Futilität könnte eventuell Enterozoene hervorrufen und ein viszerales Unwohlsein verursachen«, stimmte ich ihr zu.

»Wenn man hingegen diesbezüglich weiter auf Immutabilität beharrt, die Dehors wahrt und nie eine Novotät probiert, kann man auch keine Mirabilien der Gaumengenüsse erwarten«, gab Stefanie zu bedenken.

Als wir so richtig schön in Schwung gekommen waren, kam Herr Schimmel-Kotzbrocken an unserer Tür vorbei. Mit seinem üblichen mitleidigen Augenaufschlag lenkte er seine Schritte zu uns hinein und schüttelte uns ausgiebig die Hände.

»Gesegnete Mahlzeit und einen wunderschönen, ganz besonderen Arbeitstag wünsche ich den Damen«, sabberte er mit sanfter Stimme und ohne Stefanies Hand wieder loszulassen. »Kommen Sie auch zurecht? Ich sage immer, dass die armen Sekretärinnen in diesem Hause zwar den anspruchlosesten, aber mit Abstand härtesten Job haben.«

Stefanie und ich blätterten fieberhaft in unseren Fremdwörtern herum. Sollte jetzt der übliche Schmus mit der Bildungskluft kommen, wollten wir für eine Antwort wohl präpariert sein.

»Ich finde es nicht gerecht«, fuhr Herr Schimmel-Kotzbrocken fort, »unsereins hat zwar studiert und verfügt natürlich dadurch über ein fundiertes Fachwissen, aber nicht nur der höhere Bildungsstand, sondern auch Art und Dauer der Tätigkeit sollten die Höhe des Gehaltes bestimmen.«

Das war das Stichwort.

»Derartige Äußerungen über Dehiszensen zwischen besser und schlechter bezahlten Angestellten pflegen einen geradezu reluktantischen Widerspruch in mir als Vertreter der letztgenannten Gruppe hervorzurufen«, entgegnete Stefanie kämpferisch, »denn tatsächlich ist eine Differenz im Bildungsstand an dieser Stelle als immensurabel und imperzeptibel zu bezeichnen, weil es sich hier eindeutig um eine Exiquität handelt, die es erlaubt, dem, der sie negiert, Ignoranz, ja sogar intellektuelle Imputabilität zu unterstellen.«

»Eh, meinen Sie?«, sagte Schimmel-Kotzbrocken lahm und ließ ihre Hand kraftlos aus seiner gleiten.

Ich bekämpfte mit Mühe das triumphierende Gelächter, das in mir hochstieg, blätterte eifrig in meinen Fremdwörtern herum und wartete darauf, Herrn Schimmel-Kotzbrocken den Todesstoß zu versetzen.

»Leider ja«, bestätigte Stefanie, »obwohl ich nicht so weit gehen würde, Sie als Thymopathen zu titulieren, nur weil Sie sich nicht von Ihren vexierten Vor- und Fehlurteilen eximieren können.«

Herr Schimmel-Kotzbrocken schluckte schwer.

»Wenn ich an dieser Stelle interponieren darf«, mischte ich mich nach gründlicher Vorbereitung ein, »mir scheint eine Diskussion über derartige Exiguitäten solchermaßen fastidios, dass ich, obwohl auch ich Ihre Bemerkung eben – mit Verlaub – eindeutig als katachretisch pertizipiert habe, sicher mit Akampsie oder gar extrasystolischen Symptomen reagieren werde, sollte dieser akarpische Sermon weiter eternisiert werden.«

»Eh, da stimme ich Ihnen zu«, stammelte Herr Schimmel-Kotzbrocken, »aber leider muss ich jetzt weiter. Mahlzeit dann auch.«

»Sie brauchen dies keineswegs als Opprabation zu vindizieren«, rief Stefanie ihm nach, aber der Ärmste drehte sich nicht mehr um.

Er stolperte so verunsichert von dannen, dass wir in

maniakilisches Gelächter ausbrachen und jeder, der vorbeikam, uns für thymopathisch und von unmittelbarer Perdition bedroht halten musste. Herr Schimmel-Kotzbrocken würde jedenfalls so schnell nicht mehr mit seiner Bildung hausieren gehen, so viel war mal klar.

Bis Feierabend ließ ich meinem Magen Zeit, das Obst zu verdauen, und weil Arbeit bekanntlich das beste Mittel gegen Hungergefühle darstellt, gönnte ich mir zu Hause nur eine enzymreiche, halbe Babyananas und schaute mich nach mehr Arbeit um.

Es war Zeit, meinen Marionettenköpfen endlich Körper zu verschaffen. Ich hatte in den letzten Wochen vier wunderbare Köpfe und vier Paar Hände und Füße modelliert. Neben Räuber Hotzenplotz eine liebreizende, wenn auch noch völlig kahlköpfige Prinzessin Rapunzel, einen zerfurchten Sterndeuter und eine knubbelnasige Hexe. Sie waren vollständig ausgehärtet und bereits mit Schmirgelpapier seidenglatt geschliffen. Ich musste sie nur noch mit Plakatfarben bemalen und ihnen Perücken verpassen und Kostüme nähen.

Etwas Sorgen machte mir die Konstruktion der Körper und der Kreuze. Im Baumarkt hatte ich jede Menge Rundhölzer sowie Haken und Ösen gekauft. Arme und Beine sollten aus je zwei mit einem Gelenk verbundenen Teilen bestehen, ein Stück Rundholz würde die Schulterachse bilden, Leib und Rumpf hatte ich mir lediglich als ein Stück Kordel vorgestellt, das die Schulterachse mit einer Hüftachse verbinden sollte, an der dann die Beine befestigt würden. Das Prinzip war denkbar einfach, aber es mangelte mir an Werkzeug, um die vielen Bein- und Armteile zu sägen, Löcher für Haken und Ösen zu bohren und das Ganze zu einem Puppenkörper zusammenzufügen. Aber meine Köpfe und Hände und Füße waren so gelungen, dass ich mich unbedingt um die Herstellung der dazugehörigen Körper kümmern musste.

Ich rief bei Mo an und fragte ihn, ob er mir ein paar Rundhölzer zersägen und ein paar Löcher bohren könnte.

»Wie viele Hölzer und wie viele Löcher?«, fragte Mo zurück.

Ich fand es sehr sympathisch, dass er nicht »Wofür?« gefragt hatte, und sagte, dass ich erst nachrechnen müsse und ihn wieder anriefe.

Ich rechnete: Für den Fall, dass ich zwanzig Puppen bauen wollte, was mir bei meiner momentanen Modellierlust noch wenig erschien, brauchte ich pro Puppe vier Stücke für die Arme, vier für die Beine, und je eines für Schulter und Hüftachse. Jedes Teil musste außerdem zwei Löcher haben, die Unterschenkel nur eines, waren also zehn mal zwei minus zwei, das ganze mal zwanzig.

Ich rief wieder bei Mo an und sagte: »Zweihundert Holzstücke und dreihundertsechzig Löcher.« Es hörte sich furchtbar an.

»Wie dick sind die Hölzer?«, fragte Mo nach einer längeren Pause.

»Zwei Zentimeter«, schätzte ich.

»Und die Schrauben?«

Ich sah auf meine Haken und Ösen und murmelte vorsichtig: »Ganz klein.«

Mo machte wieder eine längere Pause, dann sagte er: »Ich leihe mir eine Elektrosäge und eine Bohrmaschine aus und komme.«

Ich war so verblüfft, dass ich mich nicht bei ihm bedankte. Außerdem war nicht auszuschließen, dass er einfach nur einen Scherz gemacht hatte. Aber eine halbe Stunde später klingelte es, und die Sprechanlage keuchte: »Komm runter und hilf mir tragen!«

Auf der Treppe zum Speicher stand uns die grässliche Kiebig samt Brathund im Weg.

»Der alte Tattergreis hat die ganze Mittagspause hindurch genagelt!«, petzte sie und meinte damit den Onkel aus dem zweiten Stock.

Mo fragte unverschämt: »Wissen Sie denn, wen?«

»Das tut mir leid, Frau Kiebig«, beeilte ich mich zu sagen und versuchte, an ihr vorbeizukommen.

»Er hat wieder Möbel vom Speicher gestohlen«, sagte die Kiebig und folgte uns. »Zwei Stühle hat er sich genommen. An denen hängt eure Mutter sehr.«

Tatsächlich waren zwei Buchenstühle mit schön geschwungener Rückenlehne verschwunden, die wir irgendwann einmal neu zu polstern geplant hatten.

»Die hat er gestohlen«, wiederholte die Kiebig, und der Brathund kläffte giftig.

»Ob sie nun auf dem Speicher stehen oder beim Onkel, ist doch völlig egal«, sagte ich.

»Wo kämen wir denn da hin, wenn sich jeder Mieter hier frei bedienen könnte?«, rief die Kiebig aus. Sie bestand darauf, den Onkel sofort zur Rede zu stellen und folgte uns bis zu seiner Wohnung.

Ich schaffte es gerade noch, die Tür vor ihrer Nase zu schließen, ehe sie sich hinter uns hineindrängeln konnte.

Der Onkel freute sich sehr, uns zu sehen.

»Ich muss euch was Schönes zeigen«, verkündete er

und führte uns in sein perforiertes Wohnzimmer. Auf dem Tisch stand eine wunderliche Uhr, deren geschwungene Seitenteile mir merkwürdig bekannt vorkamen.

»Das sind die Lehnen von zwei ollen Stühlen vom Speicher«, sagte der Onkel begeistert. »Ist es nicht wunderbar, was man aus wertlosem Kram noch alles machen kann?«

»Wirklich«, stimmten wir betreten zu. Wir brachten es nicht übers Herz, ihm seine Freude zu verderben, lobten seine Geschicklichkeit und tranken ein Tässchen Kaffee mit ihm.

Als wir eine Stunde später aus der Wohnung traten, lungerte die alte Vettel immer noch auf der Treppe herum.

»Wo sind die Stühle?« kreischte sie uns entgegen. »Wenn er sie nicht herausgeben will, dann mach ich ihm Beine.«

»Die Stühle sind in bestem Gewahrsam«, sagte ich, und Mo fügte hinzu: »Und in bester Verfassung.«

»Komm, Sylvia, wir gehen«, meckerte die Kiebig hinter uns her und zog den königlichen Brathund mürrisch in ihre Wohnung, »nichts ist mehr, wie es sein sollte.«

Sie wusste ja gar nicht, wie recht sie hatte.

Auf dem Speicher begann Mo kommentarlos gemäß meinen Anweisungen zu sägen und zu bohren. Bald waren wir in eine Wolke von Holzstaub eingehüllt. Zum Glück fiel mir rechtzeitig ein, dass die Schulter und die Hüftachse ja noch jeweils ein dickes Loch in der Mitte benötigten, durch das ich das Verbindungsseil ziehen musste.

»Könntest du vielleicht noch mal vierzig Löcher ...?« bat ich zaghaft, als Mo fertig war.

Mo warf mir einen seltsamen Blick zu, fragte aber: »Wie groß, wie tief?« und drillte mit dem dicksten Bohrer anstandslos vierzig Löcher in die Holzachsen.

Während er bohrte, setzte ich in Gedanken meine Marionettenkörper zusammen und stellte mir vor, wie sie an den Fäden tanzten.

Fäden! Die mussten ja auch noch befestigt werden. Noch mal Haken am Kopf, am Rücken... und dann das Fadenkreuz! Schnell überschlug ich im Kopf noch einmal die Menge der Rundhölzer und Bohrlöcher, die für ein Fadenkreuz nötig waren, und der Löcher, die noch in die Körper gebohrt werden mussten. Es waren zu viele.

»Mo?«, fragte ich.

Mo wischte sich das Sägemehl aus den Haaren und drehte sich um.

»Wem gehören die Säge und die Bohrmaschine?«

»Steffen.«

»Meinst du, er leiht sie mir für ein paar Tage?«

Mo sagte gar nichts. Er sah mich nur an. Ich sah zurück. Als Kinder hatten wir uns oft stundenlang angestarrt. Wer zuerst wegschaute, hatte verloren. Mo hatte immer verloren. So war es auch diesmal.

Er fragte ziemlich laut: »Wozu brauchst du alle diese Holzstückchen? Warum hast du immer noch nicht genug? Wenn du es mir nicht sofort sagst, mache ich Sägemehl aus allen!«

Dabei warf er die Bohrmaschine wieder an und fuchtelte drohend damit in der Luft herum.

Ich lief in meine Wohnung und holte Baba Jaga, Rapunzel, Merlin und Hotzenplotz herauf. Die Köpfe legte ich vor Mo ins Sägemehl und wartete gespannt auf sein Urteil.

»Hey, das ist ja *unser* Hotzenplotz«, sagte er. »Der hat ja richtig echte Ohren.«

Das klang schon mal gut.

»Hey, die alte Hexe sieht genauso aus wie die Kiebig. Wie hast du das gemacht?«

»Ich kann es einfach«, sagte ich glücklich.

Mo nahm den Merlin in die Hand.

»Die sind wirklich richtig gut«, sagte er beeindruckt. »Und ich mache dir wirklich richtig gute Fadenkreuze, wenn ich dafür den Hotzenplotz bekomme, sobald er fertig ist.«

Ich war so glücklich, dass ich leichten Herzens auf die Kiwi verzichten konnte, die ich mir sonst zum Abendessen erlaubt hätte. Vor dem Zubettgehen hatte ich bereits zwei Päckchen Butter weniger auf der Waage.

Freitag

Als ich am Mittag nach Hause kam – ich durfte rechtzeitig zum Wochenende meine Überstunden abfeiern –, fuhr gerade ein Möbelwagen vor dem Haus davon. Rebecca stand in der Ladentür und schaute dem Wagen nach. Sie hatte gerötete Wangen und sah irgendwie seltsam aus.

»Was ist passiert?«, fragte ich misstrauisch.

»Du wirst es nicht glauben«, antwortete Rebecca und kicherte eigenartig.

»Was?«

»Rate, wessen Möbel gerade abtransportiert wurden?«

»Von hier?« Ich hatte keine Ahnung. »Sag mal, hast du was getrunken, Becky?«

»Ich gebe dir einen Tipp«, half mir Rebecca und kicherte heftig. »Es waren lauter barocke Möbel aus Gelsenkirchen, kein Stück unter einer Tonne schwer, und sie rochen nach Hund.«

»Die Kiebig etwa?«, fragte ich ungläubig. »Aber die kann doch nicht einfach von heute auf morgen ausziehen!«

»Das hab' ich ihr auch gesagt.« Rebecca kicherte. »Aber die Alte meinte, sie könne es keine Minute länger aushalten, drückte mir die Schlüssel in die Hand und stieg in ein Taxi ein.«

»Aber das geht doch nicht«, rief ich. »Hast du wenigstens ihre neue Adresse?«

»Ich habe sie sogar am Arm gepackt und geschüttelt«, erzählte Rebecca, »ihr ›Kündigungsgrund‹ und ›Monatsmiete‹ ins Gesicht gebrüllt, aber der Taxifahrer hat einfach Gas gegeben. Und die Möbelpacker haben in aller Seelenruhe einen Karton nach dem anderen aus der Wohnung getragen.«

Warum, zum Teufel, kicherte sie darüber? Das war eindeutig kriminell von der Alten.

»Wir hetzen ihr die Polizei auf den Hals«, ereiferte ich mich. »Dann kann sie ihre alten Tage im Kittchen verbringen.«

Rebecca kicherte. Da fiel mir etwas ein.

»Mein Gott, was werden Mama und Papa dazu sagen?«

»Das ist es ja gerade«, sagte Rebecca. »Die wussten gar nicht, worüber ich mich so aufgeregt habe! Ich hab' ungefähr fünfhundert Mark auf die Kanaren vertelefoniert, um zu erfahren, dass die Kiebig der Mama schon vor vier Monaten schriftlich gekündigt hat. Sie ist völlig legal ausgezogen. Sogar die Endabnahme haben die Eltern ihr sozusagen auf Ehrenwort von Gran Canaria abgenommen.«

»Das glaub ich nicht«, sagte ich perplex. »Die alte Hexe hat das alles genau geplant und uns keinen Ton davon gesagt?«

»Mama dachte natürlich, dass wir darüber Bescheid wissen«, nickte Rebecca. »Und dass wir uns längst um einen Nachmieter bemüht haben.«

»Das ist wieder mal typisch«, empörte ich mich. »Wo ist sie denn hin, die Alte?«

»Weiß der Geier! Ja, aber freust du dich denn gar nicht?«, rief Rebecca. »Jetzt können wir endlich die Wohnung an jemanden Netten vermieten.«

Sie kicherte ausgelassen. Nie mehr Gemeckere und Brathundgekläffe, doch, das freute mich auch.

»Auf diese Weise werden wir auch endlich einen Mann für dich finden«, plapperte Rebecca aufgeregt, »einen lieben, vernünftigen, handwerklich begabten Mann.«

Das war wieder mal typisch. Für sich die aufregenden, reichen und gutaussehenden, für mich die lieben, vernünftigen und handwerklich begabten!

»Die Männer, die mir gefallen würden, haben schon eine Wohnung, Villa mit Rheinblick oder Maisonette mit Dachterrasse«, behauptete ich hochnäsig.

»So ein Blödsinn«, widersprach Rebecca, »die Männer, die dir gefallen, können in der Regel nicht mal Maisonette buchstabieren. Wir werden gleich heute eine Anzeige aufsetzen.«

»Lass uns die Wohnung mal anschauen«, schlug ich vor, bevor sie wieder in hysterisches Freudengekicher ausbrechen konnte.

Auf der Treppe begegnete uns der Onkel. Er hatte eine Flasche Sekt im Arm und wollte mit uns auf den glücklichen Tag anstoßen. Wir nahmen unsere Gläser mit in die Kiebigwohnung.

Es war ein feierlicher Augenblick, als wir uns das erste Mal im Leben über die Schwelle wagten, die der Brathund bis dahin frenetisch bellend verteidigt hatte.

In der Luft hing eine Geruchsmischung von Hund, Möbelpolitur und Altfrauenparfüm. Die Tapetenmuster ließen darauf schließen, dass die letzte Renovierung in den Siebzigern stattgefunden hatte, gigantische, weiße Narzissen auf grünem Grund im Flur, konzentrische Kreise in Brauntönen im Wohnzimmer und büschelweise gelbe Rosen im Schlafzimmer.

Der Teppichboden wies Hunderte und Aberhunderte mit Linien durchzogener Kreise in wunderbarer Farbenvielfalt auf. Je länger man den staunenden Blick auf dem Boden verweilen ließ, desto deutlicher wurde die Vielseitigkeit der Muster. Man konnte tannengrüne Kreise und Dreiecke in Moos- und Grasgrün, kleine Rauten in Post- und Zitronengelb mit nach innen gebogenen Linien und symmetrische Hakenkreuze in Kastanienbraun erkennen, je nachdem, auf welche Farbschattierung man sich stärker konzentrierte. Wirklich genial. Der Mann, der das Muster entworfen hatte, saß heute sicher in einer geschlossenen Anstalt.

Im Badezimmer waren, wie in allen Etagen, immer noch die blassblauen Kacheln zu bewundern, die meinen Großeltern – Gott hab sie selig – damals als der letzte Schrei angepriesen worden waren. Aber die Kiebig hatte jede Einzelne von ihnen mit selbstklebenden Blumen von Hunderten und Aberhunderten von Prilflaschen verschönt.

»Hier müsste mal wieder tapeziert werden«, sagte der Onkel. Er hatte recht. Der Nachmieter würde eine Menge Arbeit investieren müssen, bis die Wohnung ihm keine Schauder mehr über den Rücken jagen würde.

»Kein Wunder, dass die arme Frau immer so aggressiv war«, meinte Rebecca. »Mehr als sechshundert Mark wage ich hierfür nicht zu nehmen.«

»Für sechshundert Mark kannst du in dieser Gegend nicht mal einen Keller mieten«, widersprach der Onkel.

Ich stimmte ihm zu.

»Nach einer Renovierung wäre die Wohnung locker ihre dreizehnhundert kalt wert«, sagte ich versonnen.

»Niemals«, behauptete Rebecca fest.

Wir schimpften sie ein selten blödes Schaf.

Rebecca schimpfte uns geldgierige Mietwucherer.

Schließlich einigten wir uns darauf, Mama und Papa zu fragen, wie viel Miete wir nehmen sollten.

Auf der Fensterbank im Wohnzimmer entdeckte der Onkel einen einsamen Blumentopf mit einer dieser dickblättrigen Pflanzen, die nicht totzukriegen sind. Man bekommt sie als winzige Mitbringsel geschenkt, in einem Töpfchen kaum größer als ein Fingerhut, und ehe mal sich's versieht, sind sie zu großen Büschen herangewuchert. Ich konnte diese heimtückischen Zimmergenossen nicht ausstehen und versuchte stets alles, um sie rasch eines natürlichen Todes sterben zu lassen. Aber was ich auch tat, sie wucherten im dunkelsten Regalwinkel, überlebten monatelange Dürreperioden und überwinterten problemlos auf dem Balkon. Von wegen, Pflanzen brauchen vor allem Liebe, um zu gedeihen!

Bei dem Anblick des vergessenen Exemplares auf Frau Kiebigs Fensterbank – sicher hatte sie es absichtlich vergessen –, fielen mir plötzlich siedendheiß Billes Pflanzen ein, die zu pflegen ich ja versprochen hatte! Die Gute war jetzt schon fast eine Woche weg, und ich war noch nicht einmal in ihrer Wohnung gewesen, um nach dem Rechten zu sehen.

Ich beschloss, mein schlechtes Gewissen auf der Stelle zu beruhigen und bei der Gelegenheit Burghart, dem blauäugigen Grübchenwunder, wie zufällig einen Besuch abzustatten. Ich hatte es plötzlich sehr eilig.

»Du kannst dich der armen Pflanze annehmen«, sagte ich zum Onkel, und Rebecca rief ich zu, sie müsse die Anzeige ohne mich aufgeben.

Der Onkel hatte ein mitleidiges Herz. Schadenfroh registrierte ich, wie er die Schmarotzerpflanze in seine Wohnung trug, nicht wissend, dass er sich für den Rest seines Lebens mit ihr herumärgern musste.

Ich rannte die Treppe hoch vor meinen Kleiderschrank und schmiss mich weit mehr in Schale, als es zum Blumengießen notwendig gewesen wäre. Ich zog ein enges, schwarzes T-Shirt an, dessen Halsausschnitt so tief war, dass Mo immer sagte, ich trüge es verkehrt herum. Das T-Shirt stopfte ich in meine Lieblingsjeans, die dank der Obst-, Reis- und Sauerkrautwoche wieder tadellos saß, und tuschte mir sorgfältig meine Wimpern. In sieben Schichten. So weit, so gut.

Bei Bille war wider Erwarten alles in Ordnung. Den Pflanzen hatte die Trockenperiode eher gutgetan, sie gediehen auf das Prächtigste. Ich tränkte sie üppig, tupfte etwas von Billes bestem Parfüm auf meine Ohrläppchen und ging mit einem lahmen Vorwand auf den Lippen eine Etage tiefer.

»Oh, Judith, das ist aber nett«, sagte Burghart, als er mir die Tür öffnete.

Er lächelte so erfreut, dass ich die zurechtgelegte Ausrede gar nicht erst vorbrachte, sondern nur zurücklächelte.

»Komm doch rein.«

Das ließ ich mir natürlich nicht zweimal sagen.

»Ich wollte gerade etwas kochen«, sagte Burghart. »Wenn du Lust hast mitzuessen, mach ich einfach etwas mehr.«

»Gern«, sagte ich und sah mich interessiert in seiner Wohnung um.

Damals auf der Fete war es zu dunkel gewesen, um Einzelheiten zu erkennen. Ich bin der Meinung, dass eine Wohnung viel über den Menschen, der darin lebt, verraten kann. Diese hier bildete keine Ausnahme.

Leider.

Als Erstes fielen mir die vielen eigenartigen Tonklumpen auf, die in den Regalen aufgereiht waren. Bei näherem Hinsehen glaubte ich, drei unförmige Igel, eine Ansammlung verschiedener Gemüse und eine Art Würfel mit Löchern zu erkennen. Ein Käse vielleicht?!

Möglicherweise hatte Burghart ja kleine Kinder in der Verwandtschaft, die ihm die Machwerke verehrten. Irgendwie rührend, dass er sie nicht versteckte. Die Raufasertapete ringsrum war beinahe lückenlos mit Urkunden und Fotografien behängt. Ich betrachtete sie mit wachsendem Staunen.

Zweiter Platz beim B-Jugend-Turnier der Tischtennisfreunde Grün-Gold, elfter Platz beim Herbstlauf der Krankenversicherung mit den vier grünen Buchstaben, siebenhundertzwanzig Punkte bei den Bundesjugendspielen Sommer 1980, dritter Platz beim Abschlussballturnier des Tanzkurses für Fortgeschrittene ...

Ich schluckte trocken. Zu den Urkunden gehörte ein ganzer Pulk glänzender Pokale und Medaillen, die zwischen den Tonklumpen in den Regalen standen. Erfolgreiche Teilnahme am achten Wandertag der Naturfreunde Sauerland e. V., Gewinner des Tennis-Schleifchenturniers der B-Klasse beim TV Vorteil-Auf, Bronzeabzeichen des Deutschen Skischulverbandes ...

Ein leises Grauen nahm von mir Besitz.

Sinkenden Mutes sah ich mir die Fotografien an, mit denen die Wände zwischen den Urkunden tapeziert waren: Burghart auf dem Surfbrett, im Trapez hängend, auf dem Mountainbike, mit dem Tischtennisschläger, beim Korbleger, auf dem Dreimeterbrett, im Sessellift, beim Aufschlag, mit Flossen und Taucherbrille, im Handstand und mit dem Golfschläger.

Ich hatte plötzlich Lust, nach Hause zu gehen.

»Magst du Spaghetti Bolognese?«, fragte Burghart aus der Küche.

»Ja, furchtbar gern«, sagte ich feige. »Kann ich dir helfen?«

»Nein, aber du kannst zugucken, wie es geht«, schlug Burghart vor.

Von mir aus. Im Wohnzimmer gab es außer einem Dutzend angestaubter Kakteen auf der Fensterbank sowieso nichts mehr zu bewundern. Ich stellte mich neben Burghart vor den Herd.

»Pass gut auf, wie's gemacht wird«, sagte er freundlich. »Jeder Handgriff muss sitzen.«

Ich fand zwar, dass ich ganz passabel kochen konnte, war aber immer wieder gern bereit, etwas dazuzulernen. Deshalb verfolgte ich aufmerksam jeden Handgriff. Burghart hatte Hackfleisch und Zwiebeln angebraten, in Olivenöl. So weit konnte ich ihm mühelos folgen.

»Meine Sauce Bolognese ist berühmt und berüchtigt«, sagte er und rührte emsig eine Prise Salz, eine Prise Paprika und ordentlich Pfeffer dazu. Das war auch noch einfach zu merken, zumal ich es für gewöhnlich ähnlich machte. Ich wartete gespannt auf die Besonderheit, die Burgharts Bolognese berühmt und berüchtigt machten. Die geheime Zutat war eine Tüte Fertigsauce Matsch-Fix der Meisterklasse, die Burghart mit großartiger Geste aufriss und unter das Hackfleisch mischte.

»Du wirst sehen, so was Gutes hast du noch nie gegessen«, prophezeite er in mein staunendes Gesicht und legte die Spaghetti ins kochende Wasser. »Ich kann dir nachher gern das Rezept aufschreiben.«

Das würde wohl nicht nötig sein, stand ja alles hinten auf der Soßentüte von Matsch-Fix der Meisterklasse.

Während die Spaghetti kochten – der Trick war, sie nach dem Kochen direkt in kaltem Wasser abzuschrecken, revolutionär! –, deckte ich nachdenklich den Tisch. Eigentlich wäre ich lieber hungrig nach Hause gegangen. Aber als Burghart die Soße auf den Tisch stellte und mir einen aufmunternden Blick aus seinen strahlendblauen Augen zuwarf, hoffte ich, dass es sich trotzdem lohnen würde, zu bleiben.

»Guten Appetit«, sagte ich und begann, die abgeschreckten Spaghetti um meine Gabel zu wickeln. Sie sahen aus wie Gehirnmasse. Und die Soße sah aus wie... Burghart nahm den ersten Bissen und schnalzte fachmännisch mit seiner Zunge.

»Oh, Momentchen«, rief er und sprang wieder auf, »da fehlt noch ein ganz, ganz kleines bisschen Paprika.«

Nachdem er einen Krümel davon in der Pfanne verrührt hatte, war er zufrieden.

»Göttlich, einfach göttlich«, sagte er und sah erwartungsvoll zu mir hin.

Ich fand es durchschnittlich, höchstens durchschnittlich, aber man konnte es essen. Außerdem war ich ja auch nicht wegen der Spaghetti gekommen, und so sagte ich verlogen: »Du bist wirklich ein toller Koch, Burghart.«

Burghart fand das auch. Er zählte all die anderen Gerichte auf, die er boucusemäßig zuzubereiten verstand. Von A wie Auberginen mit Hackfleischfüllung bis Z wie Zucchiniauflauf Burghartscher Art.

»Was kannst du denn noch außer Kochen?«, fragte ich schnell, bevor er wieder bei A wie Aprikosenkompott anfangen konnte.

»Sieh dich doch nur um«, ließ sich Burghart bereitwillig ablenken und wies mit weit ausholender Geste ringsrum.

Ich wagte noch mal einen vorsichtigen Blick auf die Käse- und Igelskulpturen. Aber Burghart meinte die Urkunden, Pokale und Medaillen.

»Sport ist für mich sehr wichtig«, erklärte er. »Ich

habe nur den einen Fehler, mich nicht auf eine einzige Sportart beschränken zu können.«

»Oh«, murmelte ich.

»Alle meine Lehrer und Trainer habe ich damit zur Verzweiflung gebracht«, erzählte Burghart. »Die haben mir hundertmal gesagt, Burghart, haben die gesagt, wenn du dich nur auf eine Sache konzentrieren und öfter trainieren würdest, wärst du bei der nächsten Olympiade dabei.«

»Oh«, machte ich wieder, und die Spaghetti baumelten schlaff von meinen Lippen herab.

»Ob das nun Schwimmen war oder Leichtathletik, Radfahren oder Handball et cetera, et cetera«, listete Burghart auf, »die haben immer alle gesagt, Burghart, es liegt bei dir, haben die gesagt, wenn du bei der nächsten Olympiade dabei sein willst, dann kannst du auch dabei sein.«

»Oh. . . lympiade«, variierte ich.

»Du willst wissen, warum ich darauf verzichtet habe?«, fragte Burghart. »Mir war es eben auch wichtig, die anderen Sportarten kennen zu lernen, Skifahren, Surfen, Squash, Drachenfliegen, Freeclimbing et cetera, et cetera. Das wollte ich halt auch alles lernen. Und das sind ja immer neue Erfahrungen. Die bringen einen echt weiter, weißt du.« Er deutete wieder auf seine Pokale. »Und ich habe alles gelernt. Meine Trainer und Lehrer haben gesagt, sie hätten noch nie jemanden kennen gelernt, der so schnell so gut wird.«

»Oh«, seufzte ich.

Nach dem Verzehr der unübertroffenen Spaghetti legte Burghart eine CD ein, drehte den Lautstärkeregler bis zum Anschlag und begann sich nach den Klängen der West-Side-Story zu bewegen. Offenbar tanzte er auch in nüchternem Zustand und bei helllichtem Tag gern. Er warf seine Beine völlig hemmungslos in die Luft, zuckte rhythmisch mit den Hüften und drehte wilde Pirouetten.

»I feel pretty, oh so pretty . . .«, sang er dazu.

Ich wusste gar nicht, wo ich hingucken sollte. Burghart sah aus wie einer aus dem Fernsehballet in der Rudi-Carell-Show. Nur noch viel schlechter.

»Das ist auch immer noch einer meiner Träume«, schrie er gegen die Musik an, »bei einem Musical mitzuwirken!«

Warum nicht? Jeder hat so seine Träume.

»Du müsstest nur singen und tanzen können«, schrie ich zurück.

»Tanzen wäre ja kein Problem«, sang Burghart, »nur ein, zwei Gesangstunden müsste ich schon noch nehmen. It's enorming, how charming I feeeeeeeeeel, . . .«

Ja, das war wirklich enorming.

Ich hatte jetzt wirklich genug gehört und wollte Bille Burghart kampflos überlassen. Er hatte ausgetanzt und ließ sich schweißgebadet wieder am Tisch nieder.

»Weißt du, Musik und Tanz sind für mich ungeheuer wichtig«, teilte er mit. »Ich spiele vier Instrumente, hast du das gewusst?«

Nein, aber ich hätte es mir denken können. Ich gähnte.

»Cello, E-Gitarre, Saxophon und Oboe«, zählte Burghart auf, »meine Cello-Lehrerin wollte unbedingt, dass ich Musik studiere, und mein Saxophonlehrer hat immer gesagt, Burghart, hat der gesagt, noch ein paar Wochen, und du bist weit besser als ich.«

»Ach«, sagte ich müde.

»Und Musik und Tanz sind nicht zuletzt auch Ausdruck von Erotik, findest du nicht?«

Ich wurde auf der Stelle wieder wach.

»Kommt drauf an, bei wem«, gab ich zögernd zu.

»Also, meine Ex, die Sunny, habe ich durch meine Tanzkünste erobert«, rief Burghart aus.

»Ach.« Das war ja interessant.

»Die Sunny ging mit so einem anderen Typ in einen Dirty-Dancing-Kurs bei Pickel und Strauß«, begann Burghart.

»Ach!« Bei Pickel und Strauß waren Bille und ich doch auch gewesen, Ort des Schreckens! Womöglich hatte sich die Romanze sogar unter unseren Augen abgespielt!

»Also, ich hatte schon länger ein Auge auf Sunny geworfen«, fuhr Burghart fort. »Sie war aber auch ein nettes, aufgewecktes, bildhübsches Dingelchen, die Kleine.«

Er sagte es wirklich. Genau so. Nettes, aufgewecktes, bildhübsches Dingelchen. Ich fand den Satz beinahe noch schlimmer als seine Tanzdarbietungen. Nettes, aufgewecktes, bildhübsches Dingelchen! Wie konnte einem nur so etwas über die Lippen kommen?

»Ein Freund von mir, Tanzlehrer, brachte mir die Grundlagen vom Dirty Dancing in ein paar Stunden bei, und was die anderen in zwei Jahren gelernt hatten, tat ich mir in ein paar Stunden drauf«, erinnerte sich Burghart.

Klar, dass auch der Tanzlehrer gesagt hatte, Burghart, eine Unterrichtsstunde noch, und du tanzt schmutziger als Patrick Swayze.

»Beim Vortanzen habe ich Sunnys Macker natürlich voll ausgestochen. Und da ist Sunny mit fliehenden Fahnen zu mir übergewechselt.«

So war das also gewesen. Interessant, interessant.

Wo wir schon mal beim Thema Frauen waren, konnte Burghart bei der Gelegenheit gleich seine umfassenden Kenntnisse auf dem Gebiet der Sexualität im Allgemeinen und im Besonderen offenbaren.

»Ich bin immer wieder verblüfft, was man noch alles dazulernen kann«, sagte er mit wissendem Lächeln.

Spätestens jetzt war sonnenklar, dass ich in Burghart einen Meister *aller* Klassen vor mir hatte.

»Ich meine, man ist doch schnell an die Grenzen des Kamasutras gestoßen, wenn du verstehst, was ich meine«, sagte er.

Sicher verstand ich das. Man stieß sehr schnell an die Grenzen des Machbaren, wenn man sich nur schon die Abbildungen betrachtete.

Aber diese Art Grenzen meinte der Meister aller Klassen natürlich nicht, gab es doch im Kamasutra und auch anderswo nichts, was er nicht schon probiert und für gut befunden hatte. Die Frauen fanden auch, dass Burghart etwas ganz Besonderes war. Burghart, pflegten die zu sagen, mit dir ist Sex eine so wunderbare Erfüllung, dass man gar nicht genug davon bekommen kann.

Nähere Details konnte ich leider nicht in Erfahrung bringen, aber eins war sicher, vor mir saß der Mann, der das Kamasutra endgültig in die Antiquariate zu verweisen in der Lage wäre, wenn er nur seine Erfahrungen und Kenntnisse zu Papier brächte.

»Aber man muss auch unterscheiden zwischen purem Sex ohne Gefühle und Sex in einer festen Beziehung«, fand Burghart. »Ich meine, Sunny zum Beispiel war noch Jungfrau. Da musste ich ganz behutsam vorgehen, damit sie Spaß an der Sache bekommen konnte. Sie war schon ein aufgewecktes junges Dingelchen, die Sunny.«

Langsam hatte ich genug von Burgharts Prahlereien über sein aufgewecktes Dingelchen, hahaha! Ich fragte ihn, wo sich die aufgeweckte Sunny denn heute aufhalten würde.

»Die ist verheiratet, hat ein Kind und tut, als ob sie glücklich sei«, sagte Burghart und machte plötzlich ein verkniffenes Gesicht, »aber das ist eine ganze Geschichte für sich.«

Die wollte ich aber heute nicht mehr hören. Und auch sonst niemals mehr. Was fand Bille nur an dem? Noch nie hatte ich erlebt, dass sich jemand innerhalb weniger Stunden so vollständig als Idiot offenbart hatte! Da halfen ihm auch seine Grübchen nicht mehr. Die arme Sunny hatte nur etwas länger gebraucht, um sein wahres Ich zu erkennen. Hoffentlich war sie wenigstens heute glücklich. Es wäre ihr zu gönnen.

»Ich muss jetzt gehen«, kündigte ich abrupt an und griff nach meinem Rucksack.

Burghart brachte mich zur Tür.

»Die Geschichte mit Sunny hat mich damals sehr mitgenommen«, sagte er noch, »aber ich habe meinen Liebeskummer in kreative Energie umgewandelt und diese Skulpturen hier geschaffen.«

Er deutete auf die Igel und all die anderen wundersamen Gebilde im Regal. Ich nickte gelassen. Das konnte mich jetzt auch nicht mehr umhauen.

Somit war zu guter Letzt auch der Bereich der schaffenden Künste zur Sprache gekommen und das Geheimnis um die Herkunft und Bedeutung der rätselhaften Tonklumpen gelüftet. Niemand würde mir glauben, was ich hier erlebt hatte. Ich konnte es ja selbst kaum glauben und gar nicht erwarten, Billes Gesicht zu sehen, wenn sie all diese Ungeheuerlichkeiten erfuhr. Komisch war nur, dass sie bis jetzt noch nicht bemerkt hatte, was an ihrem Nachbarn faul war. Schließlich sah sie ihn doch viel öfter als ich.

Zu Hause versuchte ich, es dem Meister aller Klassen nachzutun und meine Enttäuschung in kreative Energie umzuwandeln. Es gelang vorzüglich. Ich modellierte einen Drachenkopf, den Drachenschwanz und vier Drachenklauen und den Kopf von Siegfried dem Drachentöter gleich dazu. Der tapfere Recke sah Burghart zum Verwechseln ähnlich.

Montag, wiedermal

Billes Geburtstag fiel auf den Tag nach ihrer Rückkehr aus dem Urlaub. Ich konnte es nicht erwarten, in allen Einzelheiten die Wahrheit über Burghart Omnipotent vor ihr auszubreiten.

Deshalb rief ich gleich morgens vom Büro aus in der Buchhandlung an, um ihr zu gratulieren.

»Wenn der Hahn kräht am frühen Morgen auf dem Zaun, krähet e-her laut: Guten Morgen, liebe Bille, dein Geburtstag ist heut, guten Morgen, liebe Bille, dein Geburtsta-hag i-hist heut«, krähte ich in den Hörer.

Mein Gesang lockte unangenehmerweise Herrn

Schimmel-Kotzbrocken ins Zimmer. Er lächelte sanft und nahm meine Hand zwischen seine Greifer.

»Hallo, bist du's, Judith?« kam Billes Stimme aus dem Hörer.

»Ja, ich bin's, hallo«, sagte ich und versuchte Herrn Schimmel-Kotzbrockens feuchte Hände abzuschütteln. Vermutlich hielt er mein heftiges Zucken für ekstatische Freude über seinen Besuch, denn er schenkte mir lediglich einen seelenvollen Augenaufschlag und machte keinerlei Anstalten, meine Hand loszulassen.

»Mahlzeit, liebe Frau eh-eh, es freut mich, dass Sie heute so fröhlich sind«, sagte er mit salbungsvoller Stimme und schüttelte, was das Zeug hielt.

»Hallo, Judith, hallo«, sagte Bille am Telefon. »Ich versteh dich so schlecht. Kannst du nicht den Fernseher ausmachen? Es gibt so viel von Dänemark zu erzählen.«

»Ja, nein«, sagte ich konfus, »das heißt, das ist überhaupt kein Fernseher, sondern ein Schimmel ...«

»Ein was?« quäkte Billes Stimme.

»Und bleiben Sie so fröhlich wie Sie sind, Frau eh-eh«, sagte Herr Schimmel-Kotzbrocken, ließ meine Hand behutsam aus seinen Schweißpfoten flutschen und setzte mit seligem Lächeln seine morgendliche Begrüßungstour durch die anderen Büros fort.

»Ihnen auch einen schönen Tag, Herr Schimmel-Kotzbrocken«, sagte ich erleichtert hinter ihm her und bekam einen Heidenschrecken, als mir einfiel, dass er ja in Wirklichkeit etwas anders hieß.

Bille begann von Dänemark zu erzählen. Aus Erfahrung wusste ich, dass es zwecklos war, sie zu unterbrechen und ließ ihr eine halbe Stunde Redezeit, in der ich über all das unterrichtet wurde, was man bei Regenwetter in einem dänischen Strandcottage Aufregendes mit einer Arbeitskollegin unternehmen kann.

»Ich hatte auch eine aufregende Woche«, sagte ich schließlich hastig. »Du wirst nie glauben, was ich ...«

»Sei nicht böse«, unterbrach mich Bille, »aber ich muss leider aufhören. Das Arschgesicht wirft mir schon seit einer halben Stunde böse Blicke zu.«

Das Arschgesicht war Billes Vorgesetzter.

»Heute Abend haben wir alle Zeit der Welt«, tröstete Bille mich. »Dann kannst du mir alles erzählen.«

Ich konnte es kaum abwarten.

»Sehr ärgerlich, sehr ärgerlich«, rief der sympathische Herr Römer, als er an diesem Morgen ins Büro kam.

»Was ist sehr ärgerlich?«

»Ich komme gerade aus dem Personalbüro und habe festgestellt, dass Sie evangelisch getauft sind«, sagte er stirnrunzelnd.

»Ja, das haben meine Eltern damals getan«, sagte ich verwirrt.

»Das ist sehr ärgerlich«, knurrte er. »Wenn Sie katholisch wären, könnten wir Sie der Zeitarbeitsfirma abwerben und Ihnen eine Festanstellung bieten.«

»Was ist denn mit der legendären Frau Meister?«, wagte ich zu fragen.

»Die ist natürlich katholisch. Wir sind eine römisch-katholische Einrichtung und dürfen nur römisch-katholische Angestellte beschäftigen.«

»Ich meinte, kommt Frau Meister nicht zurück?«, fragte ich.

»Das glaube ich nicht. Sie zieht nächste Woche mit ihrem Mann nach Leipzig. Warum müssen ausgerechnet Sie evangelisch sein? Das ist sehr ärgerlich. Ich werde sofort durchsetzen, dass Sie wenigstens so lange bleiben, bis Ihre Nachfolgerin eingearbeitet ist.«

Während er mit dem Personalbüro telefonierte, rief ich bei Asche-Zeitarbeit an, um zu fragen, wie es jetzt weitergehen sollte.

Die nette Frau Asche versicherte mir, dass mein nächster Job mindestens so interessant werden würde wie der jetzige.

»Aber mir gefällt es hier«, sagte ich unzufrieden.

»Wir sind ein Zeitarbeitsunternehmen. Unsere Mitarbeiterinnen bleiben immer nur so lange, wie sie gebraucht werden«, erklärte die nette Frau Asche geduldig.

»Aber ich werde hier gebraucht, Sie können sich gar nicht vorstellen, wie«, sagte ich überzeugt.

»Freuen Sie sich auf Ihren nächsten Einsatz«, sagte Frau Asche. Es klang sehr endgültig.

Ich legte nachdenklich den Hörer auf. Schade, ich hatte mich gerade so schön an alles hier gewöhnt.

Herr Römer verließ das Büro, um für eine Woche zu verreisen. Netterweise hinterließ er mir kaum Arbeit. So hatte ich Zeit, alles Liegengebliebene zu erledigen, mich ausgiebig mit der Pflanzenpflege zu beschäftigen und sogar der beinahe blattlosen Birkenfeige in seinem Zimmer Mut zuzusprechen.

Als ich damit fertig war, war es noch nicht mal Mittag. Stefanie im Büro gegenüber saß ebenfalls etwas verloren an ihrem Schreibtisch und winkte mir zu. Ich beschloss, sie etwas aufzumuntern, und wählte ihre Nummer.

Als sie sich meldete, sagte ich mit krächzender Stimme: »Guten Tag, hier ist Schwester Annaklara vom Kloster St. Kunibert. Ich hätte gern Frau Reger gesprochen.«

»Das bin ich«, sagte sie freundlich.

»Würden Sie mich dann bitte mal mit ihr verbinden?« ließ ich die Schwester krächzen.

»Hier ist Reger«, sagte Stefanie geduldig. »Was kann ich für Sie tun?«

»Ich hätte gern Frau Reger gesprochen«, wiederholte ich.

»Aber ich bin Frau Reger«, sagte Stefanie mit wachsender Verzweiflung.

»Ja, dann geben Sie mir doch bitte mal Frau Reger«, krächzte ich.

»Hören Sie«, sagte Stefanie unglücklich, aber laut und sehr deutlich, »Sie sind bereits mit Frau Reger verbunden. Ich bin Frau Reger.«

»Wann kommt Frau Reger denn zurück?« quengelte ich weiter.

»Aber ich *bin* doch Frau Reger!!!!« Stefanie war von ihrem Stuhl aufgesprungen.

»Hier ist Schwester Annaklara vom Kloster St. Kunibert. Ich hätte gerne mit Frau Reger gesprochen«, leierte ich. »Und setzen Sie sich wieder hin, wenn Sie mit mir sprechen.«

Stefanie setzte sich wieder.

»Na, also«, sagte ich. »Und jetzt verbinden Sie mich bitte mit Frau Reger.«

»Aber ...«, Stefanie kratzte sich verwirrt am Ohr.

»Na, das gehört sich aber doch nicht«, sagte ich tadelnd, »sich am Ohr zu jucken. Hatten Sie denn gar keine Kinderstube?«

Da endlich schaute Stefanie zu mir hinüber. Ich winkte ihr zu.

»Also, wirklich«, sagte sie und fing erleichtert an zu lachen.

Nach der Mittagspause kam die fürchterliche Mehlig auf der Suche nach Gesprächsstoff an meinem Büro vorbei.

»Meine Güte, Frau Dings, wie sieht es denn bei Ihnen aus?«, sagte sie in ihrer üblichen Lautstärke.

Bei mir sah es prima aus. Nirgendwo lag Arbeit herum, es war tiptop aufgeräumt und wunderbar sauber. Ich wünschte, bei mir zu Hause wäre es annähernd so perfekt gewesen.

»Wenn die arme Frau Meister ihr heruntergewirtschaftetes Büro jetzt sehen könnte, dann wollte die überhaupt nicht mehr wiederkommen«, behauptete die Mehlig.

Das war ja wohl eine Frechheit! Da hatte ich das verlottertste Zimmer in der Weltgeschichte der Administration übernommen, System in zweihunderteinundsiebzig orientierungslose Ordner und meterhohe Berge von Ablage gebracht, drei Pflanzen vor dem sicheren Tod gerettet, kurz, aus dem trostlosen Chaos eine wohlorganisierte Ordnung geschaffen, und musste mir nun von dieser mehligen Person anhören, das Büro heruntergewirtschaftet zu haben. Außerdem war Frau Meister schon auf halbem Weg nach Leipzig, und das hatte sicher nichts mit mir zu tun.

Aber wie so oft fiel mir die passende Entgegnung erst Minuten später ein, und die doofe Mehlig war längst weitergezogen, während ich noch luftschnappend nach den richtigen Worten suchte.

Stefanie teilte meine Empörung und schlug vor, bei der Mehlig zur Strafe meine Schwester-Annaklara-Nummer abzuziehen.

Das war eine gute Idee.

Als die Mehlig wieder in ihrem Büro saß, machten wir die Flurtür zu, damit sie ihr eigenes Geschrei nicht durchs Telefon hören konnte. Ich legte eines von den Programmheftchen mit den Kursen, für die die Mehlig verantwortlich war, neben das Telefon und wählte ihre Nummer.

»Mehlig.«

»Hier ist Schwester Annaklara vom Kloster St. Kunibert«, krächzte ich mit Greisenstimme.

»Guten Tag, Schwester.«

»Ich hätte gern Frau Mehlig gesprochen.«

»Da sind Sie bei mir richtig.«

»Guten. Tag. Ich bin Schwester Annaklara aus dem Kloster St. Kunibert.«

»Guten Tag, Schwester. Was kann ich für Sie tun?«

»Ich hätte gern Frau Mehlig gesprochen.«

»Ich *bin* Frau Mehlig.«

»Wann kommt Frau Mehlig denn zurück?«, fragte ich zittrig.

»Ich bin Frau Mehlig!«

Das kam bei uns gleich doppelt an. Einmal durchs Telefon und einmal durch die Wand. Stefanie stieß einen unterdrückten Schrei aus und stopfte sich meinen Einkaufsbeutel in den Mund.

»Ja, guten Tag, hier ist Schwester Annaklara aus dem Kloster St. Kunibert.« Meine Stimme wurde immer tatteriger.

»Schwester, weswegen rufen Sie denn an?«

Obwohl ich das Spiel noch Stunden hätte fortsetzen können, versuchte ich etwas Neues.

»Ich rufe an wegen des Tanzkursus, Nummer 135782, in Ihrem Heftchen.«

»Möchten Sie jemanden anmelden?«

»*Mich* möchte ich anmelden, junge Frau!«, krächzte ich.

»Für den Bauchtanzkurs?« Frau Mehligs Stimme klang endlich weniger forsch.

»Ja, ja, ist noch ein Platz frei?«

»Ja, schon. Sie müssten einfach nur die Anmeldung ausfüllen und uns zusenden, Schwester«, erklärte die Mehlig. »Aber der Anfängerkurs ist schon belegt, sehe ich gerade.«

»Junge Frau, ich bin keinen Tag jünger als neunzig, da ist man kein Anfänger mehr, da braucht man nicht noch mal von vorn anzufangen«, krächzte ich vorwurfsvoll.

Stefanie konnte sich kaum noch halten vor Lachen. Mir aber war das Lachen fast vergangen, weil ich gemerkt hatte, dass es viel zu spät war, um der Mehlig noch meine wahre Identität zu offenbaren. Ich zweifelte sehr daran, dass sie es mit Humor nehmen würde. Außerdem hatte ich beinahe ein schlechtes Gewissen, weil sie zu Schwester Annaklara vom Kloster St. Kunibert um ein Vielfaches netter war als zu uns.

»Wie kommen Sie denn vom Kloster hierher?«, fragte sie freundlich. »Wir haben einen Fahrdienst, den Sie vielleicht in Anspruch nehmen könnten.«

»Nein, nein, danke, ich fahre selber. Mein kleiner roter Flitzer schafft locker hundertsechzig Stundenkilometer. Mit dem bin ich in einer halben Stunde da«, erklärte ich draufgängerisch.

Stefanie gab derart röchelnde Laute von sich, dass ich mich gezwungen sah, den Hörer aufzulegen und ihr den Einkaufsbeutel aus dem Mund zu nehmen, ohne die Antwort der Mehlig abzuwarten.

Als Stefanie endlich aufgehört hatte zu lachen, ließ ich sie feierlich schwören, niemals einer Menschenseele davon zu erzählen, dass ich Schwester Annaklara war. Sie schwor es beim Heiligen Kunibert.

Die gute Mehlig lief noch tagelang durch die Flure und erzählte allen von der uralten, tattrigen Schwester, die sich zum Bauchtanzkurs angemeldet hatte. Natürlich glaubte ihr kein Mensch.

Gutgelaunt machte ich mich abends auf den Weg zu Billes Geburtstagsfeier, um endlich über mein Erlebnis mit Burghart sprechen zu können.

Als ich bei Bille ankam, stand sie jammernd an der Tür.

»Ich glaube, heute ist mein Pechtag. Claudia ist krank, Susanne und Markus sind im Urlaub, und Doris und Dirk kommen auch nicht vorbei.«

»Was erwartest du? Du hast schließlich keinen eingeladen«, sagte ich und erfasste mit einem Blick, dass das ganze Knoblauchbrot mir allein gehören würde.

»Ich muss dir so viel erzählen«, sagte ich aufgeregt.

»Wenn doch wenigstens meine Cousine mit ihrem blöden Mann käme«, jammerte Bille.

»Du kannst deine Cousine und ihren Mann nicht ausstehen«, sagte ich verständnislos.

»Aber was soll er denn von mir denken, wenn kein Schwein zu meinem Geburtstag kommt?«, fragte Bille.

»Der Mann von deiner Cousine?«, fragte ich verblüfft zurück.

»Nein, Burghart natürlich«, rief Bille ungeduldig. Es klingelte an der Tür.

»Mach nicht auf«, bettelte ich in beschwörendem Ton. »Ich sage dir, der hat wirklich nicht alle Tassen im Schrank.«

Aber Bille drückte schon eifrig auf den Türöffner.

»Wenn ich dir erzähle, was ich mit dem erlebt habe, wirst du es noch bereuen, ihn jemals in deine Wohnung gelassen zu haben«, sagte ich unglücklich.

Da stand er leider auch schon in der Tür. Ich musste mich abwenden.

»Nanu, bin ich der Erste?«, fragte er.

»Es ist wie verhext«, sagte Bille in eigenartig klagendem Ton. »Alle sind im Urlaub oder krank. Und Senta und der ganzen Clique hatte ich gesagt, dass ich erst nach dem Neunzehnten wieder hier bin. Zu blöd, was?«

Wer, zum Teufel, war Senta?

Bille ignorierte die Fragezeichen in meinen Augen und sagte zu mir: »Ach, und ich soll dir liebe Grüße von Daniel und Stefan bestellen. Die beiden haben extra aus Südfrankreich angerufen, um mir zu gratulieren.«

Erst Senta und die ganze Clique und jetzt auch noch Daniel und Stefan aus Südfrankreich – ich fürchtete ernsthaft um Billes Verstand.

»Weißt du«, sagte sie zu Burghart gewandt, »es ist zur Abwechslung mal ganz schön, nicht so einen Rummel am Geburtstag zu haben. Wenn ich da an letztes Jahr denke!«

»Ach ja«, sagte ich, »das war was – mit Senta und der ganzen Clique. Und weißt du noch, wie Daniel und Stefan mit den Negerküssen herumgeworfen haben, die beiden Ferkel?«

Bille sah mich wütend an. Ich sah wütend zurück. Nicht, dass ich was gegen das Erfinden kleiner Geschichten habe, aber dass sie unbedingt dem armseligen Schwachkopf mit diesem ungeheuren Freundeskreis imponieren wollte, machte mich zänkisch.

»Haben sich denn Dolly, Molly und Holly gemeldet?«, fragte ich hinterhältig, und Bille zuckte zusammen.

»Das müsstest du erleben«, sagte ich zu Burghart, »die singen Sybille immer ein Geburtstagsständchen, Holly mit der Mundharmonika und Dolly mit dem Akkordeon.«

Bille fing an, mich zu hassen. Sie stand unter dem Vorwand auf, etwas aus dem Kühlschrank holen zu wollen. Ich folgte ihr in die Küche.

»Musst du immer gleich so übertreiben?«, zischte sie mich an.

»Tut mir leid«, sagte ich beleidigt, »aber ich glaube nicht, dass ich es den ganzen Abend mit dieser angeberischen Kreatur aushalte. Da wären mir Dolly, Molly und Holly samt Akkordeon noch lieber. Kannst du ihn nicht loswerden? Ich hab dir doch gesagt, dass ich dir so viel Schreckliches von ihm erzählen muss.«

»Er ist doch gerade erst gekommen«, sagte Bille stur.

»Aber er ist ein pathologischer Hochstapler«, sagte ich mit flehentlicher Stimme, »ein notorischer Lügner und Angeber, er glaubt, dass es nichts gäbe, wovon er nicht mehr verstünde als jeder Fachmann. Er ist ...«

»Sehr, sehr gutaussehend«, ergänzte Bille. »Sag mal, du bist doch nicht etwa neidisch, dass er mich dir vorzieht?«

Darauf war ich nicht fähig zu antworten.

Bille nahm den Käse aus dem Kühlschrank und ließ mich stehen. Glaubte sie tatsächlich, ich missgönne ihr diesen Sack voll heißer Luft in einer irreführenden blendenden Hülle mit Grübchen? Von mir aus sollte sie ohne meine Hilfe begreifen, was für ein Windei sie da auszubrüten im Begriff war.

Im Wohnzimmer zog Burghart wieder seine Gogo-Girl-Nummer ab. Er drehte sich ein paarmal schnittig um seine eigene Achse, warf das rechte Bein senkrecht nach oben, knickte die Hüfte ab und stand still.

Ich klatschte in die Hände und rief aus: »Toll! Wo hast du das nur gelernt?«

Bille holte tief Luft, aber Burghart erklärte bereitwillig: »Die meisten meiner Schrittkombinationen sind Eigenschöpfungen.«

Was er nicht sagte.

»In der Tanzschule haben die immer gesagt, sie hätten noch nie jemanden gesehen, der so schnell lernt«, erzählte Burghart, »Burghart, haben die immer gesagt, du wärst in wenigen Wochen turnierreif.«

Ich warf Bille triumphierende Blicke zu. Jetzt hörte sie ja wohl, was ich meinte.

»Ich versteh gar nicht, warum Sabine noch nicht angerufen hat«, sagte Bille ablenkend.

Sabine war eine gemeinsame Schulfreundin und ausnahmsweise eine real existierende Person, und so zitierte ich: »Was für ein aufgewecktes, bildhübsches, junges Dingelchen!«

»Was redest du da?«, fragte Bille. »Sabine ist so ungefähr das hässlichste Mädchen, das ich kenne.«

Weil Burghart unbeirrt weiter hüftkreisend seine

Runden im Wohnzimmer drehte, nutzte ich die Gelegenheit, neigte mich näher zu Bille und redete eindringlich auf sie ein. Aber sie fand nicht, dass Männer, die ihre Exfreundin als bildhübsches, aufgewecktes Dingelchen bezeichnen, in eine besondere Hölle gehörten.

»Bildhübsches, aufgewecktes, junges Dingelchen«, raunte ich trotzdem gehässig ungefähr fünfmal nahe an Billes Ohr. »Ist das nicht unglaublich?«

»Was ist denn daran schlimm?«, fragte Bille genervt und rückte von mir ab.

Sie blieb den ganzen Abend stur, lachte über Burgharts Witzchen, nickte bewundernd zu seinen wohl unvermeidlichen »Davon-verstehe-ich-auch-was«-Sätzen und klimperte aufreizend mit ihren Wimpern.

Ich langweilte mich zu Tode und las in einer alten Modezeitschrift. Nach einer guten Stunde fiel den beiden auf, dass ich mich nicht an ihrer Unterhaltung beteiligte.

»Was schaust du denn da an?«, fragte Burghart und guckte mir über die Schulter. »Ah, Haute Couture.«

Bille zeigte auf ein Kleid von Dolce & Gabbana und sagte, dass sie das gern besäße.

»Warum nähst du es dir nicht einfach?«, fragte Burghart.

»Haha«, höhnte ich.

»Also, *ich* würde es mir nähen«, sagte Burghart.

»Ja, lieber Burghart«, knurrte ich ungehalten, »es hätte mich auch gewundert, wenn du bei all deinen Begabungen nicht auch noch wunderbar schneidern könntest.«

»Ich verstehe«, sagte Burghart und schaute so beleidigt drein, als verstünde er wirklich.

Es war höchste Zeit zu gehen.

»Das war wirklich mal eine nette Party«, sagte ich schlechtgelaunt, als ich mich von Bille verabschiedete. »Viel Spaß noch.«

»Den haben wir bestimmt«, sagte Bille ungerührt und lächelte verheißungsvoll über ihre Schulter.

Ich fand, dass ihr nicht zu helfen war, und ließ sie beinahe mitleidlos mit ihrem Schicksal allein, um meinen Burghart-Erfahrungsschatz wieder mit nach Hause zu schleppen.

Freitag

Als ich Bille am späten Nachmittag zum Joggen abholte, war ich immer noch leicht verschnupft.

»Hast du was?«, fragte Bille, als wir sehr zur Freude der Spaziergänger an der Rheinpromenade mit unseren üblichen professionellen Aufwärmübungen begannen.

»Sollte ich?«, fragte ich beleidigt zurück.

Bille antwortete nicht, sondern setzte sich wortlos in Trab. Das war wieder mal typisch. Ich trabte wortlos neben ihr her, fest entschlossen, das Schweigen nicht als Erste zu brechen. Bille blieb aber aufreizend stumm. Missgestimmt biss ich mir auf die Lippen und beschloss, erst dann mit dem Laufen aufzuhören, wenn Bille ein versöhnendes Wort an mich richtete. Und wenn ich bis nach Australien laufen musste.

Möglich, dass Bille gleiche Gedanken hegte. Jedenfalls liefen und liefen wir, passierten all unsere »Bis-hierhin-und-nicht-weiter«-Marken sämtlicher Jedes-Jahr-aufs-Neue-Laufversuche und drangen schließlich in Galaxien vor, die nie ein Mensch zuvor gesehen hatte.

Schon seit einigen Kilometern bildete ich mir ein, Blut zu schmecken, und in meinen Ohren hatte ein hoher, drohender Summton eingesetzt, der nur noch von einem rhythmischen Rauschen übertönt wurde. Meine Beine schienen sich von ganz allein zu bewegen, denn ich war nicht mehr in der Lage, sie als zu mir gehörig zu definieren. Obwohl ich voller Staunen registrierte, zu welchen Leistungen allein der menschliche Wille den Körper antreiben kann, beschloss ich irgendwann kurz vor Leverkusen, demütig zu kapitulieren.

»Willst du bis an die Nordsee laufen?«, fragte ich Bille.

»Endlich! Ich dachte schon, du würdest nie fragen«, keuchte Bille und ließ sich augenblicklich auf die Böschung fallen.

Ich plumpste neben sie. Bille grinste mich an.

»Bist du immer noch sauer wegen Burghart?«

»Wegen dir«, verbesserte ich. »Der Burghart kann doch nichts dafür, dass er so dämlich ist.«

»Hör mal, was würdest du sagen, wenn ich die Männer als dämlich bezeichnen würde, in die du dich verliebst?«

»Niemand ist so bescheuert, sich in Burghart zu verlieben«, sagte ich im Brustton der Überzeugung.

»Das habe ich auch mal von Holger gedacht«, versetzte Bille. »Aber du warst so bescheuert.«

»Du hast dich doch nicht echt in diese Knalltüte verliebt?«, sagte ich.

»Ich denke doch«, antwortete Bille.

Ich sah sie entgeistert an. Bille wirkte selbstzufrieden.

»Und wenn mich nicht alles täuscht, dann beruht dieses Gefühl auf Gegenseitigkeit«, sagte sie. »Ich glaube, er ist der Mann fürs Leben.«

»Aber doch nicht für dein Leben«, rief ich.

»Und warum nicht?«

Warum nicht? Warum nicht? Ich fand keine Worte für eine Antwort. Den ganzen langen Rückweg über schwieg ich betroffen.

»Vielleicht hat Burghart ja einen netten Freund für dich«, meinte Bille tröstend, als wir uns vor ihrer Haustür verabschiedeten. »Einen, der genauso toll ist.«

Ich öffnete den Mund, um etwas zu sagen, aber als ich in Billes verklärte Augen blickte, wusste ich, dass es zwecklos sein würde. Völlig erledigt stieg ich in die Bahn nach Hause.

An meinem Kiosk gab es eine Zeitschrift, die einen vielversprechenden Schönheitsteil offerierte: »Wunderschön für den Abend in nur einer Stunde – Die Besten Schönheitstipps für Ihren großen Auftritt.« Ich hatte zwar für den Abend keinen großen Auftritt geplant, sondern nur ein Rendezvous mit Kai-Uwe, dem angehenden Heldentenor, aber ich brauchte irgendwie Trost und kaufte das Heft.

Kai-Uwe und ich hatten uns seit unserem ersten Wiedersehen noch zweimal getroffen, einmal, um einen mit Filmpreisen dekorierten Streifen im Kino anzuschauen, und das andere Mal hatte ich ihn in meiner Wohnung bekocht. Jedesmal hatte er mir mindestens zehnmal mit tönender Stimme gesagt, dass ich in seinen Augen die perfekte Traumfrau sei, und dass er durchaus den Wunsch hege, mit mir eine Familie zu gründen, die der seiner Eltern möglichst nahekommen sollte.

Alles an mir bedachte er mit blumig-romantischen

Adjektiven. Und wenn ich mich anschließend im Spiegel betrachtete, glaubte ich beinahe selbst, dass meine Züge von einmaliger, zarter Schönheit und meine Ohren von unbeschreiblich sensibler, filigraner Ausprägung seien.

Leider konnte er nicht annähernd so gut küssen wie sprechen. Genau gesagt, küsste er ausgesprochen schlecht. Irgendjemand musste ihm gesagt haben, dass es das Ziel eines Kusses sei, die Zunge so tief wie möglich in den Mund des anderen zu schieben, bis er dessen Zäpfchen abtasten konnte.

Ich hatte seine Küsse zwei- oder dreimal über mich ergehen lassen, ohne dass es mir gelungen wäre, Kai-Uwe etwas von meiner Meisterschaft auf diesem Gebiet zu vermitteln. Schließlich waren wir wortlos wieder auf die Ebene der erquickenden Komplimente zurückgewichen. Davon bekam ich wenigstens kein Herpesbläschen an der Lippe. Im Gegenteil, Kai-Uwes Komplimente waren mir inzwischen so ans Herz gewachsen, dass ich manchmal glaubte, ohne sie nicht mehr leben zu können.

»Wir verhelfen Ihnen in weniger als einer Stunde zu wunderbar glänzendem Haar, zu feiner, rosiger Haut am ganzen Körper, einem frischen, entspannten Teint und einem strahlend schönen, klaren Blick«, versprach die Zeitung, »vorausgesetzt, Sie halten sich an unsere Anweisungen und haben eine Stunde Zeit.«

Ich hatte sogar zweieinhalb Stunden Zeit und den festen Vorsatz, die Anweisungen genauestens zu befolgen.

»Sie sind immer so schön, wie Sie sich selbst finden«, behauptete die Überschrift. Die Autoren empfahlen daher, während der Schönheitspflege mindestens dreißig mal vor sich hin zu sagen: »Ich mag mich selbst bedingungslos!«

»Ich mag mich selbst bedingungslos«, begann ich gehorsam und rührte eine Masse aus Eigelb und Rum an, auf dass mein Haar wunderbar glänzend würde.

Für feine, rosige Haut am ganzen Körper schüttete ich ein Paket Salz in eine halbe Tasse Kamillentee mit Honig und rubbelte mich damit von Kopf bis Fuß ab. Ins Gesicht kam eine Schicht Magerquark für einen frischen, entspannten Teint, und auf die Augen klatschte ich zwei warme Teebeutel für einen strahlend schönen, klaren Blick.

So zurechtgemacht legte ich mich aufs Bett und sagte mir ein über das andere Mal, dass ich mich selbst bedingungslos mochte.

Das Telefon klingelte und zwang mich, die Teebeutel von den Augen zu nehmen, um den Apparat zu orten.

Es war Kai-Uwe. Leider müsse er für heute Abend absagen, verkündete er mit Grabesstimme.

»Oh, warum?«, fragte ich enttäuscht.

Für wen nahm ich denn diese ganze Prozedur auf mich? Der Quark in meinem Gesicht war mittlerweile so hart geworden, dass mir das Sprechen schwerfiel.

»Ich muss bei meiner Mutter bleiben«, sagte Kai-Uwe.

»Ist sie krank?«, fragte ich teilnahmsvoll.

»Nein, aber sie ist völlig mit den Nerven fertig«, sagte Kai-Uwe.

Seine Mutter war rüstige fünfzig, und ich wagte nicht zu fragen, welches Ereignis sie so aus der Bahn geworfen hatte. Kai Uwe erklärte es mir liebenswürdigerweise von sich aus.

»Es ist wegen Amadeus«, sagte er. »Er ist gestern gestorben.«

Jemand war gestorben. Wie traurig.

»Das tut mir leid«, sagte ich ehrlich betroffen.

»Ja, das war für uns alle sehr schlimm. Aber meine Mutter ist besonders mitgenommen. Sie stand Amadeus immer am nächsten.«

»Deine arme Mutter«, flüsterte ich. »Da sollte sie heute wirklich nicht allein bleiben.«

»Sie muss immer daran denken, wie sie ihn gefunden hat«, sagte Kai-Uwe.

»Sie hat ihn gefunden? Tot?« Mir lief ein Schauder über den Rücken. Das war ja wirklich furchtbar. Die arme Frau.

»Ja«, sagte Kai-Uwe. »Er lag ganz steif in seinem Käfig. Es war ein furchtbarer Schock für meine Mutter.«

»Der Tote lag in einem Käfig?« wiederholte ich begriffsstutzig.

»In seinem Käfig, ja«, sagte Kai-Uwe. »Tagsüber konnte er frei im Wohnzimmer umherfliegen, aber abends haben wir ihn immer zum Schlafen in den Käfig gesperrt. Und da lag er dann – tot.«

Ich schnappte hörbar nach Luft, als mir endlich ein Licht aufging. Der verstorbene Amadeus war der Kanarienvogel, der die kleine Nachtmusik pfeifen konnte! Oder vielmehr hatte pfeifen können.

»Ich bin froh, dass du dafür Verständnis hast«, sagte Kai-Uwe. »Wir sehen uns dann vielleicht am Mittwoch.«

»Wenn es deiner Mutter bis dahin wieder besser geht«, verabschiedete ich ihn mit mühsam unterdrückter Wut in der Stimme. Unmengen von getrocknetem Magerquark rieselten auf den Boden, als ich den Hörer auflegte. Jetzt, da ich einmal mit dem Programm für atemberaubende Schönheit begonnen hatte, wollte ich es auch nicht verkommen lassen. Ich spülte Eigelb, Quark und Salz unter vorschriftmäßigen Wechselduschen ab.

»Ich mag mich selbst bedingungslos«, sagte ich zu meinem Spiegelbild, und wirklich: Ich war atemberaubend schön geworden! Es wäre eine Schande gewesen, bei so viel Schönheit nicht unter die Leute zu gehen.

Deshalb rief ich bei Oliver, dem Aufbauspieler aus Holgers Mannschaft, an. Er hatte zwar gesagt, dass er sich bei mir melden würde, aber darauf konnte ich jetzt nicht warten.

Glücklicherweise war Oliver zu Hause.

»Hallo, hier ist Judith.«

Ich hielt erwartungsvoll die Luft an. Das war der spannendste Moment. Wenn er jetzt sagte: »Welche Judith?«, war der Abend gelaufen.

Aber das tat er nicht.

»Hallo, Judith, na so was, zufälligerweise wollte ich gerade im Moment auch bei dir anrufen«, sagte er. »Um dich zu fragen, ob du heute Abend schon was vorhast.«

Ich atmete auf. So ein Zufall, wirklich. Wir verabredeten uns für acht Uhr vorm Kino.

Es lief die Verfilmung eines amerikanischen Romans, eines Politthrillers, den ich nicht gelesen hatte. Worum es genau ging, ist mir nicht mehr im Gedächtnis, aber es war in jedem Fall ungeheuer spannend. Eine hübsche, wahnsinnig kluge Jurastudentin hatte den Hintergrund und die Motive für einen Skandal um den Mord an einem oder mehreren Richtern vom obersten Gerichtshof aufgedeckt, in den das Weiße Haus und alle dem Weißen Haus zur Verfügung stehenden Geheim- und Mörderdienste sowie jede Menge korrupter Anwälte und bezahlte Killer verwickelt waren, die allesamt der hübschen, wahnsinnig klugen Jurastudentin ans Leben wollten. Weil die aber eben nicht nur hübsch, sondern auch klug war, und sich mit einem gutaussehenden Journalisten zusammentat, und weil sich die Mörder ständig gegenseitig in die Quere kamen, gelang es ihr am Ende doch, sich lebend auf eine Karibikinsel zurückzuziehen, und der Präsident und ein ganzer Haufen korrupter Anwälte mussten ihren Hut nehmen.

Ich fand es ein bisschen schwierig, immer ganz genau zu durchschauen, welcher Organisation welcher Bösewicht nun eigentlich zuzuordnen war, aber im Großen und Ganzen war mir der Handlungsverlauf klar. Das Pärchen neben uns hatte dagegen schon in den ersten fünf Minuten völlig den Überblick verloren.

»Wer ist das jetzt?«, fragte die Frau ihren Mann jedes Mal, wenn sich auf der Leinwand etwas begegnete.

»Das ist der von eben«, sagte der Mann.

»Und wer ist das?«

»Das ist der eine von vorhin.«

Nachdem sich der Dialog so oder so ähnlich ungefähr zehnmal wiederholt hatte, bat Oliver die beiden freundlich, doch bitte leise mitzudenken. Sie versprachen, es zu versuchen. Sie hatten sich sowieso schon hoffnungslos in den Handlungssträngen verheddert. Einzig die Hauptdarstellerin, die ihnen schon aus schlechteren Filmen bekannt war, konnten sie immer einwandfrei erkennen.

»Da isse ja«, sagte die Frau zufrieden, sobald sie zu

sehen war. Das Schicksal der hübschen, wahnsinnig klugen Jurastudentin schien beiden sehr am Herzen zu liegen. Jedenfalls versuchten sie, den Handlungsverlauf zu ihren Gunsten zu beeinflussen, indem sie sie mit gutgemeinten Zurufen durch Gefahrensituationen geleiteten.

»Pass auf, der hat 'ne Pistole«, rief der Mann zum Beispiel aus, oder »Mensch, der kann euch doch im Spiegel sehen.«

Als die Sache schließlich zu einem guten Ende gekommen war und die beiden vor uns zum Ausgang strebten, schlug Oliver sich an die Stirn.

»Gott, waren die dumm«, sagte er.

»Da isse ja!« kicherte ich.

Oliver kicherte auch. »Aber eine Frage hätte ich da noch. Wer hat den Killer auf dem Rummelplatz erschossen, als der gerade abdrücken wollte?«

»Das war einer vom CIA«, sagte ich bestimmt.

»Nein, die CIA-Leute haben doch nur zugeguckt«, mutmaßte Oliver. »Den Killer muss einer von dieser Anwaltskanzlei getötet haben.«

»Zugeguckt haben die Leute vom FBI«, beharrte ich, »und die Leute von der Anwaltskanzlei hatten den Killer doch überhaupt erst auf sie angesetzt.«

»Nein, das waren welche von dem Pressetyp vom Weißen Haus«, behauptete Oliver.

»Quatsch! Du bist aber dumm«, rief ich aufgebracht. »Der Pressetyp hat doch den Mann vom CIA letztlich zur Vorsicht hinter ihr hergeschickt, damit er im Notfall eingreifen könnte. Der Killer war doch derselbe, der auch die Richter ermordet hat.«

»Das sag' ich doch die ganze Zeit«, behauptete Oliver

rechthaberisch. »Der Killer war vom Weißen Haus auf die Richter angesetzt und sollte am Ende auch das Mädchen killen. Und die Typen vom FBI sollten dem Killer das Handwerk legen.«

»Das ist doch Blödsinn«, ereiferte ich mich. »Der Killer war von der Anwaltskanzlei, die den Mann mit dem Ölfeld vertrat, engagiert worden, um die Richter zu killen, und anschließend hat er den FBI-Mann getötet, der ein Freund von dem Professor war, der durch die Autobombe umgekommen ist. Und die Autobombe ...«

Ganz plötzlich hatte ich den Faden verloren und blinzelte irritiert ins Licht.

»Die Autobombe, die Autobombe ...«, murmelte ich weniger selbstbewusst. »Die haben natürlich auch die Leute von der Anwaltskanzlei gelegt, weil die durch diese Lücke beim FBI von der Akte erfahren haben ...« Ich verstummte wieder.

Oliver grinste.

Ich grinste zurück und ersparte mir weitere Erklärungen. Ich würde mir das Buch kaufen und ihm den Sachverhalt anschließend in aller Ruhe auseinandersetzen.

Auf dem Weg zum Ausgang kamen wir an einer lebensgroßen Pappfigur vorbei, die den charismatischen Daniel Day-Lewis als letzten Mohikaner mit nacktem Oberkörper zeigte.

Ich seufzte unwillkürlich.

»Gefällt der dir?«, fragte Oliver.

»Sehr.«

»Willst du ihn haben?«

»Wie denn?«, fragte ich.

Oliver nahm den Pappmohikaner auf.

»Der ist ganz leicht.«

»Spinnst du?«, zischte ich entsetzt und sah mich erschrocken um. »Stell den wieder hin.«

»Ich dachte, er gefällt dir«, lachte Oliver und trug die Pappfigur wieder zur Rolltreppe.

Ich zitterte vor Angst.

»Natürlich gefällt der mir, aber deshalb musst du ihn noch lange nicht klauen.«

»Merkt doch kein Schwein«, sagte Oliver seelenruhig.

»Die sind doch nicht blind. O mein Gott, bitte, bitte, bitte, stell ihn wieder hin, ich will die Nacht nicht im Gefängnis verbringen.«

Ich hielt panisch nach allen Seiten Ausschau und glaubte schon das Eisen der Handschellen um meine Gelenke zu spüren. Aber niemand hielt uns auf. Vollkommen unbehelligt kamen wir mit dem Pappindianer durch die Drehtür, obwohl mein Herz so laut klopfte, dass es eigentlich alle hätten hören müssen.

»War doch ganz einfach«, stellte Oliver zufrieden fest, als wir draußen waren, und drückte mir Daniel Day-Lewis in den Arm.

»Oh«, machte ich erschöpft.

»Nichts zu danken«, meinte Oliver. »Gehen wir noch auf einen Kaffee zu dir?«

Ich überlegte eine Weile. Dann sagte ich, dass ich müde sei und lieber allein mit seinem Diebesgut nach Hause fahren wolle.

»Hast du keine Angst in der U-Bahn?«, fragte Oliver.

»Ich bin doch nicht allein«, sagte ich und zeigte auf meinen indianischen Beschützer.

Oliver brachte mich freundlicherweise trotzdem bis zum Gleis. Als die Bahn kam, küsste er mich auf den Mund, schob mich mit der Pappfigur die Stufen hoch und sagte zum Abschied: »Ich mag Frauen, die nicht gleich in der ersten Nacht ja sagen.«

»Ja sagen wozu?«, fragte ich den letzten Mohikaner.

Der Pappindianer antwortete nicht. Ich fand, dass er vorwurfsvoll guckte. Er war schuld daran, dass ich mir vornahm, Oliver ein bisschen näher kennen zu lernen.

Mittwoch

Rebecca und Mo saßen im Laden und sortierten stapelweise Papier.

»Was macht ihr da?«, fragte ich.

»Wir werten die Antworten auf Anzeigen für die Kiebig-Wohnung aus«, sagte Mo.

»So viele?« Das war ja kaum zu fassen. Ich setzte mich dazu, um zu helfen.

Wir bildeten zwei Haufen. Einen großen für die Zuschriften von Leuten, die überhaupt nicht in Frage kamen.

Mo verlangte einen gesonderten Haufen für alleinstehende Frauen über fünfzig, ganz gleich, wie nett das Anschreiben klang.

»Alles potentielle Kiebigs«, sagte er und nahm uns das Versprechen ab, die Briefe anschließend zu verbrennen und die Asche in alle Winde zu zerstreuen.

Rebecca sortierte nach einem eigenen System.

»Was machst du da?«, fragte Mo verärgert. »Auf diesen Scheiterhaufen kommen nur alleinstehende Frauen über fünfzig, hab ich gesagt.«

»Ich sortiere alle Männer über fünfundvierzig und alle Paare und Familien mit Kindern aus«, sagte Rebecca.

»Und wer bitte soll dann noch übrigbleiben?«, fragte Mo.

»Alleinstehende Männer zwischen fünfundzwanzig und fünfundvierzig«, antwortete Rebecca. »Vergiss bitte nicht, dass wir einen Mann für Judith suchen.«

Das war peinlich.

»Also wirklich«, wehrte ich blamiert ab.

Außerdem war fünfundvierzig viel zu alt.

Mo lachte. »Was? Einen Mann für Judith? Ich hör wohl nicht recht. Was ist denn mit dem armen Sängerknaben oder dem Typ von neulich? Ganz zu schweigen von Holger, dem Abgelegten?«

»Es ist ja mittlerweile vollkommen unwichtig, aber Holger hat mich abgelegt, nicht ich ihn«, korrigierte ich.

»Aber deine Nachfolgerin hat ihn abgelegt«, bemerkte Mo.

»Woher willst du das wissen?«

»Ach, das ist doch mittlerweile vollkommen unwichtig«, sagte Mo aufreizend lässig.

Ich gab mir also die Blöße und bat ihn, mir Näheres zu erzählen. Mo hatte Holger getroffen, und der hatte ihm erzählt, dass er sich von meiner Nachfolgerin mit den dünnen Haaren getrennt hatte.

»Hat er auch gesagt, warum?«, fragte ich.

»Sie hat einen Neuen.«

Das geschah Holger recht.

»Aber er hat auch schon wieder eine andere«, fügte Mo hinzu.

»Was?«

Ich konnte es nicht glauben. Warum war dieser Versager in der Lage, sich von Beziehung zu Beziehung zu retten, während ich mich mit Kleptomanen und Muttersöhnchen herumschlagen musste?

Mo und Rebecca machten sich daran, den Alleinstehnde-Männer-Haufen zu bearbeiten.

»Friseur«, las Mo und warf den Brief weg. »Kommt nicht in Frage.«

»Warum nicht?« wollte ich wissen.

»Weil ich keine Friseure mag«, erklärte Mo und warf den nächsten Brief auch gleich weg.

»Was war mit dem?«, fragte ich.

»Evangelischer Theologe«, sagte Mo.

»Warum magst du die nicht?«, fragte ich und seufzte.

Mo antwortete nicht.

Die Sache mit Holger ging mir nicht aus dem Kopf. Was fanden die Frauen bloß an ihm?

Rebecca sortierte alle Männer aus, die geschrieben hatten, dass sie geschieden seien.

»Die sind alle beziehungsgestört, wenn sie's nötig haben, das überhaupt zu erwähnen«, behauptete sie.

Ich seufzte wieder. Möglicherweise hatte sich Holger ja geändert, und seine jetzige Freundin rangierte noch vor dem Radsport, direkt hinter der Leichtathletik. Vielleicht saßen die beiden sogar Sonntag morgens auf Holgers Balkon beim Frühstück und schauten sich übers Marmeladenbrötchen verliebt in die Augen. Der bloße Gedanke ließ mich die Fäuste ballen.

Mo warf zwei weitere Briefe weg.

»Zu viele Fehler«, sagte er. »Wir wollen doch nicht noch einen Analphabeten für Judith.«

Ich seufzte ein letztes Mal und ging in meine Wohnung hinauf.

»Hast du noch irgendwelche Wünsche, die wir berücksichtigen sollten?«, riefen Mo und Rebecca mir nach.

Ich sagte, es sei mir ganz gleich, aber wenn sie schon dabei wären, könnten sie auch gleich alle Männer über vierzig aussortieren. Oder über achtunddreißig. Mo und Rebecca wechselten einen zufriedenen Blick.

Der Gedanke, dass Holger bei einer anderen plötzlich lauter Dinge tat, von denen ich gewollt hätte, dass er sie täte, oder lauter Dinge nicht mehr tat, von denen ich gewollt hätte, dass er sie nicht mehr täte, verfolgte mich penetrant und machte mich schließlich richtig wütend.

Um mich abzulenken, ging ich auf den Dachboden zu den Gebeinen meiner Marionetten und begann, die Körper zusammenzuschrauben. Es war eine Heidenarbeit, obwohl Mo die Löcher für die Haken und Ösen bereits vorgebohrt hatte. Ich stellte mir vor, die Schrauben in Holgers Fleisch zu drehen und hatte auf diese Weise im nu alle Hölzer mit Gelenken versehen. Die einzelnen Stücke wurden ineinandergehängt und die Haken mit einer Zange zusammengebogen. Noch während der Arbeit wuchs mir eine dicke Hornhaut an den Fingern, zumindest da, wo sich keine Blasen gebildet hatten. Nach zweieinhalb Stunden hatte ich zwanzig kopflose Skelette fertiggestellt, war fast wieder aggressionsfrei und für meine Verabredung mit Oliver bereit. Er hatte in der Zwischenzeit ungefähr zwanzigmal angerufen.

Ich überredete ihn, mit mir eine Modern-Dance-Performance im Tanzbrunnen anzusehen. Ich liebe Modernes Ballett, und weil die Karten für Studenten relativ erschwinglich waren, besuchten Katja, Bille und ich häufig Vorstellungen des Tanzforums. Oliver war einverstanden.

»Hauptsache, ich unterhalte mich gut«, sagte er.

»Du wirst nicht enttäuscht werden«, versicherte ich.

Gutgelaunt und händchenhaltend harrten wir der als Weltstars angepriesenen Gasttruppe, die schon bald auf die Bühne gehuscht kamen – zu zirpenden Geräuschen aus den Lautsprechern. Die Tänzer formierten sich zu einer Reihe und begannen am Daumen zu nuckeln.

»Sch, sch, sch«, skandierten sie dabei von Zeit zu Zeit und wiegten ihre Oberkörper vor und zurück.

Ich erschrak zutiefst. Das war ganz eindeutig eine von den Darbietungen, für deren adäquaten Genuss mein Kunstverstand viel zu rückständig und meine Geduld zu rasch erschöpft war.

Ich warf einen forschenden Seitenblick auf Oliver. Er sah aus, als hätte er Mitleid mit sich selbst.

»Scho, scho!«, riefen die Weltstars auf der Bühne, »scho, scho, scho«, und bissen sich synchron in ihre großen Zehen.

Oliver kratzte sich am Kopf. Ich hatte seinetwegen ein schlechtes Gewissen. Schließlich hatte ich ihm gute Unterhaltung zugesichert.

»Komm, wir gehen«, schlug ich resigniert vor.

Oliver erhob sich auf der Stelle.

»Ich konnte nicht wissen, dass es *so* modern sein würde«, entschuldigte ich mich, als wir uns an den anderen Zuschauern vorbeigequetscht hatten.

Unser Abgang verursachte einen Massenaufbruch in den Reihen. Nur einige wenige wahre Kunstkenner blieben, um den Weltstars beim Daumenlutschen zuzusehen.

Um das Beste aus dem angebrochenen Abend zu machen, nahm ich Oliver mit nach Hause und teilte eine Flasche Sekt mit ihm, die im Gemüsefach des Kühlschranks seit Silvester überlebt hatte.

Nach dem zweiten Glas rückte Oliver näher und begann mich übergangslos zu küssen. Es war schon lange her, dass ich das letzte Mal geküsst hatte, von den Versuchen mit Kai-Uwe mal abgesehen, und ich hatte nichts dagegen, es mal wieder zu versuchen. Schließlich hatte ich Oliver ja einen unterhaltsamen Abend versprochen, und so ließ ich den Dingen ihren Lauf.

»Hui, schwarze Unterwäsche«, rief Oliver aus, als er sich durch meine Bekleidungsschichten gearbeitet hatte. »Du gehst ja ganz schön ran, was?«

Ich besaß ausschließlich schwarze Unterwäsche, weil ich nach altbewährter Susanna-Methode noch vor ein paar Wochen sämtliche vergilbten Teile und alle ausgewaschenen Blümchenhöschen in der Waschmaschine eingefärbt hatte. Aber wenn Oliver glaubte, ich trüge extra ihm zu Ehren schwarz, sollte er doch ruhig. Obwohl er nach dieser Feststellung plötzlich den Lauf der Dinge unangenehm zu beschleunigen begann.

»O, Mann, du bist ja eine ganz Heiße«, raunte er in mein Dekolleté.

Er zerrte mich blitzschnell aus meinem Sessel und trug mich zu meinem Bett, wo er sich die Klamotten vom Leib riss und sich auf mich warf, schneller als ich »Huch!« denken konnte. Und was hatte er gesagt?

»O, Mann, ich kenne 'ne Menge Frauen, die haben sogar Probleme, einen Orgasmus zu bekommen«, fuhr er fort. »Aber ich weiß, du gehörst nicht dazu!«

Wie er zu diesem Schluss kommen konnte, war mir ein Rätsel. Ich wünschte überhaupt, er würde den Mund halten! Sein merkwürdiges Geschwätz war tödlich für jede Form der lustvollen Erregung. Zumal ich nur zwei Gläser und nicht zwei Flaschen Sekt getrunken hatte. Aber den Gefallen tat er mir nicht.

»Ich kenne keine sexuellen Tabus, o Mann«, erklärte er, »und deshalb nehm ich mir am liebsten die hemmungslosen Frauen.«

»Was für Tabus?«, fragte ich alarmiert.

»Ich weiß, dass es für dich auch keine Tabus gibt«, sagte Oliver, obgleich ich völlig regungslos auf die Matratze gequetscht dalag und nur mit Mühe Hilferufe unterdrückte. »Das habe ich gleich gesehen.«

Ich lauschte seinen Worten wie gelähmt, unfähig zu jeder vernünftigen Reaktion.

»Das wird hypergeil mit uns, o Mann. Du solltest aber wissen, dass ich kein Arschficker oder so bin«, grunzte Oliver in mein Ohr. »Ansonsten mach' ich jede Stellung mit, Mausi.«

Der Typ hatte offensichtlich nicht alle gestreiften Murmeln im Sack!!!

»Von vorn, von hinten, von der Seite, o Mann, alles, was du willst«, zählte Oliver auf und drückte mich noch mehr platt.

Hysterisches Gelächter stieg in mir hoch, wie immer völlig unpassend. Dabei hatte der Junge doch so harmlos und nett gewirkt.

»Ich hab auch nichts dagegen, einen geblasen zu bekommen, o Mann, wenn's gut gemacht wird«, teilte er mir weiter mit, »aber das können die wenigsten Frauen.«

Ich wusste, dass ich ihn spätestens jetzt aus dem Bett und der Wohnung hätte werfen müssen, aber aus mir später unerklärlichen Gründen tat ich nichts dergleichen. Die ganze peinliche Geschichte war einfach schon zu weit fortgeschritten, und in diesem Augenblick hatte ich das absurde Gefühl, die Suppe, die ich mir eingebrockt hatte, auch auslöffeln zu müssen. Zur Strafe, dass ich nicht eher gemerkt hatte, mit was für einem ich mich da eingelassen hatte.

Glücklicherweise ging alles viel schneller, als ich dachte. Und ich musste gar nichts dazu tun.

»Ich werde dich jetzt einreiten!«, verkündete Oliver und steckte mir seine Zunge ins Ohr. »Du bist eine wilde Stute, und ich ein wilder Hengst.«

Und ohne seinen Worten irgendwelche Taten folgen zu lassen, fühlte ich verblüfft, dass er just in diesem Augenblick aufhörte, ein wilder Hengst zu sein. Ich hielt erstaunt die Luft an. O Mann. Gelächter begann mich zu schütteln.

»So!«, konnte er noch sagen, und dann war es auch schon vorbei.

»Das war sensationell«, stöhnte Oliver in mein Ohr.

Das war es wirklich. Sensationell. Noch peinlicher als die fünf Minuten Originalton aus »Heiße Stuten, wilde Hengste« vorher.

Mein Lachkrampf lies langsam nach. Was gab es da auch zu lachen? Kein Mensch würde mir diese Story glauben. Ich glaubte sie ja selbst kaum.

»Du sagst ja gar nichts«, stellte Oliver fest. »Noch völlig platt, was?«

Er ahnte nicht, wie recht er hatte. Mehr noch als das Geschehene verblüffte mich sein ungebrochenes Selbstwertgefühl. Mein Schweigen schien ihn allerdings vorübergehend zu verunsichern.

»Ich fand, das war wirklich einsame Spitze«, sagte er beinahe flehentlich, und da tat er mir doch leid. Aber ich konnte einfach kein Wort über meine Lippen bringen. Oliver schien das gewöhnt zu sein.

»Du bist wirklich die wunderbarste, sinnlichste und unterhaltsamste Frau, die ich je kennen gelernt habe«, murmelte er nämlich schließlich in zufriedenem Tonfall, legte den Kopf auf meine Brust und schlief ein.

Das hatte ich nun davon.

Wenn ich ihm wenigstens gesagt hätte, was für ein Versager er war, wäre er jetzt auf dem Weg nach Hause und läge nicht wie ein Wackerstein unter meinem Kinn. So was passierte wohl nur mir.

Als ich Olivers Kopf von meiner Brust schob, murmelte er: »Ich liebe dich, Tina.«

Wie schön für Tina.

Ich stand auf, um mir ein Glas Wasser zu holen. Auf dem Küchentisch fand ich einen Brief von Mo, der mir vorher im Drang der Ereignisse entgangen war.

»Sehr geehrte Interessentin«, las ich, »nach langen Überlegungen und Erwägungen können wir Ihnen folgende Bewerber als Mieter sowie als künftigen Liebhaber in der engeren Wahl anbieten: ...«. Es folgte eine Liste mit Namen, Berufsbezeichnungen, Alter und anderen Infos, die Mo und Rebecca aus den Bewerbungsbriefen für die Kiebig-Wohnung herausgeschrieben hatten. Die betreffenden Briefe waren hinten angehängt. Mo hatte einen Amateurradsportler aus dem Ruhrgebiet an die erste Stelle gesetzt. Dabei wusste er ganz genau, dass ich diese popowackelnden Typen nicht ausstehen konnte.

Auf Platz zwei fand sich ein jugendlicher Mathelehrer. Den hatte sicher Rebecca ausgesucht, aber ich wollte ihn nicht haben. Ob jung, ob alt, ein Mathelehrer konnte sich unmöglich als mein Traummann entpuppen. Nummer drei war da schon vielversprechender.

»Ich arbeite als Chefkoch in einem Drei-Sterne-Restaurant, und Kochen ist auch privat mein Hobby«, hatte Mo in seinem Brief mit Textmarker unterstrichen.

Ja, der könnte mir gefallen. Sollte sich vorstellen.

Weiter unten fiel mir ein beinahe ebenso vielversprechender Kandidat ins Auge. Rundfunkmoderator und Publizistikstudent, so alt wie ich, sympathische Handschrift. Den wollte ich auch sehen!

Unter die Liste hatte Mo geschrieben: »Ich hoffe, Sie haben den einen oder anderen Wunschkandidaten entdecken können und sind mit unserer Arbeit zufrieden. Bitte empfehlen Sie uns weiter. Mit freundlichen Grüßen, Moritz Raabe, Gesellschaft Wohnen und Werben mbH & Co.«

Weil mich nichts außer Müdigkeit zu meinem Bett zurücktrieb, machte ich mich mit einem Rotstift daran, Mos Liste meinen Vorstellungen gemäß zu manipulieren: Der Radfahrer aus Wanne-Eickel wanderte selbstverständlich an die letzte Stelle, der Rundfunkmoderator tauschte seinen Platz mit dem Mathelehrer und der Drei-Sterne-Koch kam unangefochten auf Platz eins.

Durch mein Umstellungsmanöver rutschten allerdings ein nichtssagender Nichtraucher und ein erfolgreicher Geschäftsmann ohne Haustiere ebenfalls unter die ersten vier. Aber was machte das schon? Der Drei-

Sterne-Koch war genau mein Typ, und wenn nicht, blieb mir immer noch der Rundfunkmoderator. Ich war zufrieden. Anschließend nahm ich eine Dusche, legte mich leise neben den schnarchenden Reinfall ins Bett und döste vor mich hin.

Im Morgengrauen erhob sich Oliver und verließ leise die Wohnung. Ich stellte mich schlafend, bis die Tür ins Schloss gefallen war. Dann seufzte ich erleichtert. Immerhin war ich um eine Erfahrung reicher, wenn auch um eine besonders üble.

Auf dem Zettel, den Oliver mir aufs Kopfkissen gelegt hatte, stand: »Ich liebe dich. Es war sehr Schön mit dir. Wir sollten das balt wieder holen.«

Ein Analphabet. Auch das noch.

Scheißtag

Als ich aufwachte, fühlte ich, dass meine allmonatlichen Bauchschmerzen im Anzug waren, und wusste gleich, dass das kein guter Tag werden würde. Vorbei die Zeiten, in denen man mit einer Wärmflasche und Schokolade alle Soap-Operas im Privatfernsehen angucken durfte, bis die Bauchschmerzen vorüber waren, vorbei die Zeiten, in denen man dicke Pickel in der Wohnung auskurieren konnte und erst wieder unter Leute musste, wenn nichts mehr davon zu sehen war.

Heute war ich gezwungen, aufzustehen und zur Arbeit zu gehen, um meine Nachfolgerin in Herrn Römers Büro einzuweisen. Draußen war der heißeste Tag des Jahres angebrochen. Das Gewitter, das der Wettermann versprochen hatte, hing drohend in der Luft. Ich war so schlecht gelaunt, dass es beinahe weh tat.

Als ich im Büro ankam, stand meine Nachfolgerin schon mit der Mehlig im Flur und wartete. Ich bereute augenblicklich, dass ich mir nicht die Haare gewaschen hatte und einen dieser Ich-verstecke-alles-Pulloversäcke trug. Ich konnte nur hoffen, dass die Abdeckcreme noch auf den zwei kamelhöckergroßen Pickeln am Kinn haftete und lächelte so freundlich wie möglich.

Die Mehlig rief: »Da sind Sie ja endlich, Frau Dings!« und verzog sich grußlos in ihr Büro.

Die Neue war umwerfend schön. Hellbraune, lange wunderschöne Naturlocken, große, seelenvolle, braune Augen mit dichten gebogenen Wimpern und eine perfekte, leicht gebräunte Haut. Dazu eine irre gute Figur. Ich war geblendet.

»Mein Name ist Rotraut Marode-Rodersberg«, sagte sie.

Das war schade. Aber wenn ich so süße Grübchen gehabt hätte, hätte es mir noch nicht mal was ausgemacht, Schimmel-Kotzbrocken zu heißen.

»Wenn Ihnen das zu lang ist, können Sie auch nur Marode sagen«, bot sie mir an.

Marode war ihr Mädchenname und Rodersberg der Name des Anwaltes, dem sie angetraut war. Dabei war sie erst fünfundzwanzig.

»Ach, Gottchen«, sagte sie, als ich ihr vorschlug, uns mit Vornamen anzureden. »Ich wette, alle nennen dich Judy, wie den Affen aus Daktari.«

Ich sagte, dass das bis jetzt noch niemandem eingefallen sei. Außerdem konnte ich mich nur an den schielenden Clarence erinnern.

»Das ist aber schade!«, fand Rotraut Marode-Rodersberg. »Ich finde Judy viel süßer als Judith. Hast du was dagegen, wenn ich dich Judy nenne? Ich finde, das passt viel besser zu dir.«

Ich hatte schon was dagegen, war aber zu feige, um zu widersprechen und mich bei ihr mit einer Verhunzung ihres Namens zu revanchieren. »Rotti« hätte auch nicht im Entferntesten zu ihrer lieblichen Erscheinung gepasst, sondern viel besser zu einem sabbernden Rottweiler.

»Ach, Gottchen, sind das viele Tasten«, rief Rotti aus, als sie den Computer sah.

Ich schwieg verdutzt. Um den Umgang mit dem Textverarbeitungsprogramm zu erlernen, schlug ich ihr schließlich vor, einige Briefe, die der liebe Herr Römer auf Band diktiert hatte, einzugeben.

»Meinst du, dass du das kannst?«, fragte ich Rotraut misstrauisch.

»*Schreibmaschine* kann ich blind schreiben«, erklärte sie.

»Dann wirst du es ja mit dem PC noch viel leichter haben«, sagte ich erleichtert und ein bisschen beschämt. Schließlich konnte ich noch nicht mal offenen Auges eine Schreibmaschine bedienen.

Ich zeigte Rotraut, wie sie das Band anhören konnte. Als wir dann endlich so weit waren, mit der Anschrift des Empfängers zu beginnen, wollte Rotraut mir eine Kostprobe ihres Könnens geben.

»Ich kann blind schreiben«, wiederholte sie, schloss die Augen und hämmerte los. Als sie fünf Sekunden später wieder die Augen öffnete, stand da:

Qw R94jq. U9w53ü 7k I3553hgq7j#

Ich konnte es nicht fassen.

»Was ist denn das für ein komischer Computer?«, fragte die Marode ärgerlich. Sie war in ihrem Blindflug wohl um eine Tastenreihe zu weit nach oben gerutscht. Ich machte sie darauf aufmerksam, dass die Adresse außerdem üblicherweise nicht in eine einzige Zeile geschrieben wurde.

»Wer sagt das?«, wollte die Marode wissen.

»Das ist eben so«, sagte ich und schlug vor, es von jetzt an mit offenen Augen zu versuchen.

»Von mir aus«, seufzte die Marode und machte sich wieder an die Arbeit.

Zu meinem maßlosen Entsetzen brauchte sie eine Viertelstunde, bis das Adressfeld fertig eingegeben war und sie das Band weiter abhören konnte. Nach einer Sekunde hielt sie wieder inne.

»Sehr geehrter Herr Professor«, sagte sie und verdrehte ihre schönen Augen, »also, dass man so was heute noch schreibt!«

Ich sagte gar nichts.

»Ach, Gottchen!«, rief sie eine Minute später, als sie sich mit dem ersten Satz herumquälte. »Wie wird denn das geschrieben?«

Ich zeigte ihr stumm, wo der Duden stand. Sie blätterte fünf Minuten darin herum. Dann ließ sie das Buch sinken und sagte: »Das Wort steht nicht drin, Judy.«

»Welches Wort?«, fragte ich. »Es steht sicher drin.«

»Wahrscheinlich«, sagte sie.

»Welches Wort?« wiederholte ich, aber ›wahrscheinlich‹ war das Wort. Sie wusste nicht, ob man es ohne oder mit ›h‹ schreibt.

»Wahrscheinliche steht ganz sicher im Duden und wird ganz sicher mit ›h‹ geschrieben«, sagte ich.

»Es steht nicht im Duden, und ich bin mir auch nicht sicher, ob es mit ›h‹ geschrieben wird«, sagte die Marode angriffslustig.

»Es wird mit ›h‹ geschrieben, und es steht im Duden!«, sagte ich ärgerlich.

»Auf deine Verantwortung«, versetzte die Marode pikiert und tippte das Wort ein. Auf diese Weise wurde es Mittag, bis sie das Brieflein fertig hatte. Ich war völlig erledigt.

Stefanie und ich nahmen die Marode mit in die Kantine.

»Ach, Gottchen, eigentlich esse ich mittags nie was, weil ich abends immer für meinen Göttergatten koche«, sagte sie, warf ihre Haarpracht in den Nacken und schlug ihre perfekten Beine übereinander, »aber ich kann euch ja zusehen.«

Während sie das tat, erzählte sie uns ungefragt aus ihrem aufregenden Leben. Sie hatte bereits eine kaufmännische Lehre, ein abgeschlossenes Studium und einige Jahre im Ausland hinter sich gebracht, bevor sie geheiratet hatte, sagte sie. Ich glaubte ihr kein Wort.

»Wahrscheinlich mit ›h‹«, murmelte ich in meine Königsberger Klopse.

»Mein eigentliches Berufsziel ist es, die Diplomatenlaufbahn einzuschlagen, weil ich in der Welt herumkommen will«, vertraute uns die Marode abschließend an und stand auf, um sich ein Glas Wasser zu holen.

»Hoffentlich kommt sie nicht ins Konsulat nach Peking«, sagte Stefanie und kicherte. »Überleg mal, wie die Chinesen ihren Namen aussprechen würden.«

Ich kicherte mit. Alle Botschaften Asiens würden sich um Lotlaut Malode-Lodelsbelg reißen.

Am Nachmittag hatte sich schon herumgesprochen, dass Herr Römer eine neue Sekretärin hatte. Die Herren aus den anderen Büros kamen wie zufällig vorbei, um sie sich anzuschauen. Sie waren alle bezaubert, besonders Herr Schimmel-Kotzbrocken. Er hörte gar nicht mehr auf, der Marode die Hand zu schütteln.

Bei mir hatte sich die Wirkung des Zaubers schon merklich reduziert. Um die Briefe vom Band bis zum nächsten Tag fertigzustellen, setzte ich mich vorsichtshalber selbst an den Computer und schlug der Marode vor, sich anhand des Aktenplans mit dem Ablagesystem vertraut zu machen.

Sie blätterte ein paar Ordner durch und rief alle zwei Minuten aus: »Ach, Gottchen, was für einen Blödsinn die Leute nicht alles aufbewahren!«

Dann teilte sie mir mit, dass sie ein völlig neues Ablagesystem einzuführen gedenke. Ich dachte zwar, dass sie herzlich wenig zum Ablegen hätte, wenn sie auch künftig in diesem Tempo arbeiten würde, aber Rotraut erläuterte mir bereits ihr neues System: »Einen Ordner für alles, was wir rausschicken, einen für alles, was wir reinbekommen.«

Das war wirklich ein geniales System. Es würde auf einen Schlag zweihundertvierunddreißig Ordner ablösen. Schade, dass ich nicht mehr erleben durfte, wie es sich in der Praxis bewährte.

Als die Marode Punkt vier davonging – »Ach, Gottchen, mein Göttergatte kommt schon in zwei Stunden, und das Menü steht noch gar nicht fest.« –, machte ich eine Überstunde, um die Römerbriefe fertig zu tippen.

Auf dem Weg zur Bahn hatte sich das Gewitter noch drohender über der Stadt zusammengezogen, machte aber noch keine Anstalten, sich zu entladen. Es war ein wirklich beschissener Tag gewesen. Um etwas für mein angeknackstes Selbstbewusstsein zu tun, schleppte ich mich nicht auf direktem Weg in die Bahn, sondern wagte einen dieser gefährlichen Abstecher in eine Parfümerie, die einen jedes Mal an den Rand des Existenzminimums bringen.

Ich kaufte mir eine Gesichtscreme mit einer ausgekocht raffinierten Kombination dieser neuartigen Säuren, die die Haut schälen und trotzdem nähren und alle Falten, Pickel und Flecken für immer verschwinden lassen. So was kaufen sich nur Dumme, Verzweifelte oder ganz Reiche, und eins stand fest: Reich war ich jedenfalls nicht.

Ich trug ein winziges Tiegelchen in einem winzigen Tütchen mit einer Menge mikroskopisch kleiner Pröbchen davon und ließ einen Tageslohn in der Parfümerie zurück. Es war der krönende Abschluss eines Scheißtages! Dachte ich jedenfalls.

Es sollte aber noch schlimmer kommen. Im Briefkasten fand ich zu Hause außer der Telefonrechnung und der Rechnung von den Gas- und Elektrizitätswerken eine Mitteilung der Stadtbibliothek, dass ich noch im Besitz von sieben ihrer Bücher sei und diese umgehend zurückbringen solle.

Die Bibliothek machte um sechs zu. Wenn ich mich beeilte, schaffte ich es noch rechtzeitig und konnte anschließend in aller Ruhe die Wundercreme ausprobieren. Ich lud die Bücher in meinen Rucksack, setzte meinen Strohhut auf und eilte zur Bahn.

Es war immer noch schweineheiß, und als ich am Josef-Haubrich-Platz die Treppen vom U-Bahn-Ausgang erklomm, war ich schweißgebadet. Am oberen Ende der Treppe stand ein gutaussehender Mann und lächelte. Meinte der etwa mich?

Ich lächelte zurück. Ich fand ja auch, dass ich ein erheiterndes Bild abgeben musste, wie ich mich mit dem Schnauben einer Dampflock die Stufen hochquälte und Ströme von Schweiß unter dem Hut hervorflossen.

Als ich den Mann schließlich passierte, sagte er: »Hallo.«

Er *meinte* mich! Er meinte *mich!* Und er sah wirklich gut aus, Typ schnieker Banker, Designeranzug, Designerbrille, Designerhaarschnitt, sogar sympathisch. Irgendetwas konnte hier nicht mit rechten Dingen zugehen.

»Hallo?«, sagte ich misstrauisch.

»Hast du heute Abend schon was vor?«, fragte der Typ. Das war vielleicht nicht besonders originell, aber es war das erste Mal in meinem Leben, dass mir so was passierte. Endlich passierte! Und was tat ich?

»Tut mir leid, aber vielleicht klappt's ja bei der Nächsten«, sagte ich in dem schnippisch-verlegenen Tonfall, den ich mir eigentlich schon vor der Pubertät hatte abgewöhnen wollen. Im gleichen Moment ärgerte ich mich zu Tode. Vielleicht hatte ich ihm ja tatsächlich gefallen. Sooo unmöglich war das schließlich auch nicht. Wahrscheinlich war ich sogar gerade dem Mann meines Lebens begegnet und hatte diese Chance mit meiner miesen Laune für immer vertan!

Ein Scheißtag eben.

Auf dem Rückweg von der Bücherei war ich, wenn überhaupt möglich, noch mieser drauf. Die säuerliche Bibliothekstante hatte mir nicht nur die Bücher, sondern zwei Stundenlöhne Säumnisgebühren abgenommen. Immerhin war mein Rucksack jetzt leichter.

Im Café gegenüber der Volkshochschule hing ein Haufen lethargischer Gäste herum und lechzte nach kühlen Getränken. Ich wollte nur nach Hause, um mich endlich in eine Wanne, randvoll mit eiskaltem Wasser, zu legen. Da fiel mein Auge auf einen Tisch ganz außen. Er zog meinen Blick deshalb magisch an, weil sich dort ein Pärchen ungeachtet der Hitze engumschlungen auf *einen* Stuhl gequetscht hatte und heftig miteinander knutschte.

Der Mann war ganz eindeutig und unzweifelhaft Oliver, der wilde, kleptomanische Hengst.

Ein Blitz zuckte mitten auf den Josef-Haubrich-Platz.

Was sollte ich tun? Mich vor den beiden aufbauen und schreien: »Du Dreckschwein hast wohl ganz vergessen, dass du vorgestern noch zu mir gesagt hast, ich sei die wunderbarste, sinnlichste und unterhaltsamste Frau, die du jemals kennen gelernt hast!?« Oder den freien Stuhl nehmen und damit auf die beiden eindreschen?

Warum eigentlich?

Was hatte ich mit diesem Menschen zu schaffen? Nur weil er einmal aus Versehen in meinem Bett gelandet war, wollte ich den Typ doch nicht für immer auf dem Hals haben, oder? Ihn und sein peinliches Sexfilm-Vokabular. Ich ärgerte mich grün und blau, dass ich ihm gegenüber beinahe noch ein schlechtes Gewissen gehabt und mich für ein herzenbrechendes, männermordendes Satansweib gehalten hatte. Mein Gott, was war ich doch blöd.

»Mein Gott, was war ich doch blöd!!!«, schrie ich. Meine Worte verloren sich barmherzigerweise im Getöse des Donners, als das Gewitter endlich mit voller Macht losbrach. Sintflutartiger Regen durchnässte mich im Nu bis auf die Haut und weckte meine Lebensgeister.

»Donner und Blitz!«, schrie ich, schwenkte meinen Strohhut und tanzte durch den Regen wie eine Wahnsinnige. »Das passiert mir nie wieder! Ich schwör's beim Donner! Nie wieder!«

Donnerstag

Als die Marode am nächsten Morgen für ein ausgedehntes Viertelstündchen im Damenklo verschwand, rief ich Katja an und erzählte ihr, dass ich Oliver mit einer anderen Frau gesehen hätte.

»Ja, das Schwein betrügt seine Freundin auch«, sagte Katja lakonisch.

»Seine Freundin?«, wiederholte ich entgeistert. Da fiel mir ein, dass ich Katja noch mit keinem Wort über meine Rendezvous mit Oliver und deren Verlauf informiert hatte.

»Ja, so eine süße Rothaarige«, sagte Katja. »Die war auch auf meinem Geburtstag.«

Rothaarig war das Weib, das ich gestern auf dem Korbstuhl erwischt hatte, aber nicht gewesen. Das hieß, das Schwein betrog seine Freundin gleich zweifach, mit mir und mit diesem schamlosen Flittchen von gestern.

»Heißt sie zufällig Tina?«, fragte ich sicherheitshalber.

»Nein, sie heißt Cornelia. Warum?«

»Warum hast du mir nicht eher erzählt, dass der eine Freundin hat?«, fragte ich anklagend. Katja verstand sofort.

»So ein ...«, sagte sie empört. »Und was wirst du jetzt tun?«

Das wusste ich auch nicht so genau. »Ich bin eigentlich froh, dass ich ihn los bin«, sagte ich ehrlich.

»Das kannst du auch sein«, stimmte mir Katja zu, »aber so ungeschoren würde ich ihn nicht davonkommen lassen. So ein Betrüger.«

Ich erinnerte mich an unsere gemeinsame Nacht und musste lachen.

»Ich glaube, *wirklich* betrügen kann er seine Freundin gar nicht«, kicherte ich schadenfroh.

Normalerweise stehe ich ja auf dem Standpunkt, dass man Details bezüglich erotischer Abenteuer, wenn man denn mal eines hatte, niemandem, auch nicht der besten Freundin, mitteilen darf. Getreu dem Motto: »Die Gentle-Frau genießt und schweigt.« Aber von Genuss konnte hier schließlich keine Rede sein. Also beeilte ich mich, Katja *en detail* über Olivers kleines Malheur und die vorausgegangenen verbalen Peinlichkeiten zu informieren.

Katja lachte sich halbtot. »Und du hast nichts gesagt?«

»Kein Wort.«

»Du solltest es tun«, meinte Katja, als die Marode mit neugerichteter Frisur vom Klo zurückkam. »Es kann nicht angehen, dass er herumläuft und sich für Masters und Johnson hält.«

Die Marode setzte sich wieder, blätterte in den Akten herum und hatte Ohren so groß wie Satellitenschüsseln.

»Wenn er sich noch mal meldet, werde ich ihm einen Sexualtherapeuten empfehlen«, versprach ich. »Wie geht es Jens, dem Arsch?«

»Letzte Woche war der Arsch zweimal erst um drei Uhr morgens zu Hause«, erzählte Katja. »Er war bei einem Kommilitonen zum Lernen, haha.«

»Gib dir endlich einen Ruck und ihm einen Tritt in den Hintern«, sagte ich ernst. »Es wird höchste Zeit.«

»Ich weiß«, seufzte Katja. »Aber ich hätte gern einen anderen Anlass. Ich würde mich besser fühlen, wenn nicht er eine andere Frau, sondern ich einen anderen Mann hätte.«

Ich konnte sie verstehen.

»Männer sind nicht immer einfach«, hauchte die Marode, als ich aufgelegt hatte.

Ich schaute sie überrascht an.

»Man braucht eine Menge Fingerspitzengefühl, um ihnen wirklich gerecht zu werden«, fuhr sie fort.

»Und wer will das schon?«, sagte ich, setzte mir die Kopfhörer auf und hackte auf die Tastatur ein.

Ich beeilte mich mit der Arbeit, um pünktlich zu Hause zu sein, weil Rebecca für heute die vier Top-Kandidaten von der Mieterliste für die Kiebig-Wohnung zu einer Besichtigung eingeladen hatte.

»Ich bin ja so gespannt«, sagte Rebecca in freudiger Erwartung.

Und ich erst! Als Erster kam der vielversprechende, junge Rundfunkmoderator. Er sah über alle Maßen nett aus. Aber das tat seine Freundin auch, und die hatte er in seinem Brief einfach unterschlagen.

»Die sind aber nett«, flüsterte ich Rebecca zu, als wir die beiden durch die Wohnung führten.

»Darauf können wir keine Rücksicht nehmen«, flüsterte Rebecca erbarmungslos zurück. »Wir wollten einen Singlemann, und wir werden einen Singlemann bekommen!«

Der nächste war ein Singlemann. Es war der gutverdienende Geschäftsmann ohne Haustiere, der unverdienterweise unter die ersten Vier gerutscht war. Obwohl er lange nicht so nett aussah wie der Rundfunkmoderator, fragte ihn Rebecca nach der Art seiner Geschäfte.

Er unterhielte zwei Friseurläden in der Stadt, sagte er wichtig. »Schnuppe Hair Design, kennen Sie nicht?«

Rebecca und ich schüttelten die Köpfe.

»Im Moment haben wir eine eins a Dauerwelle im Angebot«, sagte er. »Würde auch Ihrem Haar etwas mehr Fülle geben.«

Ich begann zu verstehen, warum Mo darauf bestanden hatte, die Friseure auszusortieren.

»Wenn Sie mir die Wohnung geben, mache ich Ihnen unsere eins a Dauerwelle für umsonst«, sagte Herr Schnuppe Hair Design mit großartiger Geste.

Aber bestechen ließen wir uns nicht.

»Sie hören von uns«, sagte Rebecca höflich und schloss die Tür hinter ihm.

Der dritte Bewerber, der Drei-Sterne-Koch, den ich auf Listenplatz Nummer eins gesetzt hatte, kam gar nicht erst. Wahrscheinlich hatte ihn bereits ein Blick von außen auf die trübe Fassade abgeschreckt. Schade, wirklich.

Und der Letzte, der ruhige Nichtraucher, war ein absoluter Reinfall. Er hätte ein Bruder von Herrn Schimmel-Kotzbrocken sein können. Genau die gleiche einschmeichelnde Stimme, der gleiche ausdauernde Händedruck, der gleiche allwissende Blick.

»Habt ihr den Alleinstehende-Frauen-Haufen schon verbrannt?«, fragte ich Rebecca in einem Anflug von Panik, als sich der Nichtraucher nach erneutem herzlichen, nicht enden wollenden Händeschütteln verabschiedet und seiner Hoffnung, bald von uns zu hören, Ausdruck verliehen hatte.

»Das wäre auch zu schön gewesen«, meinte Rebecca bedauernd und wischte sich die Hand an der Hose ab. »Ich denke, unter diesen Umständen können wir uns die Kandidaten von Platz fünf abwärts auch schenken.«

»Manchmal vermisse ich die Kiebig irgendwie, du nicht auch?«, fragte ich wehmütig.

»So weit kommt es noch«, sagte Rebecca. »Heute ist außerdem wieder ein ganzer Haufen Briefe vom Verlag gekommen. Lass uns die mal sichten.«

Ich winkte dankend ab und ging mir den Händedruck von Herrn Schimmel-Kotzbrockens Bruder abwaschen. Bei der Mietersuche würde ich mich von nun an raushalten. Sollte doch einziehen, wer wollte!

Eine Stunde vor der verabredeten Zeit rief Kai-Uwe an.

»Ich rufe wegen unseres heutigen Termins an«, sagte er förmlich, und ich wartete gespannt darauf, welches tragische Ereignis ihn diesmal zwang, bei seiner Mutter zu bleiben.

Aber er fragte nur, ob es mir recht wäre, wenn wir

mit seiner Schwester und ihrem Verlobten essen gehen würden. Von seiner Mutter war keine Rede.

Es war mir recht. Die Schwester war auch bei der Tanzschule Pickel und Strauß gewesen, und sie hatte unter ganz, ganz fürchterlicher Akne gelitten, an die ich mich genau erinnern konnte. Ich wollte sie gern mal wiedersehen. Die Akne.

»Da wäre noch etwas«, sagte Kai-Uwe. »Meine Schwester und ihr Verlobter verkehren nur in den besten Restaurants. Würde es dir etwas ausmachen, dich dementsprechend zu kleiden?«

So eine Unverschämtheit! Wie war ich denn seiner Meinung nach gewöhnlicherweise gekleidet? In Sack und Asche?

Aber gut, wenn er's denn so haben wollte. Ich lief zu Rebecca in den Laden und ließ mich von ihr in edles Leinen und durchsichtigen Chiffon hüllen, alles in vornehmem Schwarz, dazu meine Wildlederpumps, die mich glatte sechs Zentimeter größer machten, dabei aber leider die Bequemlichkeit von spanischen Stiefeln hatten. Rebecca steckte mir die Haare zu einer überaus eleganten Banane auf und lieh mir feine Klunker für Ohrläppchen und Hand gelenk. Zwei exakte schwarze Lidstriche, sechs Schichten Wimperntusche und das einzig wahre Lippenrot machten meine Erscheinung nahezu perfekt.

Als ich Kai-Uwe die Tür öffnete, war meine nahezu perfekte Erscheinung zusätzlich von einer intensiven Aura feinsten französischen Parfüms umgeben, und ich hatte bereits ein kleines, schwarzes Abendtäschchen geschultert. Kai-Uwe blieb die Spucke weg.

»Schön, dass du pünktlich bist«, sagte ich und hauchte das einzig wahre Lippenrot auf seine Wange.

»Ich hätte dich beinahe nicht erkannt«, gab Kai-Uwe zu, als er seine Sprache wiedergefunden hatte. »Aber du siehst toll aus.«

Das wusste ich selbst.

Wir fuhren ins »Chez Margaux«, einen besonders noblen, sicher unbezahlbaren französischen Gourmettempel am Rhein.

Kai-Uwes Schwester und ihr Freund entstiegen gerade einem schneeweißen Golfcabrio, als wir ankamen. Die Schwester trug eine rosa Seidenbluse, eine rosa Hose mit einem rosa Gürtel, rosa Pumps, rosa Lippenstift und rosa Rouge. Aber von der fürchterlichen Akne war nicht mehr die geringste Spur zu sehen. Ich beschloss, sie bei Gelegenheit zu fragen, wie sie sie losgeworden war.

Sie streckte mir ihre rosa lackierten Fingernägel entgegen und lächelte.

»Ich bin Corinna, Kai-Uwes Schwester«, sagte sie.

»Wir kennen uns noch von Pickel und Strauß«, lächelte ich zurück.

Corinna tat so, als hätte sie meine Bemerkung nicht gehört. Verständlich, dass sie nicht gerne an die Pickel-Zeit erinnert wurde.

»Das ist mein Verlobter«, sagte sie und deutete auf ihren Begleiter.

Der Verlobte trug ein brombeerfarbenes Salz-und-Pfeffer-Jackett, Bundfaltenhosen und Seidenhemd. Über dem letzten Knopf – zu tief für jede Form von Bartwuchs, zu hoch für jede Form von Brustbehaarung – saß ein dunkles Haarbüschel, das sich auf und ab bewegte, wenn er sprach.

»Sommerloch, Bankier aus Breibach, wenn du das kennst«, stellte er sich vor und schüttelte mir zackig die Hand. Das Haarbüschel hüpfte dabei auf und ab. Faszinierend.

Ehe ich den Mund aufmachen konnte, um mich meinerseits mit »Raabe, ewige Studentin aus Köln« bekannt zu machen, übernahm Kai-Uwe die Vorstellung.

»Das ist meine Freundin Judith Raabe, angehende Germanistin.«

Ja, so klang das natürlich ganz anders. Ich lächelte Kai-Uwe entzückt an.

Im Inneren des Gourmettempels bekamen wir einen feinen Tisch zugewiesen, nachdem der Verlobte zackig »Ein Tisch für vier Personen, reserviert für Sommerloch, Breibach« gesagt hatte.

»Wo liegt eigentlich Breibach?«, fragte ich interessehalber, als wir uns paarweise gegenübersaßen.

»In der Nähe von Hachenberg, wenn du das kennst«, sagte der Verlobte, wobei sein Haarbüschel raschelte. »Liegt keine fünfundzwanzig Minuten von hier.«

Hachenberg sagte mir auch nichts.

»Liegt ganz in der Nähe von Niederblissenbach, das wirst du ja wohl kennen«, erläuterte das Sommerloch.

»Aha«, sagte ich. Aber auch von Niederblissenbach hatte ich leider noch nie gehört.

»Deine Freundin ist aber nicht gerade ortskundig«, sagte das Haarbüschel zu Kai-Uwe. »Oder kehrt sie hier nur den arroganten Städter heraus?«

»Sie meint es nicht so«, sagte Kai-Uwe entschuldigend.

Ich fand, es gab eigentlich keinen Grund, sich zu entschuldigen, nur weil mir die Preisträger von ›Unser Dorf soll schöner werden‹ nicht geläufig waren. Unter dem Tisch befreite ich mich heimlich von den spanischen Stiefeln. Als der Kellner an unseren Tisch kam, konnte ich auch wieder lächeln.

Sie hatten gerade provenzalische Wochen im »Chez Margaux«, und ich bestellte eine Art Tomatensuppe als Vorspeise.

Als die Suppe gebracht wurde, belehrte mich das Haarbüschel ungefragt: »Das Tomaten-Consommé ist dann gelungen, wenn man das Gefühl hat, in eine frische Tomate zu beißen.«

Ich bedankte mich für die wertvolle Information und nahm den ersten Löffel. Es war tatsächlich genauso, als ob man in eine frische Tomate biss, mit dem kleinen Unterschied, dass es heiß, gesalzen, flüssig und mit Kerbel gewürzt war. Es schmeckte lecker.

Während wir aßen, erzählte uns das Sommerloch allerhand aus dem spannenden Alltag bei der Bank, und beim Hauptgericht stellte Kai-Uwes Schwester dann die unvermeidliche Frage nach meiner beruflichen Zukunft.

»Was möchtest du nach deinem Studium beruflich machen?«, fragte sie.

Ich hatte im Laufe der Jahre eine gewisse Routine im Beantworten dieser Frage erworben und sagte, das sei noch so lang hin, dass ich mir darüber zurzeit keine Gedanken machen müsste.

»Ja, wie alt bist du denn?«, fragte der Sommerloch-Verlobte.

Ja, hatte ihm da draußen in Breibach bei Hachenberg niemand beigebracht, dass man eine Dame niemals nach ihrem Alter fragt?

»Siebenundzwanzig, beinahe«, gab ich widerwillig zu.

»Sie-ben-und-zwan-zig?«, wiederholte das Haarbüschel. »Und da hast du dir noch keine Gedanken über deinen Beruf gemacht? Das ist ja un-glaub-lich!«

»Siebenundzwanzig, nicht siebenundachtzig«, sagte ich säuerlich und nahm den ersten Bissen Schwertfisch. Er wenigstens war ausgezeichnet.

»Ja, wovon lebst du denn, um Himmels willen?«, fragte das Haarbüschel.

»Ich jobbe als Sekretärin«, erklärte ich ihm.

»Ach so«, entgegnete das Haarbüschel geringschätzig.

Er hatte wohl was gegen Sekretärinnen, denn ich fühlte förmlich, wie meine teure Leinen-, Chiffon- und Klunkertarnung von mir abfiel. Ich aß schweigend weiter.

Das Sommerloch winkte den Kellner heran, um das Dessert zu bestellen.

»Wir nehmen den Ziegenkäse in Lavendel«, sagte er und setzte, an uns gewandt, hinzu! »Der ist wirklich ganz ausgezeichnet.«

Kai-Uwe bestellte daraufhin ebenfalls Ziegenkäse.

»Und für Sie, Mademoiselle?«, fragte der Kellner und sah mich an.

»Ich nehme lieber was Süßes«, sagte ich.

»Nimm den Ziegenkäse«, bestimmte das Sommerloch kategorisch.

»Nein, danke. Ich möchte lieber einen süßen Nachtisch«, wiederholte ich höflich.

»Es ist der beste Käse, den sie hier haben«, sagte der Verlobte. »Er ist gut. Du *musst* ihn nehmen.«

»Ich mag jetzt keinen Käse.«

Der Kellner lächelte mich an. Ich lächelte dankbar zurück.

»Hast du den Käse schon mal probiert?«, fragte das Haarbüschel penetrant.

»Nein«, sagte ich ehrlich und bestellte hastig die Erdbeeren mit grünem Pfeffer an Weinschaum.

»Aha, was der Bauer nicht kennt, das frisst er wohl auch nicht, was?«, sagte das Haarbüschel.

Das war ja wohl das Letzte.

»Wie hieß noch gleich das Kuhdorf, aus dem du kommst?«, fragte ich zurück.

»Brei... O, deine Freundin hat aber Haare auf den Zähnen«, sagte der Verlobte zu Kai-Uwe.

»Besser als ganze Haarbüschel auf dem Adamsapfel«, dachte ich, traute mich aber nicht, es laut zu sagen.

»Sie meint es nicht so«, sagte Kai-Uwe wieder, und das, obwohl ich es gar nicht laut gesagt hatte.

Es war mehr, als ich ertragen konnte. Ich musste aufstehen und die Toilette aufsuchen. Meine Tischherren erhoben sich ebenfalls. Ich entschuldigte mich formvollendet und durchquerte den Saal so anmutig, wie es in den spanischen Stiefeln möglich war.

Auf dem marmornen Klo fand ich mein Spiegelbild immer noch nahezu perfekt, Lichtjahre von Salz-und-Pfeffer aus Breibach bei Hachenberg und seiner bedauernswerten, rosafarbenen Verlobten entfernt.

Ich war gerade dabei, das einzig wahre Rot auf meinen Lippen zu erneuern, als die bedauernswerte Verlobte das Marmorklo betrat. Sie holte ihren rosafarbenen Lippenstift aus ihrem rosafarbenen Täschchen und lächelte mich aufmunternd an.

»Ist das eine ernstere Sache zwischen dir und Kai-Uwe?«, fragte sie.

»Nein«, antwortete ich viel heftiger als beabsichtigt.

»Nein! Nein! Nein!«, hallte es von den Marmorwänden wider.

»Ich glaube, du bist auch nicht die Richtige für Kai-Uwe«, sagte Corinna, als das Echo abgeklungen war. »Sänger sind nämlich ganz sensible Naturen, musst du wissen.«

»Ja, das kann schon sein«, sagte ich.

Langsam hatte ich die Beleidigungen aber satt! Ich überlegte, ob jetzt der Augenblick gekommen war, Corinna nach dem Verbleib ihrer Akne zu fragen. Aber ich tat es natürlich nicht.

Als wir zurückkamen, war der Nachtisch schon serviert.

Das Haarbüschel nahm sich ein Stückchen ultimativen Ziegenkäse und sagte: »Wer hätte gedacht, dass unser Kai-Uwe mal einer Sekretärin ins Netz gehen würde! Und einer blonden dazu.«

Kai-Uwe und seine Schwester lachten. Aufgebracht machte ich mich über die gepfefferten Erdbeeren her.

»Na, Judith, nimm's mir nicht übel, aber Sekretärin ist der überflüssigste Beruf, den ich kenne«, sagte das Sommerloch und fügte gönnerhaft hinzu: »Außer vielleicht noch Politesse.«

»Wie meinst du das?«, fragte ich.

»Na, jeder weiß, dass Sekretärinnen den ganzen Tag nichts anderes zu tun haben, als sich die Fingernägel zu lackieren und den Chef zu bezirzen«, sagte das Sommerloch.

»Und Kaffee kochen und in den anderen Büros intrigieren«, ergänzte Corinna lachend, »bei uns in der Firma ist das auch so.«

»Und warum ruiniert sich die Firma, indem sie dieser überflüssigen Spezies Gehalt und Sozialabgaben spendiert?«, fragte ich und zermalmte wütend ein Pfefferkorn zwischen den Zähnen.

»Ja, das frage ich mich auch immer«, entgegnete das Sommerloch. »Aber es hat ja auch Vorteile! Über eine Sekretärinnenstelle kommen Hunderte geistig minderbemittelter Mädels unter die Haube.«

Ich schluckte eine riesige Erdbeere unzerkaut. Sie rutschte schwerfällig die Speiseröhre hinab.

»Du wirst ja am besten wissen, was die Tippsen alles anstellen, um sich ihren Vorgesetzten zu angeln«, sagte das Sommerloch und lachte. »Als leitender Angestellter weiß ich auch ein Lied davon zu singen.«

»Und ich als seine Verlobte«, klagte Corinna.

Die Erdbeere hatte sich ihren Weg nach unten erkämpft und endlich den Magen erreicht. Ich konnte wieder frei atmen.

»Und was stellen diese geistig minderbemittelten Tippsen an, um dich zu angeln, Sommerloch?«, fragte ich in möglichst beleidigendem Tonfall.

Er zupfte genüsslich an seinem Haarbüschel.

»Ach, das fängt mit scharfen Miniröcken und aufreizendem Hinternwackeln an, und wo es aufhört, weißt du ja selbst am besten, was?«

Ich hielt verblüfft die Luft an. Weder Kai-Uwe noch irgendjemand sonst sprang auf, um meine Ehre zu verteidigen und dem Haarbüschel für diese Beleidigungen die Nase zu brechen.

In ohnmächtiger Wut hackte ich nach einer Erdbeere. Sie sprang vom Teller quer über den Tisch, und noch ehe ich wusste, was ich tat, steckte meine Gabel in der Erdbeere und der darunterliegenden wohlmanikürten Hand meines Peinigers und zitterte hin und her.

»Auuuu!«, jaulte das Haarbüschel erschrocken.

Ich war mindestens ebenso überrascht wie er, aber als ich die Gabel aus seinem Fleisch zog, durchwogte mich unbändige Freude. Hellrotes Blut sickerte aus vier Stichwunden im Handrücken.

»Tut mir das leid!«, sagte ich mit schlecht verhohlenem Triumph in der Stimme. »Das war ein automatischer Reflex, es tut mir wirklich furchtbar leid.«

»Ist schon gut«, tat das Sommerloch die Verletzung wider Erwarten tapfer ab, aber zu Kai-Uwe sagte er in anzüglichem Tonfall: »Deine kleine Freundin ist ein ziemlich ungeschicktes Schusselchen, was?«

Der Dummkopf glaubte doch tatsächlich, dass mein Angriff auf seine Hand ein Versehen gewesen war.

Corinna betupfte seine Wunden mit einer Serviette und würdigte mich keines Blickes mehr. Die Hand hatte leider schon aufgehört zu bluten.

»Ungeschickt wie ich bin, wird es mir sicher nie gelingen, mir meinen Vorgesetzten zu angeln«, sagte ich ironisch.

»Mit siebenundzwanzig muss sie sich ja auch langsam mal ein bisschen anstrengen, wenn sie noch Beute machen will, bevor sie eine vertrocknete, alte Jungfer ist«, sagte das Sommer- und ... loch zu Kai-Uwe.

Jetzt reichte es aber wirklich. Erwartungsvoll sah ich

Kai-Uwe an. Wenn er seinem Beinaheschwager jetzt nicht auf der Stelle eins aufs Maul gab, würde ich es selber tun! Aber Kai-Uwe lächelte nur entschuldigend auf die andere Tischseite.

»Sie meint es nicht so«, sagte er.

Von wegen! Blutrünstig ballte ich meine Faust. Bevor ich mich aber entschieden hatte, wessen Nase ich als erste brechen sollte, rief das Sommerloch den Kellner heran und sagte überraschend großzügig: »Ihr könnt euch als eingeladen betrachten. Ich kann das als Spesen abrechnen.«

Wenn das so war! Ich ließ die Faust wieder sinken und atmete ein paarmal tief durch. Eigentlich fand ich, dass sie auch ohne gebrochene Nasen gestraft genug waren.

Auf dem Weg nach Hause hatte ich trotzdem nicht die geringste Lust, mit Kai-Uwe zu kommunizieren. Schweigend fuhren wir bis vor die Haustür.

»Vielen Dank für den *netten* Abend«, sagte ich und wollte aussteigen.

»Warte«, sagte Kai-Uwe, und seine Gesangsstunden machten sich wieder bemerkbar. »Ich kann dich jetzt nicht gehen lassen.«

Er nahm meine beiden Hände in seine und sah mir ernst in die Augen.

»Ich habe solche Sehnsucht nach deinen warrrrmen Lippen«, sagte er.

Oder hatte er es gesungen?

Ich rutschte unruhig auf dem Sitz herum. »Kai-Uwe, ich bin einfach nur müde.«

»Ich liebe dich mehrrrrr, als ein Mann eine Frrrrrrau lieben kann, das musst du mirrrr glauben«, rollte Kai-

Uwe mit unangemessenem Pathos, »und ich möchte, dass du weißt, dass du immer meine ganz grrrrrroße Leidenschaft bleiben wirrrrst.«

Das war schön zu wissen, aber ehe er sich in einen Werwolf verrrrrrwandeln und seinen Worten mit einem seiner gründlichen, kosmetikakillenden Küsse Nachdruck verleihen konnte, zog ich es vor, die Wagentür zu öffnen und auszusteigen.

»Sehen wir uns am Samstag?«, fragte das Werwölfchen hinter mir her.

Ich tat, als hätte ich nichts gehört.

In meiner Wohnung ließ ich Abendtäschchen und spanische Stiefel fallen, setzte mich an meinen Knettisch in der Blaubartkammer und begann fieberhaft, Modelliermasse um einen Alufolienknubbel zu packen.

In Windeseile entstand unter meinen Händen ein getreues Abbild von Sommerloch aus Breibach. Mit einem dicken Klumpen Masse setzte ich ihm anschließend eine gigantische Nase auf, die aussah, wie mehrfach gebrochen. Dadurch ähnelte er ein bisschen dem Zwerg Nase in meinem Lieblingsmärchenbuch.

»Zwerg Sommerloch«, sagte ich zufrieden und legte den Kopf zum Trocknen auf die Fensterbank.

In der Nacht träumte ich von silbernen Gabeln und funkelnden Blutstropfen. Es war ein schöner Traum.

Freitag

Morgens rief mich Oliver, der Kleptomane, im Büro an. Ich hatte gerade angefangen, ihn zu vergessen.

»Woher hast du diese Nummer?«, fragte ich und warf einen Seitenblick auf die Marode.

Sie stand vor dem Spiegel, der an der Innenseite des Spindes angebracht war, und ordnete ihre Frisur.

»Du scheinst dich ja sehr zu freuen«, sagte Oliver. »Deine Schwester hat mir deine Nummer gegeben, nachdem ich dich seit Tagen nicht zu Hause erreichen kann.«

»Was gibt's denn?«

»Du hast mir gefehlt«, behauptete er.

Ich schwieg.

»Habe ich dir nicht gefehlt?«

»Nein, wie kommst du darauf?«, fragte ich gereizt.

»Hast du unsere gemeinsame Nacht denn schon ganz vergessen?«, fragte Oliver.

»Leider nein«, sagte ich. »Ich glaube auch nicht, dass ich die jemals vergessen werde.«

Oliver lachte zufrieden. Gott, war der blöd.

»Ich finde es gut, dass du das mit Humor nimmst«, sagte ich. »Andere Männer würden sich in Grund und Boden schämen und von einem Andrologen zum anderen rennen.«

Ich warf einen prüfenden Blick auf die Marode. Doch sie zeigte keinerlei Reaktion.

»Von einem was?«, fragte Oliver. Er war genauso doof wie die Marode.

»Andrologen sind die Fachärzte, die dein Problem

von der medizinischen Seite her in Angriff nehmen könnten.«

»Welches Problem?« Der war aber wirklich schwer von Kapee!

»E-ja-cu-la-ti-o prae-cox«, skandierte ich langsam und deutlich.

Die Marode ließ die Haarbürste fallen. Mit *diesem* Begriff schien sie was anfangen zu können.

»Ich würde dir ja gern helfen«, säuselte ich in den Hörer. »Aber alle, mit denen ich darüber gesprochen habe – und das waren wirklich viele –, meinen, dass du dieses Problem ohne mich lösen musst.«

Die Marode lauschte mit weit aufgerissenen Augen. Ich lächelte sie an.

»Gute Besserung dann also«, sagte ich, als von Oliver keine Erwiderung kam, und legte auf.

»Den wären wir los«, sagte ich zu der Maroden.

»Gibt es wirklich keine Möglichkeit, ihm zu helfen?«, fragte sie mitleidig.

Ich betrachtete sie neugierig. Hatte ihr Rechtsanwaltsgatte gar das gleiche Problem?

»Kennst du einen ähnlichen Fall?«

»Gottchen, bewahre«, wehrte die Marode ab. »Mein Göttergatte hat höchstens mal einen Schnupfen.«

Es war mein letzter Arbeitstag in Herr Römers Büro. Am Nachmittag versammelte sich daher die ganze Abteilung in unserem Zimmer. Ich servierte mitgebrachten Sekt und selbstgebackenen Schokoladenkuchen.

»Ich werde Sie sehr vermissen«, sagte Herr Römer und überreichte mir eine Sechspfundpackung belgische Pralinés. »Schade, dass Sie nicht katholisch sind.«

Ich schüttelte gerührt seine Hand. Klar, dass ich ihn

auch vermissen würde. Ich war längst süchtig nach seinem täglichen Lob geworden.

Stefanie schenkte mir eine Riesentüte Gummitiere und eine Postkarte mit dem Abbild des Heiligen Kuniberts. Auf der Rückseite stand »Ohne Sie wird es stille werden, Schwester Annaklara«, darunter ihre Adresse und Telefonnummer. Ich umarmte sie heftig. Wir würden in Kontakt bleiben.

Herr Schimmel-Kotzbrocken schüttelte mir ein letztes Mal die Hand. Er hatte ein Büchlein mit erbaulichen Sprüchen für mich verpackt.

»Vielen Dank, Herr Eh-eh«, sagte ich angeheitert.

Stefanie kicherte albern in ihren Sekt.

»Aber ich bitte Sie, Frau Eh-eh«, antwortete Herr Schimmel-Kotzbrocken. »Das habe ich doch gern für Sie getan. Sie waren doch unser bestes Pferd im Stall.«

Die Mehlig wieherte fröhlich, goss sich Sekt nach und hob das Glas zu einem Trinkspruch: »Auf den Weggang von Frau Dings und darauf, dass jetzt endlich Ordnung hier einzieht!«

Ich wusste, ich würde jeden Einzelnen von ihnen vermissen.

Als ich in melancholischer Stimmung mit meinen Abschiedsgeschenken beladen in unsere Straße einbog, fiel mir am Kiosk die Überschrift eines Hochglanzmagazines auf, die mir in großen Buchstaben die Frage stellte: »HABEN SIE KLASSE?«

Hatte ich Klasse? Ich fand, ja.

»Testen Sie selbst, ob Sie zu den Klassefrauen zählen, und lesen Sie in unserem Sonderteil, was Sie tun können, um Klasse zu erwerben«, wurde ich auf Seite eins aufgefordert.

Ich konnte der Verlockung nicht widerstehen und kaufte die Zeitschrift, obgleich ich schon entschieden hatte, dass ich eindeutig zu den Klassefrauen zu zählen war.

Zu Hause machte ich es mir mit der Zeitschrift und Herrn Römers Abschiedspralinen am Küchentisch gemütlich, um in aller Ruhe mein Klassepotential zu ermitteln. Der Sonderteil begann damit, der geneigten Leserin lebende Klassefrauen vorzustellen. Es gab sie wirklich.

Da war zum Beispiel die adelige Gattin des millionenschweren Topmanagers in ihrer Zwanzig-Zimmer-Villa am See.

Wirklich klasse, wie die es schaffte, ihren Rollen als Mutter von zwei vielversprechenden Kindern, als erfolgreiche, gefragte Galeristin und Kunstmäzenin, als Gastgeberin rauschender Feste und als Aufsichtsrätin der Firma ihres adeligen Vaters gerecht zu werden, dabei täglich die *Financial Times* zu lesen und immer Zeit zu haben für diverse vielfältige Freizeitvergnügungen wie Golf, Tiefseetauchen, Fotografieren und Aquarellzeichnen und – last but not least – für intime, amüsante Wochenenden zu zweit auf der schneeweißen Jacht, die ihren Namen trug.

Klasse war auch, wie sie es schaffte, dabei immer so klasse auszusehen.

Wirklich verblüffend war, dass sie trotz alledem keinen Tag älter als dreißig aussah.

Und das Allerverblüffendste: Sie war auch keinen Tag älter als dreißig! Das stand jedenfalls unter dem Bild, das sie beim täglichen Bahnenschwimmen im hauseigenen Swimmingpool zeigte. Wirklich klasse.

Die Berichte über die anderen ausgewählten lebenden Klassefrauen übersprang ich ungeduldig, um mich im anschließenden Test direkt mit ihnen zu messen.

Aber gerade, als ich mit der ersten Testfrage beginnen wollte, klingelte es Sturm an der Wohnungstür. Es war Rebecca.

»Was meinst du, was passiert ist?«, rief sie.

»Mama und Papa sind mit einem Flugzeug abgestürzt und haben das Haus dem Club Med überschrieben«, riet ich.

»Falsch.«

»Ist es besser oder schlimmer?«

»Besser.«

»Dann hat Kaspar den ersten Preis bei ›Mein Cello und ich‹ gewonnen und dir eine schneeweiße Jacht mit deinem Namen gekauft«, schlug ich neidisch vor.

»Besser«, sagte Rebecca ohne zu zögern.

»Die Kiebig hat das Zeitliche gesegnet und uns die Millionen in ihrer Matratze hinterlassen, allerdings unter der Voraussetzung, dass wir den königlichen Brathund hegen und pflegen bis ans Ende seiner Hundstage?«, mutmaßte ich.

Rebecca überlegte einen Augenblick. »Ungefähr genauso gut«, sagte sie dann. »Ich bin schwanger.«

Ich war platt.

»Wie konnte das passieren?«, fragte ich intelligenterweise.

»Manche Verhütungsmethoden scheinen geradezu Garanten für eine prompte Empfängnis zu sein«, antwortete Rebecca und lächelte versonnen vor sich hin.

»Welche?«, fragte ich erschrocken, aber Rebecca hörte mir gar nicht zu.

»Ich hab überhaupt nichts dagegen, ein Kind zu bekommen, das merke ich von Minute zu Minute deutlicher«, sagte sie und streichelte über ihren Bauch.

Ich hielt ihr Herrn Römers Pralinen hin und ging ein Weilchen in mich. Eigentlich hatte ich auch nichts dagegen, wenn sie ein Kind bekam. Es würde allemal besser sein, als den Brathund zu hegen und zu pflegen bis ans Ende seiner Hundstage. Das sagte ich auch zu Rebecca.

»Dann geh ich jetzt und sag es Kaspar«, meinte sie, nahm sich zwei Pralinen aus der Schachtel und ging schwingenden Schritts davon.

Ich ging schwingenden Schritts in die Blaubartkammer, wo alle meine Marionetten beisammen lagen und knochig und nackt aussahen. Auch wenn sie nicht aus meinem Bauch gekommen waren, so waren es doch irgendwie meine Kinder.

Die freien Stunden der letzten Tage hatte ich damit verbracht, den modelliermassenfarbenen Köpfen mit Plakatfarbe Charakter zu verleihen. Dadurch waren sie noch schöner und perfekter geworden. Neunzehn entzückende, bunte Köpfe, einer gelungener als der andere. Noch getrennt von ihren Körpern lagen dort die Häupter von Rapunzel, Hotzenplotz, Merlin und Baba Jaga, Zwerg Sommerloch, Burghart Drachentöter und Bruno Brandstifter, dem Drachen. Außer denen hatte ich einen Schweinehirten modelliert, der wieder Holgers Gesichtszüge trug, eine dicke rosafarbene Sau dazu, einen mageren Musiker mit eingefallenen Wangen und schmalen Händen, einen Sultan aus dem Morgenland, eine kleine Seejungfrau und einen stattlichen Meerkönig, den gestiefelten Kater, einen Mond, einen

Werwolf und eine Wahrsagerin, eine Giraffe, eine chinesische Tempeltänzerin und den Froschkönig. Außer Mo hatte sie noch niemand zu Gesicht bekommen.

»Es wird Zeit, dass ihr Kleider bekommt, meine Süßen«, sagte ich mit mütterlicher Stimme, baute die Nähmaschine auf und begann auf der Stelle mit der Kostümschneiderei. Darüber vergaß ich den Klassefrauentest auf meinem Küchentisch für Stunden.

Am späten Nachmittag kam Bille vorbei und brachte eine Flasche Wein mit. Wir aßen Tomaten mit Mozzarella dazu auf meinem Balkon.

»Wie geht es denn so mit Ich-versteh-auch-was-davon voran?«, fragte ich neugierig.

»Gut«, antwortete Bille, ganz gegen ihre Gewohnheit, knapp.

»Und wie ist er denn so im Bett?«, fragte ich ärgerlich. Was nur eine rhetorische Frage sein konnte, denn selbstverständlich verstand Burghart auch hier was davon.

Aber Bille antwortete: »Ich weiß es nicht.«

»Sag bloß, ihr habt noch nicht ...?«, fragte ich erstaunt.

»Bis jetzt noch nicht«, gab Bille zu. »Er sagt, seit die Sache mit Sunny in die Brüche gegangen ist, fällt es ihm sehr schwer, sich wieder ganz und gar einer Frau hinzugeben.«

»Haha«, höhnte ich.

»Also, ich kann ihn gut verstehen«, meinte Bille ernsthaft und nahm sich ein zweites Glas Wein. »Ich denke, Burghart und ich werden einfach noch eine Zeit brauchen, bis wir uns ganz und gar aufeinander einlassen können.«

Ich kratzte mich ratlos am Kopf.

»Irgendwie ist der Wein nicht ganz geheuer«, fand Bille.

Sie hatte recht. Bereits nach dem ersten Glas fühlte ich mich so betrunken, wie schon lange nicht mehr. Bille sah auch ganz verschwommen drein.

»Findest du nicht, dass einem der Wein eigenartig zu Kopf steigt?«, fragte sie.

Wir überprüften misstrauisch den Alkoholgehalt auf dem Flaschenetikett. Es war keiner angegeben.

»Du weißt, was das heißt«, sagte Bille und prostete mir zu.

Ich prostete zurück und kam noch mal auf Burghart zu sprechen.

»Hast du die wunderbaren Skulpturen gesehen, die Burghart modelliert hat, um Sunny zu vergessen?«, fragte ich höhnisch.

»Mir ist ein vielseitiger, sportlicher Mann mit musischen Interessen lieber als einer, der Picasso für ein Parfüm hält«, entgegnete Bille gereizt, womit sie auf Holger anspielte.

»Besser, einer hält Picasso für ein Parfüm als sich selber für Picasso«, widersprach ich. »Ach, was sag ich! Für Picasso, Mark Knopfler, Boucuse, Pavarotti, Patrick Swayze und Carl Lewis in einer Person!«

»Lass uns nicht streiten«, wiegelte Bille diplomatisch ab. »Ich mag eben deine Männer nicht, und du magst meine nicht.«

»Dann eben Prost«, sagte ich achselzuckend.

Ihr war wirklich nicht zu helfen.

Nach dem zweiten Gläschen waren wir besoffen genug, um uns ausgiebig mit dem Klassefrauentest aus der Zeitschrift zu beschäftigen.

»Klasse kann man nicht kaufen!«, behauptete die Überschrift fett.

Bille und ich nickten zustimmend. Das war genau, was wir auch immer sagten. Umso mehr erschreckte uns gleich der erste Testabschnitt, in dem gefragt wurde, welche der zehn aufgelisteten Modeklassiker wir zu unserem Besitz zählen durften. Man bekam je einen Punkt für Hermes-Tücher, Chanel-Jäckchen und der/die/das Kelly-Bag.

Wir waren irritiert. Der ganze Kram war nicht nur mehr oder weniger scheußlich, sondern unbezahlbar. Von wegen, Klasse ist nicht käuflich, haha.

»Was sind Gucci-Loafers?«, wollte Bille wissen.

Wusste ich auch nicht.

»Null Punkte für uns«, sagte ich ärgerlich, »oder hast du vielleicht eine antike Armbanduhr?«

»Na, hör mal, erst möchte ich wissen, worum es sich bei Gucci-Loafers handelt«, murrte Bille, »womöglich hab ich die Dinger ja im Schrank und weiß es gar nicht.«

»Wahrscheinlich bekommt man was abgezogen, wenn man das nicht weiß«, vermutete ich, aber das war bei uns ja glücklicherweise nicht möglich.

Etwas verunsichert wandten wir uns der Frage über unseren Bildungsstand zu, bei der man gleich haufenweise Punkte abstauben konnte, je einen pro akademischen Grad und Doktortitel.

Wieder nichts für uns.

Auf diese Weise kam im Verlauf des Tests eine nur eher klägliche Punktezahl zu unseren Gunsten zusammen, und ich musste überdies mit Schrecken feststellen, dass Bille offenbar mehr Klasse besaß als ich.

Glücklicherweise erinnerte ich mich, welches die beiden deutschsprachigen Schriftsteller waren, die vor kurzer Zeit das Zeitliche gesegnet hatten, aber das war Bille als cleverer Buchhändlerin selbstverständlich ebenfalls bekannt. Sie sagte, in ihrem Job müsse man sogar schon immer im Voraus wissen, wer demnächst sterben wird, damit man dessen Biographien gleich am nächsten Tag im Schaufenster ausstellen könne.

Zu meinem Ärger wusste sie außerdem, dass die Buchstaben DAX für Deutscher Aktien Index standen, und sie behauptete steif und fest, öfter als einmal im Quartal mehrgängige Abendessen für mehr als zwölf Personen zu geben. Zwei Punkte für sie, keiner für mich.

Bei der Frage, wie viel Trinkgeld wir einem Taxifahrer in New York zu geben pflegten, bestand sie auf einem Punkt, weil sie erraten hatte, wie die Klassefrau den Taxifahrer dort gewöhnlicherweise entlohnt. Ich war zwar gegen den Punkt, weil die Frage schließlich voraussetzte, dass Bille gewohnheitsmäßig in New York und hier insbesondere mit dem Taxi verkehrte, dabei war sie noch nicht mal in die Nähe des amerikanischen Kontinentes gekommen. Aber ich ließ ihr ihren Willen, weil meine Vorstellung von Klasse Großzügigkeit auch gegenüber rechthaberischen Hochstaplerinnen einschloss.

Außerdem versprach ich mir eine Vielzahl Punkte bei der anschließenden Frage, die sich mit dem Inhalt unserer Handtaschen befasste, denn niemand trug darin so viel spazieren wie ich. Wider jede Logik bekam Bille aber auch hier einen Punkt, und bloß dafür, dass sie einen Lippenstift in ihrer Tasche vergessen hatte, während ich wieder leer ausging.

Unverständlicherweise wurde nämlich kein einziger

Punkt für geklaute Operngläser, Hunde-und-Menschen-Abwehrsprays oder Springmesser vergeben. Eine wirkliche Klassefrau hingegen hätte hier gleich acht Punkte auf einmal eingeheimst, denn sie trägt, wie wir jetzt wussten, immer ein frisches Paar Seidenstrümpfe, Puderdose, Lippenstift, Visitenkarten, Nagelfeile und Füllfederhalter mit sich.

Tja, es sah nicht gut aus.

Tatsache war, dass ich am Ende sieben und Bille zwölf von siebzig möglichen Punkten ergattert hatte. Wir wurden dadurch beide in der Kategorie »Bei Ihnen ist Hopfen und Malz verloren« eingestuft.

Bille immerhin konnte sich durch das simple Auffüllen ihrer Handtasche in die nächsthöhere Kategorie hochmogeln, die mit »Sie müssen noch viel lernen« überschrieben war.

Darüber freute sie sich maßlos. Sie errechnete, dass sie, sollte sie zukünftig täglich die *Financial Times lesen*, die ordinäre Handtasche gegen der/die/das Kelly-Bag tauschen und Seidenstrümpfe in allen Lebenslagen tragen, nahe an »Zuviel Perfektion kann auch langweilig sein« heranreichen würde.

»Ach ja, ach ja«, sagte sie und gähnte, »bei Ihnen ist Hopfen und Malz verloren, junge Frau, und das tut mir leid für Sie.«

Ich gähnte auch.

»Das macht der Wein«, meinte Bille. »Bist du auch so müde?«

Ich war außerdem stockbesoffen. Wir schleppten uns vom Balkon und ließen uns aufs Bett plumpsen.

»Hier liege ich und werde nie mehr aufstehen«, verkündete Bille, warf ihre Schuhe und die restlichen Klamotten auf den Boden und kuschelte sich unter die Decke.

In meinem Kopf drehte sich alles. Eigentlich vertrug ich mehr Wein als zweieinhalb Gläschen.

»Meinst du, da war Frostschutzmittel drin?«, fragte ich Bille.

»Das war sicher Frostschutzmittel, jedenfalls nichts für Klassefrauen wie mich«, meinte Bille. »Mach das Licht aus.«

»Das geht nicht, das kommt von draußen«, musste ich feststellen und drängelte mich zu Bille unter meine Decke.

»Das kann nicht sein«, widersprach Bille, »oder meinst du, es ist schon Samstag früh? Ich war jedenfalls nie im Leben müder.«

Ich schaute nach meinem Wecker. Er zeigte 19.45 Uhr an.

»Rate, wie spät es ist, du besoffenes Klasseweib«, sagte ich zu Bille.

»Mitternacht, mindestens«, murmelte Bille, »gute Nacht, Sieben-Punkte-Frau. Und zieh mir nicht andauernd die Decke weg.«

»Gleich morgen werde ich einen richtigen Klassefrauentest entwickeln«, kündigte ich an und drehte mich auf die Seite, »einen, der wirkliche Klasse erfasst.«

Billes selbstgefälliges Kichern begleitete mich in den Schlaf. Der Wein hatte es wirklich in sich gehabt. Was genau, würden wir wohl nie erfahren.

Samstag

Am Wochenende regnete es. Das war mir gerade recht, weil ich vorhatte, mich das ganze Wochenende der Kostümschneiderei zu widmen.

Die Näherei stellte sich als der bisher aufwendigste Arbeitsschritt heraus. Allein für Hotzenplotzens Räuberzivil benötigte ich den ganzen Vormittag. Ursprünglich hatte ich Rebecca um Stoffreste bitten wollen, aber sie hatte augenblicklich ihre schwarze Phase, und mit ihren Stoffen hätte ich nur Witwen und Waisen einkleiden können. Deshalb war mir die Idee gekommen, die Stoffe aus den Koffern und Kisten mit alten Kleidern und Schuhen zu rekrutieren, die auf unserem Dachboden lagerten. Hier fand sich ein wahrer Kostümfundus, zumindest für meine Puppen, die ja doch erheblich kleiner waren, als die Menschen, die mal in den Klamotten gesteckt hatten. Die Masse der Lurexabendkleider, Kostüme, Unterröcke, Schlaghosen, Fellmäntel, Oberhemden, Krawatten und Herrenanzüge war geradezu überwältigend. Mein Hotzenplotz bekam ein Wams aus einem Tweedrock meiner Mutter, darunter eine geflickte Weste mit richtigen kleinen Knebelknöpfen und eine Hose aus echtem Beamtenstoff. Die Kleidungsstücke waren so genäht, dass man sie dem Räuber an- und ausziehen konnte, wie einer normalen Puppe. Es war gar nicht einfach, den knochigen, in der Körpermitte nur aus einem Seil bestehenden Marionettenrohling so zu polstern, dass er wie ein stämmiger Räuber aussah, aber auch das gelang mir nach einiger Tüftelei mit Schafwolle und ausgedienten Schulterpolstern aus Schaumgummi.

Gegen Mittag machte ich mich auf dem Speicher auf die Suche nach einem geeigneten Stoff für einen Räuberhut. Ich fand dabei neben Rebeccas altem Kindergartentäschchen, dessen roter Filz sich wunderbar für einen Hut eignete, eine kackbraune Lacklederhose, in der sich irgendjemand aus unserer Familie mal furchtbar blamiert haben musste. Daraus bastelte ich mit einiger Mühe Stulpenstiefel für Hotzenplotz. Die Haarfarbe war ebenfalls ein Problem, das zu lösen mich einiges an Nachdenken kostete. Schließlich pappte ich dem guten Hotzenplotz Stücke des leicht verfilzten Inlays einer alten Trappermütze meines Vaters auf den Kopf und als struppigen Bart ans Kinn. Ich war von dem Ergebnis begeistert.

Die Stunden vergingen auf diese Weise wie im Flug. Als ich schließlich zufällig auf die Uhr sah, war es vier Uhr nachmittags. Ich registrierte, dass ich völlig vergessen hatte, zu trinken und zu essen und aufs Klo zu gehen, und beschloss deswegen, mir eine Pause zu verordnen. Während ich eine Banane zu mir nahm, überlegte ich bereits, wie ich den Schweinehirten einkleiden sollte. Da klingelte es an der Tür.

Leicht verärgert ging ich zur Sprechanlage.

»Wer da?«

»Ich bin es, Kai-Uwe. Stör ich?«

Eigentlich ja.

»Nein«, seufzte ich und drückte auf den Türöffner. Seit dem Essen mit Schwester und Schwager neulich verspürte ich nicht mehr die geringste Lust, meine Zeit mit Kai-Uwe zu verplempern, auch wenn er mit mir in einen Bungalow mit Kanarienvogel ziehen wollte. Ich beschloss, ihm eben dies vorsichtig beizubringen, wo er nun schon mal da war.

Kai-Uwe trug sein Exhibitionistenmäntelchen und einen Regenschirm und sah sehr jung und verletzlich aus. Ich würde behutsam mit ihm sein müssen.

Während er den Schirm sorgfältig zum Trocknen aufgespannt auf den Fußboden stellte, sagte er: »Ich hätte vorher anrufen sollen, entschuldige bitte.«

»Das macht nichts. Ich freue mich, dass du gekommen bist«, log ich.

Kai-Uwe hängte sein Exhibitionistenmäntelchen an die Garderobe und nahm mich dann zur Begrüßung in die Arme. Ich ließ es über mich ergehen.

»Ich kann es einfach nicht!«, rief er dann aus und ließ mich abrupt los.

Ich sah ihn verblüfft an. Ich hatte doch noch gar nichts gesagt.

Kai-Uwe nahm mein Gesicht in beide Hände, sah mir bekümmert in die Augen und seufzte: »Wenn du mir jetzt sagst, ich sei ein Schwein, dann könnte ich es verstehen.«

Ich sah noch verblüffter drein.

»Ich kann es einfach nicht vor dir verheimlichen«, flüsterte Kai-Uwe. »Ich kann nicht einfach da weitermachen, wo wir aufgehört haben, ohne ehrlich zu dir zu sein! Und wenn du mich für ein Schwein hältst, ich könnte dich verstehen.« Er ließ mein Gesicht los und lehnte sich völlig fertig an die Wand. »Sag ruhig, dass ich ein Schwein bin«, forderte er mich auf.

»Ich würde es ja gern sagen«, tastete ich mich vorwärts, »wenn du mir sagst, weswegen.«

Kai-Uwe barg sein Gesicht in den Händen.

»Also gut«, hauchte er.

Ich wartete gespannt. Kai-Uwe holte eine ganze Weile tief Luft. »Du bist nicht die einzige Frau, mit der ich mich treffe«, sagte er schließlich. »Jetzt ist es heraus.«

»O«, machte ich perplex.

»Ich bin ein Schwein, sag es ruhig«, Kai-Uwe begann im Flur auf und ab zu gehen. »So mit deinen Gefühlen zu spielen. Mit deinen und denen von Camelia.«

Ich konnte gerade noch ein erschrockenes Auflachen unterdrücken. Was für ein Name, Camelia, wie die Damenbinde! Kai-Uwe sah in mein krampfhaft verzogenes Gesicht und begann zu meinem großen Schrecken zu weinen.

»Es tut mir so leid«, schluchzte er, »so leid, wirklich. Aber ich liebe euch nun mal alle beide.«

Ich strich hilflos über sein Haar. »Und diese Ca-hm-hm-melia, die liebt dich?«, fragte ich sanft.

»Ja, natürlich«, schluchzte Kai-Uwe und legte den Kopf an meine Schulter. »Aber ich liebe dich eben genauso wie sie!«

»Kann es denn nicht sein, dass du die Ca-hm-hm-hm-melia ein kleines bisschen mehr liebst?«, fragte ich hoffnungsvoll.

»Nein«, schniefte Kai-Uwe. »Das ist es ja gerade. Ich bin ein Schwein, weil ich mich einfach nicht entscheiden kann.«

Nun, wenn das so war, dem musste abgeholfen werden. Ich beschloss, meine Taktik zu ändern und stieß Kai-Uwe von mir.

»Ich glaube nicht«, sagte ich mit gebrochener Stimme, »dass ich damit leben kann, dass du noch eine andere Frau liebst.«

Kai-Uwe lehnte sich erschüttert an die Tür. »Ich kann verstehen, dass du so reagierst«, murmelte er traurig. »Ich bin ein Schwein und habe es nicht anders verdient!«

Es klappte besser, als ich zu hoffen gewagt hatte.

»Es wäre besser, wenn wir uns die nächste Zeit nicht treffen würden«, flüsterte ich. »Es tut einfach zu weh.«

Kai-Uwe nickte. »Ich verstehe«, murmelte er und bückte sich nach seinem Schirm. »Und wann, meinst du, kann ich dich wiedersehen?«

Die nächsten fünfzig Jahre jedenfalls nicht, Söhnchen, dachte ich, seufzte aber mit kummervoller Stimme: »Ich ruf dich an, wenn ich die Sache überstanden habe.«

Kai-Uwe knotete seinen Mantel zu und öffnete die Tür.

»Ich bin ein Schwein«, sagte er zum Abschied und ging gramgebeugt die Treppe hinab. »Leb wohl, Judith!«

»Leb wohl!« Ermattet schloss ich die Tür.

So kann es gehen im Leben.

Das Erlebnis hatte mich so durcheinandergebracht, dass ich erst mal nicht weiter nähen konnte. Ich ging zu Rebecca hinunter. Sie war allein.

»Gerade hat Kai-Uwe mit mir Schluss gemacht«, sagte ich zu ihr.

»Ach«, machte Rebecca, »ich wusste gar nicht, dass ihr was miteinander hattet!«

»Das wusste ich bis eben auch nicht«, gab ich zu und fing an zu kichern. »Seine Neue heißt Camelia.«

Plötzlich fand ich das Ganze ungeheuer komisch. Ich konnte gar nicht mehr aufhören zu lachen. Rebecca lachte auch.

»Dann bist du ja jetzt wieder frei«, sagte sie schließlich. »Ich habe eben mit drei weiteren Interessenten für die Kiebig-Wohnung gesprochen. Die klangen alle recht vielversprechend.«

Ich erinnerte mich mit Grausen an die letzte Staffel Besucher und winkte dankend ab.

»Ich wäre eigentlich für eine ältere Dame mit Hund«, sagte ich, »da weiß man wenigstens, was man hat.«

»Du solltest nicht so schnell aufgeben«, riet mir Rebecca.

Ich ließ in Gedanken die letzten Monate Revue passieren und kam zu dem ernüchternden Schluss, dass hundert Prozent aller Männer, mit denen ich mich in dieser Zeit getroffen hatte, Psychopathen waren.

»Vielleicht liegt es ja an mir«, sagte ich zu Rebecca.

»Möglicherweise«, stimmte Rebecca zu.

Ich schwieg eine Weile nachdenklich.

»Für die nächste Zeit hab ich die Nase voll von Männern«, sagte ich dann. »Ich will nichts tun, außer an meinen Marionetten basteln und meine Ruhe haben.«

Kaum hatte ich diese Ungeheuerlichkeit ausgesprochen, spürte ich zu meinem eigenen Erstaunen, dass jedes einzelne Wort davon wahr war.

Rebecca widersprach nicht. »Vielleicht ist das nicht das Schlechteste«, meinte sie sogar. »Ich hab dir immer schon gesagt, dass du auf den Richtigen warten sollst.«

Ja, hatte sie es denn immer noch nicht kapiert?

»Aber wenn ich's dir doch sage«, rief ich ungeduldig und wandte mich zum Gehen, »den Richtigen gibt es nicht.«

Und wieder mal Montag

In dieser Woche trat ich meine neue Stellung in einer Fabrik für Einwegschutzkleidung an.

Meine Aufgabe war es, das Sekretariat von vier freundlichen Herren Vertriebsbeauftragten zu bewachen, die aussahen wie Vierlinge, mit Anzug und Krawatte, Mitte Vierzig und schnurrbärtig. Sie hatten zu allem Überfluss mehr oder weniger gleiche Namen, gleich zwei von ihnen hießen Müller, der dritte Müllenmeister und der vierte Mühlensiepen.

Ich war nur in der Lage, sie zu unterscheiden, wenn ich mitkriegte, aus welcher der vier Bürotüren sie kamen, und nannte sie in Gedanken der Einfachheit halber Nummer eins, zwei, drei und vier.

Wie es der Zufall wollte, war hier – zu meiner großen Erleichterung – exakt das gleiche Computerprogramm installiert wie bei der Erwachsenenbildungsgesellschaft vorher. Ich begrüßte den Computer wie einen alten Freund, an dessen Macken und Tücken man sich längst gewöhnt hat.

Es gab allerdings recht wenig zu tun für uns. Von meiner Vorgängerin schienen Nummer eins, zwei, drei und vier einen etwas seltsamen Arbeitsrhythmus gewöhnt zu sein.

»Meinen Sie, Sie können mir freundlicherweise noch vor Feierabend diesen Brief schreiben?«, fragte mich Nummer drei.

»Vor Feierabend?«, wiederholte ich misstrauisch.

Es war elf Uhr vormittags. Machte der sich über mich lustig? Nummer drei beeilte sich, beschwichtigend hinzuzusetzen: »Selbstverständlich nur, wenn ich

Ihnen verspreche, Ihnen die anderen Herren solange vom Leib zu halten, damit Sie in Ruhe arbeiten können.«

Ich schaute ihm verwirrt nach. Der Brief hatte zwei Zeilen. Als ich ihn fünf Minuten später zur Unterschrift brachte, wusste sich Nummer drei vor Freude kaum zu fassen.

Ich schrieb an diesem Tag für jeden der vier Herren einen Brief, und alle vier versprachen, mich nicht an jedem Tag mit so viel Arbeit zu überhäufen. Das Telefon klingelte lediglich am Vormittag zweimal, den Rest des Tages hüllte es sich in verdächtiges Schweigen. Das Geschäft mit der Einwegschutzkleidung schien nicht gerade blendend zu florieren.

Ich wusch alle Schränke und Regale feucht aus, sortierte Briefumschläge und Versandtaschen der Größe nach und spitzte alle verfügbaren Bleistifte. Sogar einige verbogene Büroklammern brachte ich wieder in Form.

Dann begann ich, mich fürchterlich nach Herrn Römer und meiner alten Arbeit zu sehnen. Was würde wohl die findige Marode-Rodersberg dort gerade mit dem Ablagesystem anstellen?

Ich überlegte, ob man es merken würde, wenn ich ab morgen meine Nähmaschine hier installierte, um auch tagsüber an meinen Puppenkostümen zu arbeiten. Zumindest aber beschloss ich, mir Arbeit und was zu Lesen mitzubringen, um nicht an Langeweile zugrunde zu gehen.

Als ich am Nachmittag nach Hause kam, hatte ein Kleinlaster vor der Tür geparkt, und Mo und sein Freund Steffen waren dabei, schwere Säcke ins Haus zu wuchten und im Flur zu einer sperrigen Barriere zu stapeln.

»Seid ihr nicht ganz bei Trost?«, fragte ich. »Oder ist Hochwasser angesagt?«

»Das ist Quarzsand, beste Sorte«, erklärte Mo. »Steffen kennt jemanden vom Bau, der ist da günstig drangekommen.«

»Bist du nicht gescheit?«

»Du bist nicht gescheit, Schwesterchen«, sagte Mo. »Der Sand ist für die Modenschau.«

»Der Sand wird geil aussehen, wenn sich das Licht darin bricht, in Millionen und Abermillionen von winzigen Quarzsplittern«, erklärte Steffen und setzte sich neben mich. »Und es wird sich geil unter den Füßen anfühlen.«

Die hatten tatsächlich vor, den Sand auf dem Fußboden zu verteilen und den Laden in eine Düne zu verwandeln. Zusammen mit dem sandfarbenen Nessel würde es sich vielleicht wirklich nicht übel machen. Ich musste wider Willen anerkennend nicken.

»Wessen Idee war das?«, fragte ich neidisch.

»Meine, natürlich«, sagte Mo. »Und es ist nicht meine letzte. Ich habe im Moment eine ausgesprochen kreative Phase, von der meine Schwestern nur profitieren können. Wenn wir hier fertig sind, komme ich zu dir und kümmere mich um deine Belange.«

Um meine Belange! Den hatte wohl der Größenwahn gepackt. Kopfschüttelnd stieg ich die Treppe hoch.

Mo kam fünf Minuten später nach. Mit einer großartigen Geste warf er einen Jutesack vor mich auf den Küchentisch und fragte geschäftsmäßig! »Na, wie weit bist du mit meinem Räuber?«

Ich holte den Hotzenplotz von nebenan und hielt ihn Mo vor die Nase. Er hatte schon seinen struppigen Bart und seine verlausten Haare, und selbst körper- und hutlos sah er schon ziemlich perfekt aus. Mo war begeistert.

»Seine Kleider und sein Körper liegen nebenan«, sagte ich.

»Kann ich die sehen?«, fragte Mo und schüttete den Inhalt der Jutetasche auf den Tisch.

Es handelte sich um Fadenkreuze, ganz sicher mehr als zwanzig.

»Das sind ja Hunderte«, sagte ich.

»Ich habe verschiedene Modelle gefertigt«, erklärte Mo mir mit fachmännischer Miene. »Über die Fädenmaterialien müssen wir noch reden.«

»Aha«, sagte ich überrumpelt.

»Ich habe zuerst diese Nylonschnur ausprobiert, dann verschiedene Zwirnsorten«, sagte er und hielt mir ein paar Schnüre unter die Nase.

»Aha«, sagte ich.

»Meiner Meinung nach nehmen wir am besten dieses relativ dicke Häkelgarn. Es hängt sich am wenigsten aus.«

»Aha.«

»Ich finde es auch optisch schöner, wenn die Fäden so richtig deutlich sichtbar sind«, sagte Mo und legte sechs Rollen schwarzes Häkelgarn auf den Tisch.

»Aha.«

»Das muss schon sehr professionell sein, wenn man einen guten Preis für die Puppen erzielen will«, behauptete Mo.

»Aha«, wiederholte ich, »aber ich will sie überhaupt nicht verkaufen.«

»Warum machst du dir dann die ganze Mühe?«

»Weil ich sie behalten will«, erklärte ich und holte die bekleideten Körper von Hotzenplotz und Zwerg Sommerloch von nebenan.

Mos Begeisterung äußerte sich in wilden Schreien.

»Wahnsinn!«, rief er immer wieder. »Das übertrifft meine kühnsten Erwartungen. Wie hast du denn den Hut bloß hingekriegt?«

Seine Begeisterung übertraf auch meine kühnsten Erwartungen. Obwohl sie, recht besehen, durchaus angemessen war. Schließlich war ich nicht weniger begeistert.

»Ich kann verstehen, dass du sie behalten willst«, sagte Mo.

Ich nickte zufrieden. Aber während wir gemeinsam Hotzenplotzens Kopf an seinen Körper hängten und die Fäden befestigten, fing Mo wieder an: »Du wirst sehen, wir verdienen ein Vermögen damit.«

Der merkwürdige Ausdruck in seinem Gesicht konnte einem angst machen.

»Ich will meine Puppen nicht verkaufen«, wiederholte ich eigensinnig.

»Du kannst dir ja Duplikate anfertigen oder die allerschönsten für dich behalten, wenn du möchtest, aber du wärst schön dämlich, wenn du kein Geld damit verdienen wolltest«, sagte Mo.

»Aha«, bemerkte ich. »Und wie soll ich das anstellen?«

»Darüber habe ich mir auch schon Gedanken gemacht«, teilte Mo mit.

»Aha.«

»Wenn du die Puppen als Spielzeug oder Dekorationsobjekte verkaufst, in Spielwarengeschäften oder auf Kunsthandwerkermärkten, wirst du keine guten Preise erzielen können.«

»Aha«, sagte ich, »soll ich sie dann vielleicht in Salzsäure tunken und als Antiquitäten ausgeben?«

»Nein, du Dumme«, sagte Mo. »Deine Puppen sind Kunstwerke! Und als solche musst du sie auch verkaufen.«

Ich schluckte. Meine Puppen waren wirklich wunderschön. Witzige, detailgetreue, naive, bunte Märchenfiguren, in denen – weiß Gott – ein Haufen Arbeit steckte.

»Findest du tatsächlich, dass das Kunst ist?«, fragte ich hoffnungsvoll.

»Ich doch nicht«, verwahrte sich Mo. »Aber das ist alles eine Frage des Managements.«

»Aha«, sagte ich zum wiederholten Mal.

»Lass mich mal machen.«

Hotzenplotz war fertig aufgehängt. Ich zupfte seine Räuberkluft zurecht und ließ ihn an den Fäden neben mir hergehen. Er sah toll aus.

»Gib her«, befahl Mo und nahm ihn mir aus der Hand. »Der gehört jetzt mir. Dafür werde ich dein Manager und spreche mit den Galeristen.«

»Bei der Gelegenheit könntest du gleich versuchen, etwas von deinem Eisenschrott loszuwerden«, schlug ich vor und lachte.

»Ich bezweifle, dass die breite Masse schon bereit für wahre Kunst ist«, sagte Mo.

Mit seiner Hilfe befestigte ich den Schweinehirten,

die rosafarbene Muttersau und Zwerg Sommerloch an den Fadenkreuzen. Sie sahen unbeschreiblich gut aus. Ich hängte sie an meine Garderobe und umkreiste sie entzückt. Mo tat das Gleiche.

»Man wird sie uns aus den Händen reißen«, sagte er zufrieden. Ich hoffte inbrünstig, er möge recht haben.

Später am Abend sollte eine Probe für Rebeccas Modenschau stattfinden. Als ich gerade runtergehen wollte, rief Bille an.

»Stell dir vor!«, rief sie begeistert.

»Ich gebe mir Mühe«, sagte ich genervt. In letzter Zeit hatte ich sehr wenig Geduld mit ihr.

»Stell dir vor, ich fahre morgen an die Ostsee zum Segeln!«, rief sie.

»Wie schön.«

»Und rate mal, mit wem?«

Ich seufzte. »Mit Würghart, nehme ich an.«

»Genau!«

»Wie schön.«

»Ach, Judith, nun gönn ihn mir doch«, rief Bille. »Stell dir vor, ich und er in einem Zelt, auf einem Boot! Ist das nicht irre toll?«

»Ja, irre.«

Alle Welt schien verrückt geworden zu sein.

Das eine der Kleider, das ich vorführen sollte, hieß »Winternachtstraum«, und so sah es auch aus. Es war aus nachtblauem, feinem Samt und sparsam mit winzigen, glitzernden Strasssteinchen bestickt. Das langärmelige Oberteil war enganliegend und tief ausgeschnitten, der Rock war vorne kürzer als hinten und schwang wie eine umgekehrte Tulpe um meine Beine.

Ich hatte das Kleid schon ein paarmal in den verschiedenen Fertigungsstadien anprobiert, aber als ich es jetzt an mir im Spiegel sah, war ich schlicht überwältigt.

Rebecca schloss das letzte der vielen winzigen Samtknöpfchen am Rücken und betrachtete mich zufrieden.

»Jetzt die Schuhe«, sagte sie und hielt mir mittelalterlich anmutende Schnürstiefel mit Absätzen so hoch wie der Eiffelturm hin.

Marianne und Eva, die die anderen Kleider vorführen sollten, mussten sich mit Hilfe von Paula, unserer Tante, und Rebeccas Freundin Ingrid an- und ausziehen. Sie sollten auch nicht, wie ich, nur zwei Kleider vorführen, sondern Rebeccas gesamte Kollektion, und die bestand in diesem Jahr aus fünfundsechzig Teilen, Kostüme, Blusen, Hosen, Kleider und Mäntel. Dazu mussten sie sich blitzschnell umziehen können. Marianne war uns anderen da haushoch überlegen. Sie hatte eine Menge Geld für eine Modelausbildung in einem dieser zwielichtigen Institute investiert, die einen in der Wochenendausgabe der Tageszeitung immer mit so verlockenden Sprüchen wie: »Bei uns ist nicht Perfektion, sondern Ausstrahlung gefragt« eine Karriere wie Claudia Schiffer versprechen. Dort hatte sie gelernt, auf Modenschauen aufzutreten, wie man sich auf dem Laufsteg bewegt, sodass sie sich jetzt ihr Studium damit finanzierte. Ich persönlich fand Marianne nicht so hübsch wie Claudia Schiffer, aber ich musste doch zugeben, dass sie ebenso professionell Kleider vorführen konnte wie das Mädchen in der Reklame, die am Ende ihre Achselhöhlen in die Kamera hält und sagt: »Bei mir wirkt acht mal vier!« Rebeccas Freundin Ingrid besorgte Make-up und Frisur. Sie steckte mir die Haare so auf, dass es lässig und elegant zugleich aussah, und sie brauchte dafür weniger als zehn Minuten. Als sie mit mir fertig war, fand ich mich atemberaubend schön. Ich fragte Ingrid, ob sie nicht jeden Tag kommen wollte. Da richtete Mo einen Scheinwerfer auf mich und sagte: »Ich glaube nicht, dass du es gern hättest, wenn dich jemand bei Tageslicht in diesem Zustand sehen würde.«

Als wir einen ersten Probegang über den von Steffen und Mo zusammengezimmerten Laufsteg taten, blieben meine Eiffelturmabsätze zwischen den Latten stecken, erst der eine, dann der andere.

»Das ist ein wirklich toller Laufsteg«, höhnte ich. »Ich wette, das Publikum wird seine helle Freude daran haben, wenn die Models ständig feststecken wie Zahnstocher in Käsewürfeln.«

Ich versuchte vergebens, mich zu befreien.

»Mach nichts kaputt!«, rief Mo aufgebracht und untersuchte seine Konstruktion mit bangen Blicken. Tatsächlich musste er zugeben, dass die Lagerhauspaletten nicht für eine Beschreitung durch Schuhe mit Absatz geeignet waren. Er und Steffen versprachen Rebecca, diesen kleinen Makel bis zur Modenschau zu beheben. So lange mussten wir unseren Auftritt eben barfuß zu Ende führen, was mir nur recht war.

Wir übten ein paarmal zu Musik von Pink Floyd, den Weather Girls und Supertramp. Dabei versuchte ich, mein Becken ähnlich eigenartig vorwärts zu schaukeln, wie Marianne es tat. Es war eine verdammt knifflige Angelegenheit, aber ich probierte es verbissen, bis Rebecca schließlich sagte, ich würde so gehen, als hätte ich immer noch die Eiffeltürme unter den Füßen.

»Das Wichtigste bei einer Modenschau ist, den Blickkontakt zum Publikum herzustellen«, verriet uns Marianne. »In der Modewelt werden die Models in zwei Typen eingeteilt. Die einen sind die eher sanften, weniger temperamentvollen, die anderen die wilderen, ungezähmten Typen.«

Eva und ich wollten natürlich wissen, welchem Typ wir zuzuordnen waren.

Eva war eine Schulfreundin von Rebecca und mit jener natürlichen Schönheit und Anmut ausgestattet, die man mit neidloser Bewunderung anerkennen musste. Sie sah aus wie Grace Kelly, bevor sie Prinz Albert geheiratet hat, nur noch ein bisschen schöner. Außerdem war sie auch noch nett.

»Blond und blauäugig«, stellte Marianne fest und warf ihr dunkles Haar in den Nacken. »Ihr seid beide der leicht unterkühlte, aber sanfte Typ. Ich bin dagegen der temperamentvolle, rassige Typ.«

Es war klar, dass es eigentlich besser war, zum letztgenannten Typus zu gehören, aber da konnte man nun mal nichts machen. Marianne erklärte uns dann, dass wir, als Vertreter des sanften Typus, das Publikum strahlend anlächeln sollten, und zwar so, dass man sowohl die obere als auch die untere Zahnreihe sehen könne.

»Um Gottes willen«, rief Mo, als ich ihn bei der nächsten Runde mit einem strahlenden Lächeln bedachte. »Hör auf, die Zähne zu fletschen. Da läuft es einem ja kalt den Rücken runter!«

Ich hielt irritiert inne. Mir war auch nicht wirklich wohl bei diesem Lächeln. Vielleicht war ich ja doch eher der wilde, ungezähmte Typ? Ich fragte Marianne, wie sie denn den Kontakt zum Publikum aufnähme.

»Ich habe den Tigerblick einstudiert«, vertraute uns Marianne an. »Dabei lässt man die Lippen leicht geöffnet und die Augen wütend blitzen.«

Das klang irgendwie gut. Wir baten Marianne, uns den Tigerblick einmal vorzuführen. Sie drehte sich bereitwillig einmal um ihre eigene Achse und guckte dabei auffallend muffig in die Runde.

»Die Augen müssen richtige Blitze aussenden«, erklärte sie und guckte noch muffeliger.

Ich beschloss, es doch lieber mit Lächeln zu versuchen. Modelling war eine ausgesprochen komplizierte Angelegenheit.

Gegen Mitternacht verabschiedeten sich die anderen, nur Paula, Rebecca und ich blieben, um Einzelheiten wegen des Büfetts zu besprechen. In Anbetracht der Tatsache, dass Rebecca unbedingt Kosten einsparen musste, plädierte ich für Stangenbrot und Kräuterbutter, aber Paula sagte, der Erfolg der Show hänge im Wesentlichen von der Versorgung der Gäste ab. Sie hielt uns eine Liste unter die Nase mit all den Dingen, die ihrer Meinung nach auf keinen Fall fehlen durften.

»Wer soll das bezahlen? Wer hat so viel Geld?«, sang ich, als ich mich durch die Artischockenherzen und geräucherten Forellenfilets gelesen hatte.

»Ich möchte mich nicht aufdrängen«, bemerkte Paula, »aber wenn ich die Sache manage, dann möchte ich sie auch bezahlen.«

Wir waren eine Weile sprachlos.

»Ich möchte es wirklich gern tun«, versicherte Paula glaubhaft.

»Ich weiß nicht«, murmelte Rebecca, aber ich stieß sie heftig in die Rippen.

»Nehmen kann eine größere Kunst sein als Geben«, zischte ich, und da erklärte sich Rebecca bereit, Paulas Angebot anzunehmen.

Paula freute sich darüber und beugte sich eifrig vor, um uns ihre Ideen zu unterbreiten. Einen Großteil der Sachen sollte ein Partyservice anliefern, der auch für Gläser, Geschirr und Besteck sorgen würde. Den anderen Teil, vor allem die Desserts, würden wir selber zubereiten.

»Noch wichtiger als das Essen ist die Dekoration desselben«, behauptete Paula.

Das Büfett sollte an der Stirnseite des Ladens auf großen Tischlerplatten und stabilen Tischböcken untergebracht werden, die wir unter Unmengen von gerafftem Nessel verstecken würden.

»Den Blumenschmuck können wir von Simones Hochzeitsfeier am Vortag übernehmen«, schlug Paula vor. »Es sind cremefarbene Rosen, die wunderbar mit dem Nessel harmonieren werden, wenn man das alberne Schleierkraut und die weißen Schleifen daraus entfernt hat. Und mein Silber wird herrlich dazu aussehen!«

Wir ließen uns von ihrer Begeisterung anstecken und unserer Phantasie freien Lauf. Es wurde beinahe zwei Uhr morgens, als ich endlich im Bett lag.

Das Telefon schreckte mich aus einem schönen Traum.

»Was denn?«, murmelte ich ungehalten in den Hörer.

»Ich bin's«, sagte eine bekannte männliche Stimme. Ich wusste nicht, wem sie gehörte. Also schwieg ich abwartend.

»Hab ich dich geweckt?«

»Ja.« Wer, zum Teufel, war das?

»Ich musste einfach deine Stimme hören«, sagte der Anrufer sehnsüchtig. Die Stimme kannte ich jetzt, nur was sie sagte, war ungewöhnlich.

»Holger?«, fragte ich ungläubig.

»Ja?« Er war es wirklich.

»Was willst du?«

»Hab ich doch gesagt. Ich wollte deine Stimme hören.«

»Stimmt was nicht mit dir?«, fragte ich.

»Doch, alles bestens.«

»Warum rufst du dann an?«

»Nur so.« Er schwieg lange. Ich sah auf die Uhr. Es war viertel nach drei.

»Holger?«

»Ja?«

»Wenn du weiter nichts zu sagen hast, können wir dann das Gespräch beenden?«

»Nein.«

Ich seufzte. Holger schwieg noch ein Weilchen. Dann fragte wer: »Hast du immer noch diese komische lange zweite Zehe?«

»Bist du betrunken?«

»Ich mochte diese Zehe immer ganz besonders gern«, seufzte Holger wehmütig.

»Jeder Mensch hat irgendwas Schönes an sich«, sagte ich und gähnte. »Du weißt es nicht, aber du klebst schon lange an der Hauswand gegenüber. Leb wohl, Holger.«

»Warte«, rief Holger.

»Was denn noch?«

»Denkst du manchmal noch an mich?«

Ich seufzte. »Ja, manchmal.«

»Was ist mit anderen Männern?« Ja, was war mit denen?

»Hast du schon jemanden getroffen, der besser im Bett ist als ich?«, wollte er wissen.

»Keine Ahnung«, gab ich zu. »Eher nicht.«

»Judith?«

»Hm?«

»Vermisst du mich nicht manchmal auch?«

Ich schwieg eine Weile. Holger seufzte.

»Ja oder nein?«

»Schlaf schön«, sagte ich und legte auf. Die Sache mit Holger war wirklich überstanden. Ich verspürte noch nicht mal Hunger auf Eis oder Chips.

Sonntag

Viel zu früh am Morgen klingelte das Telefon mich wieder aus dem Schlaf.

»Wer denn schon wieder?«, brummte ich unfreundlich.

»Der Bruno ist ja so gemein!«

»Susanna?«

»Ich würd ihn am liebsten verlassen.«

»Susanna, bist du das?« Sie war's.

»Stell dir nur mal vor, du willst ein gemütliches Bad nehmen, streckst dich im duftenden Schaum aus, bei Kerzenlicht und schöner Musik. Und dann kommt so ein Ferkel rein, setzt sich vor dich auf die Klobrille und macht einen stinkenden Haufen. Das geht doch nicht, oder? Wo wir noch zwei andere Toiletten im Haus haben!«

»Ach, Susanna.«

»Ich weiß echt nicht, ob ich das noch lange aushalte«, schnaubte Susanna in den Hörer. »Könnte ich nicht zu dir kommen?«

»Klar, kannst du«, sagte ich hoffnungsvoll. Vielleicht war es doch noch nicht zu spät.

»Vielleicht komm ich ja«, sagte Susanna. »Es ist wirklich unerträglich, manchmal. Auch wegen der Socken.«

»Socken?«

»Ja, der Bruno tut sie immer einzeln in die Wäsche, stell dir das mal vor.«

»?«

»Dabei hab ich ihm extra so Sockenklammern gekauft. Aber meinst du, der würde sie benutzen?«

»Wo ist Bruno jetzt?«, fragte ich ablenkend.

»Ich glaub, der ist zu seinen Eltern gefahren. Kann ich zu dir kommen?«

»Klar, kannst du, Susanna. Jederzeit. Pack deine Sachen und lass den Stinker mit seinen aufgespießten Käfertieren sitzen.«

»Vielleicht mach ich das auch.«

»Was heißt vielleicht?«

»Wenn er mich noch mal ärgert, mach ich's.«

»Ach, Susanna, worauf wartest du noch?«

»Das verstehst du nicht.«

»Nein.«

»Du kannst es auch nicht verstehen. Du hattest noch nie einen Mann wie Bruno.«

»Gott behüte«, verwahrte ich mich empört.

»Er hat ja auch seine Vorteile«, sagte Susanna. »Aber

wenn er mich noch mal ärgert, komm ich wirklich zu dir. Da wird er sich noch umgucken.«

»Welche Vorteile?«, fragte ich.

»Ich glaub, da kommt sein Auto. Ich muss jetzt Schluss machen. Tschüß, Judith, mach's gut.«

»Ach, Susanna.«

Als ich eine Viertelstunde später unter der Dusche stand, klingelte es an der Tür.

»Ist auf«, schrie ich.

Seit die Kiebig ausgezogen war, ließen wir die Schlüssel unbesorgt außen stecken. Jemand kam herein und ließ etwas Schweres auf das Parkett plumpsen. Ich wickelte mich in ein Badehandtuch und öffnete die Badezimmertür. Auf einer großen Reisetasche mitten im Flur saß Katja und sah sehr verloren drein.

»Hey, was ist passiert?«, fragte ich erschrocken.

»Ich hab's getan«, sagte Katja.

»Du hast Jens zum Teufel geschickt?«

Katja nickte kläglich. »Kann ich bei dir bleiben?«, fragte sie und fing an zu weinen.

Ich ließ mich neben ihr auf den Fußboden fallen und nahm sie in die Arme.

»Ist das nicht schrecklich?«, schniefte sie. »Warum kann ich mich nicht gut fühlen?«

»Das kommt noch«, sagte ich tröstend. »Ganz bestimmt.«

Katja hörte auf zu weinen. »Weißt du, was ich mir wünsche?«, fragte sie mich.

»Eis«, sagte ich verständnisvoll. »Oder lieber Chips?«

Katja schüttelte den Kopf. »Ich wünschte, Jens wäre tot«, murmelte sie und setzte nachdenklich hinzu: »Obwohl das noch zu gut für ihn wäre.«

Sie erhob sich von ihrer Reisetasche und begann, ruhelos durch meine Wohnung zu schreiten.

»Wir könnten ihm auflauern, wenn er morgens das Haus verlässt, und ihn einfach überfahren«, schlug sie vor. »In der Zeitung habe ich gelesen, dass das eine Frau mit ihrem Mann gemacht hat. Sie ist dreimal über ihn drübergefahren. Und weißt du was? Sie wurde freigesprochen.«

Katja drehte eine Runde um den Esstisch. »Obwohl, tot sein ist noch viel zu gut für ihn«, sagte sie noch einmal.

»Das finde ich auch«, sagte ich leicht besorgt und folgte ihr vom Wohnzimmer wieder in den Flur. »Die schlimmste Strafe für ihn wäre deine völlige Nichtachtung.«

Katja blieb stehen und lächelte mich an. »Du glaubst, ich würde durchdrehen«, meinte sie freundlich. »Keine Angst. Ich werde Jens nicht überfahren oder mit dem elektrischen Fleischmesser anfallen.«

Ich entspannte mich etwas.

»Obwohl – das Fleischmesser ...«, murmelte sie versonnen. »Meinst du, man kann damit auch durch Knochen schneiden?«

Eigentlich wusste ich genau, wie ihr zumute war.

»Ich wusste immer, dass er mich betrügt«, sagte sie und nahm ihre Wanderung wieder auf. »Ich wusste es nur nicht definitiv.« Sie sah mich beinahe flehend an. »Das ist ein Unterschied, weißt du?«

Ich nickte und ließ Katja eine Weile allein in der Wohnung auf und ab gehen.

»Wusstest du, dass achtzig Prozent aller Frauen eher wollten, dass ihr Partner mit einer anderen schläft, aber dabei an sie denkt, als dass er ihr treu ist, aber beim Geschlechtsverkehr an eine andere denkt?«, fragte sie. Das überraschte mich nicht.

»Bei den Männern ist es genau umgekehrt«, fuhr Katja fort. »Achtzig Prozent wollen lieber eine treue Frau, die beim Sex ruhig an einen anderen denken kann.«

Sie schwenkte in meinen Werkraum ein. »Mir wäre es am liebsten, mein Partner würde nur mit mir schlafen und dabei nur an mich denken«, sagte sie. »Ist das zu viel verlangt?«

Ich wusste es auch nicht. Vermutlich ja.

»Ich hab so lange mit Jens zusammengelebt, dass ich zum Schluss wirklich geglaubt habe, eine eifersüchtige Hysterikerin zu sein«, murmelte sie. »Am Ende habe ich mich noch nicht mal getraut zu fragen, wie er seinen Tag verbracht hat. Er hat dann die Augen verdreht und gefragt: Soll das jetzt ein Verhör werden?«

»Das hat Holger auch immer gesagt!«, rief ich aus. »Genau das.«

Katja umrundete meinen Werktisch und erzählte, wie sie eine Postkarte aus dem Briefkasten gezogen hatte, auf die jemand ein Liebesgedicht geschrieben hatte.

»Auf der Vorderseite war ein niedliches Hündchen abgebildet«, erinnerte sie sich. »Ich hab Jens die Postkarte hingehalten und gefragt, wer diese Kirsten sei und warum sie ihm ein Liebesgedicht schriebe. Jens hat mit den Schultern gezuckt und gesagt, das wisse er auch nicht. Soll das jetzt ein Verhör werden, hat er gefragt, eine von deinen krankhaften Eifersuchtsszenen?« Sie holte tief Luft. »Ob du es glaubst oder nicht, wir haben nie wieder über Kirsten gesprochen.«

Ich verstand genau, was sie meinte. Man glaubt am Ende selber, eine Xanthippe zu sein.

»Was sind das eigentlich für Puppen?«, fragte Katja plötzlich und beugte sich über Baba Jaga und Konsorten. »Die sind ja irre!«

Ich freute mich, dass sie ihr gefielen. »Ich wollte ihnen heute Kleider und Perücken verpassen«, erklärte ich ihr. »Mo möchte sie verkaufen.«

»Dafür sind die viel zu schade«, meinte Katja und nahm den Musikanten in die Hand, der noch völlig nackt war. »Was ist das für einer?«, fragte sie. »Ein Versicherungsvertreter?«

»Das soll ein Musiker werden«, sagte ich. »Ein Geiger. Er bekommt einen Frack.«

Katja wollte wissen, woraus ich das Instrument herstellen wollte. Ich wusste es nicht.

»Man könnte ja nur einen Geigenkasten basteln«, schlug Katja vor. »Aus Pappe oder Styropor.«

Ich fand die Idee gut. Gemeinsam suchten wir nach der Styroporverpackung meines Radiorecorders. Katja schnitt daraus mit einem Küchenmesser eine Form. Ich schaute begeistert zu.

»Mach du weiter mit den Klamotten«, sagte sie eifrig. »Ich kümmere mich um die Requisiten.«

Wir ließen uns am Werktisch nieder und arbeiteten eine Weile schweigend vor uns hin.

»Wo waren wir stehengeblieben?«, fragte Katja schließlich.

»Bei Kirsten«, erinnerte ich sie.

»Ach ja«, sagte Katja. »Über die haben wir, wie gesagt, nie wieder ein Wort verloren. Aber heute habe ich Sabine kennen gelernt.«

»Wer ist das?«, fragte ich und klebte dem Musiker einen eleganten schwarzen Schnurrbart an.

»Sie lag in meinem Bett«, sagte Katja.

»Nein!«, schrie ich empört. »Das gibt's doch nur im Film.«

»Ich war übers Wochenende bei meinen Eltern und wollte eigentlich erst heute Abend wiederkommen.« Katjas Stimme war völlig emotionslos. »Aber dann habe ich doch den Nachtzug zurückgenommen und stand um halb acht in unserem Schlafzimmer. Und da lag sie. Neben Jens, in meinem Bett. Ich weiß nicht, ob ich etwas gesagt habe oder bloß laut geatmet. Auf jeden Fall haben beide zur gleichen Zeit die Augen geöffnet.«

»Meine Güte!« schnaubte ich atemlos.

»Weißt du, was Jens gesagt hat?«

Ich konnte es mir denken. *Es ist nicht das, wonach es aussieht*, oder so was in der Art.

»Er hat gesagt: Du kommst aber früh.« Katja langte nach der schwarzen Plakatfarbe. »Und ob ich schon mal Frühstück machen könnte.«

So viel Unverfrorenheit hatte selbst ich Jens nicht zugetraut.

»Mag sie ihr Ei lieber hart oder weichgekocht, habe ich gefragt, und er hat gesagt, sie heißt Sabine, und du kannst sie ruhig selber fragen.« Katja klatschte eine Menge schwarze Farbe auf den Geigenkasten. »Ich hab sie gefragt, ob sie wüsste, in wessen Bett sie geschlafen habe. Wir haben gestern Abend zusammen gelernt, hat er gesagt, und da ist es ein bisschen spät geworden. Komm also bloß nicht auf die Idee, eine deiner Eifersuchtsszenen abzuziehen. Und das Mädel ist ganz genervt aufgestanden und ins Bad gegangen. Sie war völlig nackt.«

»Wir fahren sofort hin und füllen Entlaubungsmittel in seine Shampooflasche«, brüllte ich empört.

Katja grinste kläglich. »Sie hatte einen Hängebusen«, sagte sie, »obwohl sie höchstens zwanzig war.«

»Das freut mich«, sagte ich ehrlich.

»Mich auch«, sagte Katja, und wir arbeiteten ein Weilchen schweigend weiter.

Der Geigenkasten wurde phänomenal gut. Katja schnitt aus einer leeren Konservenbüchse mit einer Blechschere kleine Stückchen, aus denen sie täuschend echte Beschläge bastelte, und nachdem sie das Styropor zweimal mit Glanzlack überpinselt hatte, sah es tatsächlich aus wie ein richtiger Miniaturgeigenkasten. Aus der Konservenbüchse schnitt Katja dann eine entzückende, kleine Krone für den Meerkönig. Ich nähte an des Musikers Frack und berichtete von Kai-Uwes Abschied aus meinem Leben und Holgers Anruf in der Nacht.

»Jetzt mal ganz ehrlich«, sagte Katja schließlich. »Männer sind doch alle irgendwie gestört, oder?« Ich musste ihr beipflichten.

Katja half mir, dem Musiker den Frack überzuziehen. Er stand ihm ausgezeichnet. Ich machte mich an die Garderobe der feinen Dame. Katja wühlte in meiner Stoffkiste herum. Sie hielt ein Stück weißes Kaninchenfellimitat hoch, mit dem ein Muff von meiner Schwester gefüttert gewesen war.

»Das würde einen feinen Fuchskragen für die Wahrsagerin abgeben«, sagte sie. »Die Frage ist nur, wo ich jetzt wohnen soll.«

»Du kannst die Kiebig-Wohnung mieten«, rief ich begeistert aus. »Damit schlagen wir alle Fliegen mit einer Klappe. Du wohnst in der Nähe, du musst Jens nie wiedersehen, und wir sind den Ärger mit der Nachmietersuche los.«

»Ich denke, das wäre nicht die schlechteste Idee«, meinte Katja trübsinnig. »Es ist ja so schwierig, eine Wohnung zu finden.«

Sie nähte dem Kaninchenfellimitat zwei kleine Perlknöpfe als Augen auf und formte eine spitze Schnauze. »Obwohl die Wohnung ja genaugenommen mir gehört«, sagte sie dann. »Ich habe den Mietvertrag unterschrieben.«

Das Kaninchenfellimitat sah einem dekadenten Polarfuchskragen zum Verwechseln ähnlich und ergänzte die Garderobe der Wahrsagerin perfekt. Katja machte sich daran, der Baba Jaga einen stilechten Ofen mit Hühnerfüßen zu basteln, und ich nähte eine verfilzte Perücke für die Hexe.

Die Zeit verging dabei wie nichts. Das Telefon klingelte ein paarmal, aber wir hatten keine Lust, gestört zu werden. Deshalb zog ich den Stecker aus der Wand. Als es am frühen Abend an der Wohnungstür schellte, schreckten wir beide zusammen.

»Wenn das Jens ist«, meinte Katja, »hast du meine Erlaubnis, ihn die Treppe runterzuschmeißen.«

»Nichts lieber als das«, rief ich und rannte mit großen Schritten an die Tür. Davor stand ein Mädchen in einem Popelinmantel.

Da ich mich darauf gefreut hatte, Jens die Treppe runterzuschmeißen, zog ich ein enttäuschtes Gesicht.

»Tut mir leid, wenn Sie jemand anderen erwartet

haben«, sagte das Mädchen schnippisch, »aber auf den können Sie lange warten.«

»Wie bitte?«, fragte ich verwirrt.

»Stattdessen bin ich hier«, fuhr das Mädchen fort. »Camelia Wagner. Ich nehme nicht an, dass Sie mir die Hand geben möchten.«

Ich brauchte eine ganze Weile, bis der Groschen fiel. Die Gestalt im Popelinmantel war Kai-Uwes Damenbinde, der ich es zu verdanken hatte, ihn losgeworden zu sein. Was, in aller Welt, suchte die bei mir vor der Tür?

»Wollen Sie mich nicht hereinbitten?«, fragte sie dreist.

Ich fand meine Sprache wieder. »Nein«, sagte ich knapp. So weit ging meine Dankbarkeit denn doch nicht.

Camelia zuckte mit den Schultern. »Kai-Uwe hat mir schon gesagt, dass Sie ein sehr schwieriger Charakter sind«, sagte sie, »aber ich bin auch nur gekommen, um Ihnen meine Meinung zu sagen. Ihr Verhalten Kai-Uwe gegenüber finde ich unmöglich.«

Katja trat hinter mich. »Wer ist denn das?«, fragte sie.

»Das ist Camelia«, sagte ich und unterdrückte ein Kichern. »Sie ist gekommen, um mir die Meinung zu sagen.«

»Ihre Meinung worüber?«, fragte Katja und runzelte unwillig die Stirn.

»Über ihr Verhalten«, ließ Camelia wissen und deutete mit dem ausgestreckten Finger auf mich. »Sie hat Kai-Uwe so lange zugesetzt, dass er sich jetzt wie ein Schwein vorkommt. Er ist seit Tagen kaum ansprechbar.«

»Das verstehe ich aber nicht. Er kann doch froh sein, dass er dich hat«, meinte ich ehrlich erstaunt und musterte ihren Popelinmantel, »ihr scheint doch wunderbar zueinander zu passen.«

»Wir wären auch sehr glücklich miteinander, wenn Sie Kai-Uwe endlich in Ruhe lassen würden!« klagte Camelia und fügte mit vorwurfsvoller Miene hinzu: »Ich verachte Frauen, die nicht loslassen können! Sie sollten sich schämen, einem Mann so hinterherzulaufen.«

»Das glaubst du doch wohl selber nicht!«, rief ich aus. Ich wusste nicht, ob ich das komisch oder ärgerlich finden sollte.

Camelia fing an, lästig zu werden. Katja fand das auch. Sie schubste mich zornig auf die Seite.

»Hör mal, Serena«, zischte sie, »wir alle haben Probleme mit Männern, wenn wir uns mit ihnen abgeben. Du warst so dämlich, was mit einem neurotischen Muttersöhnchen anzufangen, das schon meiner Freundin hier den letzten Nerv geraubt hat, und wenn der jetzt in deinem Wohnzimmer sitzt und grunzt oder sich den Rücken an der Tischkante schabt, dann ist dafür niemand verantwortlich außer er selbst und vielleicht noch seine Mama.«

Ich stellte mir Kai-Uwe vor, wie er sich an der Tischkante schabte, und kicherte leise.

»So abgebrüht muss man erst mal sein«, rief Camelia angewidert. »Ich bin gekommen, weil ...«

»Mensch, Mädchen, das eben war ein Rausschmiss!«, rief Katja. »Kauf dir von mir aus einen rosa Pullover und lass dir ein Ringelschwänzchen wachsen, aber verschon uns mit deinem Gesülze.«

Sie schmiss die Tür mit Schwung ins Schloss.

»Ist doch wahr!«, sagte sie und grinste mich an. »Lass uns weiter arbeiten.«

Langer Donnerstag

Als wir vier Tage später in der Morgendämmerung endlich die letzte Puppe, den Märchenprinzen, mit einer weißen Mozartperücke aus Mamas altem Mohairpulli, Spitzenkragen und -manschetten und einem himmelblauen Samtanzug – aus einer todschicken Schlaghose aus den Siebzigern, die Rebecca gehört hatte – an die Garderobe gehängt hatten, behauptete Katja, sie hätte Jens bereits so gut wie vergessen, und wir hätten beide einen Friseurbesuch nötig.

Ich war seit fünf Jahren nicht mehr bei einem Friseur gewesen. Damals war ich mit hüftlangen Locken zum Spitzenschneiden gegangen und mit schulterlangen Strähnen wieder herausgekommen. Ich hatte mich bis heute nicht davon erholt.

Andererseits war es Zeit, mein Äußeres an die drastischen Veränderungen in meinem Inneren anzupassen.

Also war ich einverstanden.

»Aber erst mal schlafen wir uns aus«, sagte ich. »Du hast seit drei Tagen kein Auge zugemacht.«

»Ich kann erst wieder schlafen, wenn ich einige Dinge erledigt habe«, erklärte Katja.

Der Friseurbesuch gehörte offenbar dazu. Ich machte seufzend eine Kanne pechschwarzen Kaffee und blätterte in einer Zeitschrift mit einem Frisurensonderteil.

»Vierzig Frisuren ohne Risiko«, da musste doch was für mich dabei sein. Und richtig, Nummer neunundzwanzig war ein harmloser Pagenkopf in halber Halslänge, der mir gefiel. Katja lachte und nannte mich einen Feigling, aber mir erschien der Pagenkopf Veränderung genug.

Um acht machten wir uns in Katjas Auto durch den morgendlichen Berufsverkehr auf den Weg zu ihrem Stammfriseur.

Wir waren die ersten Kunden an diesem Tag.

»Wer möchte beim Maestro und wer bei Wanda?«, fragte uns die dauergewellte, gefährlich blondierte Empfangsdame.

Hier machte ich den zweiten Fehler des Tages – der erste war, dass ich überhaupt mitgekommen war –, indem ich Katja die Entscheidung überließ. So trat Wanda mit der Wunderschere in mein Leben. Sie war über einen Meter achtzig groß, trug dunkellila Lippenstift und Nagellack und hatte einen giftgrünen Mob auf dem Kopf.

Während Katja vom Maestro, einem feingliedrigen, soliden Mittvierziger, persönlich mit Komplimenten zu ihrem Platz geleitet wurde, schubste Wanda mich grob auf den Stuhl daneben.

»Haste 'ne bestimmte Vorstellung?«, fragte sie und blies eine himbeerrote Kaugummiblase aus ihrem Mund.

Ich zeigte ihr die risikolose Frisur aus der Zeitschrift. Wanda warf einen gleichgültigen Blick darauf und fuhr mit den lila Nägeln in meinem Haar herum.

»Der Schnitt bei den Haaren? Ich weiß nicht.«

»Ich aber«, sagte ich energisch. »Das geht ganz einfach. Nur rundherum zwanzig Zentimeter abschneiden, fertig.« Wenn ich's mir recht überlegte, konnte ich es gleich selber tun. Aber Wanda zuckte mit den Achseln und knallte mir ein fahrbares Waschbecken in den Nacken.

»Ganz wie du willst«, sagte sie lässig.

Während Wanda meine Haare wusch, sah ich hinüber zu Katja. Der Maestro hatte das Haarewaschen einer niederen Bediensteten überlassen und kam erst wieder, als das Haar bereits ausgekämmt war. Katja lächelte mir im Spiegel zu.

»Bleib cool«, sagte sie.

Und das mir! Hatte ich auch nur das Gesicht verzogen, während Wanda mein Haar beim Durchkämmen auf ungefähr die Hälfte reduziert hatte? Oder einen lauten Schrei ausgestoßen, als ich entdeckt hatte, dass der grüne Mob auf Wandas Kopf aus ihrem Haupthaar bestand? Nein, ich war völlig cool geblieben.

Um Katja zu beweisen, wie cool ich war, nahm ich ein Hochglanzmagazin von der Konsole und vertiefte mich in die neue Wintermode. Wie schön, dass Schokoladenbraun wieder modern war. Es kleidete mich ganz ausgezeichnet.

»Ich werd die Konturen unten 'n bisschen fransiger schneiden, damit's voller aussieht, okay?«, kündigte Wanda mit der Wunderschere an.

»Hauptsache, es sieht so aus wie auf dem Foto«, sagte ich cool.

Links und rechts fielen lange Strähnen wahrlich prachtvollen Blondhaares auf die Fliesen. Ich versuchte, ihnen keine Beachtung zu schenken und cool weiterzulesen. Trotzdem beschleunigte sich mein Puls kontinuierlich mit dem Schnipp-Schnipp von Wandas

Wunderschere. Die schokoladenbraunen Wintermäntel verschwammen vor meinen Augen.

Aber erst ein erstickter Ausruf von Katja ließ mich aufschauen. Aus dem Spiegel sah mir eine nasse, strohfarbene Version von Wandas giftgrünem Mob entgegen, darunter ein kalkweißes Greisengesicht.

»Das nenne ich Mut zur Veränderung«, murmelte Katja, meinen Blick meidend.

Ich versuchte etwas zu antworten, aber es kam kein Ton aus meinem Mund.

Wanda mit der Wunderschere machte sich ungerührt daran, die verbliebenen, heilen Haarpartien zu zerstören. Ich sah hilfesuchend zu Katja hinüber, an deren gelungenem Bob der Maestro gerade den letzten Feinschnitt vornahm. Sie schluckte schuldbewusst.

»Das ist aber völlig anders als auf dem Foto«, sagte sie lahm zu Wanda und deutete auf mein Haar.

»Ich hasse Leute, die glauben, sie sähen wie ein Fotomodell aus, nur weil sie dieselbe Frisur haben«, antwortete Wanda und blies eine himbeerrote Kaugummiblase.

»Ja, aber das ist nicht mal annähernd die gleiche Frisur«, meinte Katja, nahm die Zeitung mit der risikolosen Frisur aus meinen schlaffen Händen und hielt sie dem Maestro unter die Nase. »Oder was meinen Sie?«

»Nicht annähernd«, gab der Maestro unumwunden zu. »Wanda hat einen völlig anderen Schnitt kreiert. Wir halten unser Team dazu an, spontan und intuitiv eine Frisur zu finden, die die verborgene Persönlichkeit des Kunden ans Tageslicht bringt.«

»Verborgene Persönlichkeit«, wiederholte Katja.

Im Spiegel sah ich ganz genau, wie ihre Mundwinkel

zu zucken begannen. Aber als sich unsere Blicke trafen, senkte sie schnell den Kopf. Ich senkte meinen auch wieder. Ich war eine geschlagene Frau.

Wanda mit der Wunderschere hatte ihr Vernichtungswerk vollendet und begann mit dem Styling, als sich die Tür öffnete und ein nett aussehender, junger Mann den Laden betrat. Er wurde aufgefordert, Platz zu nehmen, bis jemand Zeit hatte, sich an ihm zu vergreifen.

»Ich bin hier gleich fertig«, sagte Wanda mit der Wunderschere zu ihm und hielt mir den Fön an den Scheitel.

»In Ordnung«, gab der junge Mann zurück und setzte sich auf den Stuhl neben mir. Er hatte eine nette Stimme. Wirklich nett.

Wanda knetete eine halbe Dose Schaum in meine Zotteln. Ich spürte die Blicke meines Nachbarn auf meinem Kopf und wagte alarmiert einen Blick in den Spiegel. Sollte die Verheerung noch eine Steigerung finden? Sie sollte. Der Fön, der Schaum und Wandas geschickte Hände hatten den nassen Mob zu einem gigantischen Haarberg aufgetürmt, der an seiner höchsten Stelle mindestens fünfzehn Zentimeter von der Kopfhaut abstand. Ich öffnete meinen Mund ungefähr genauso weit.

»Das ist ja irre«, sagte der junge Mann beeindruckt. »Dass so was überhaupt möglich ist!«

Ich wusste nicht, ob er damit die Maulsperre oder meinen die Gesetze der Schwerkraft außer Acht setzenden Haarberg meinte. Wanda jedenfalls nahm es als Kompliment für ihre Frisierkünste.

»Die hätten Sie mal vorher sehen sollen«, sagte sie geringschätzig.

Ich zuckte zusammen. Der junge Mann musterte mich eingehend.

»Ja, man kann kaum glauben, dass das derselbe Mensch ist«, sagte Katja von der Seite und lachte schallend, was ich ihr bis heute nicht verziehen habe.

»Noch etwas Make-up, und sie sieht beinahe hübsch aus«, erfrechte sich Wanda mit der Wunderschere zu sagen und lief zum klingelnden Telefon. Ich sagte immer noch nichts. Der junge Mann beugte sich näher zu mir hinüber.

»Und ich hab immer geglaubt, einen schönen Menschen kann nichts entstellen«, meinte er grinsend und hob eine meiner Haarsträhnen vom Boden auf.

Ich sah unter meinem Zottelberg zu ihm und stellte fest, dass er fast so blaue Augen wie Burghart hatte, und wunderschöne braune Locken kringelten sich um seine Stirn und seine Ohren. Zu anderen Zeiten und unter anderen Umständen hätte ich ihn sicher angelächelt. So aber blickte ich ihn nur stumm und verzweifelt an. Möglich, dass sich eine Träne aus meinem Augenwinkel gelöst hat und langsam die Wange hinabrollte. Jedenfalls erhob sich der Mann plötzlich, als Wanda mit einer Flasche Haarspray vom Telefon zurückkam.

»Ich komme ein anderes Mal wieder«, sagte er zu ihr, lächelte mir zu und verschwand.

Ich seufzte. Wenigstens seine Locken hatte ich gerettet. Und meine Haarsträhne musste er ebenfalls mitgenommen haben.

»Man kann die Menschen zu ihrem Glück nicht zwingen«, meinte Wanda und benutzte das Spray, um den Haarberg für immer auf meinem Kopf festzubetonieren.

Abschließend zeigte sie mir mit einem Handspiegel, wie ich von hinten und von der Seite aussah. Ich hatte es mir genauso vorgestellt. Trotzdem wurden mir die Knie ganz weich. Nur mühsam erhob ich mich von meinem Stuhl und stand apathisch daneben, während Katja anstandslos die Bezahlung mit ihrer Eurocard übernahm.

»Du solltest es nicht so schwernehmen«, sagte sie. »Es hätte auch noch schlimmer kommen können. Immerhin ist dein Haar nicht grün.«

Ich bedachte sie mit anklagenden Blicken und schlurfte mit gesenktem Kopf hinter ihr her. Sicher zeigten die Leute mit Fingern auf mich.

»Und was machen wir jetzt?«, fragte Katja, als wir wieder im Auto saßen.

»Ich will nach Hause und den Kopf unter Wasser halten«, sagte ich weinerlich. »Außerdem bin ich müde.«

»Noch ist nicht alles erledigt«, sagte Katja unternehmungslustig. »Du kannst mitkommen und mir helfen, meine Wohnung zu entrümpeln.«

»Wie meinst du das?«, fragte ich und heulte mein Abbild im Beifahrerspiegel an.

»Entrümpeln, klar Schiff machen, den überflüssigen Unrat beseitigen«, erklärte Katja, »Jens rausschmeißen.«

»Bist du ganz sicher?«

»Absolut.«

Ich hörte auf zu heulen.

Jens lächelte freundlich, als er uns die Tür öffnete. Er tat so, als wäre Katja niemals weggewesen.

»Beim Friseur gewesen?«, fragte er. »Sieht wirklich klasse aus, Mäuschen.«

»Danke«, antwortete Katja und ging an ihm vorbei.

»Und dich hat wohl das blinde Lehrmädchen bedient?«, sagte Jens und lachte sich halbtot.

Ich hoffte, dass ihm das Lachen bald gründlich vergehen würde.

»Wir sind zum Entrümpeln gekommen«, erklärte ich ihm.

»Wovon sprichst du?«

»Sie meint damit, dass du eine halbe Stunde Zeit hast, deine Sachen zusammenzupacken und zu verschwinden«, antwortete Katja an meiner Stelle und warf eine geräumige Sporttasche vor Jens Füße.

Jens hatte eine lange Leitung.

»Bist du immer noch sauer, mein eifersüchtiger Hausdrachen?«, fragte er sanft und lachte amüsiert, ohne den Ernst seiner Lage zu erkennen.

Katja lachte auch. Es klang mindestens genauso amüsiert. Sie öffnete Jens Kleiderschrankhälfte und begann, seine Klamotten auf den Teppich zu schmeißen. Dabei lachte sie noch mehr.

Jens verstand immer noch nicht.

»Hör doch auf damit, Mäuschen«, sagte er in überlegenem Tonfall. »Lass uns darüber reden.«

»Noch achtundzwanzig Minuten«, lachte Katja, »du kannst von Glück sagen, dass ich dir helfe.« Jetzt wurde Jens böse.

»Hast du sie noch alle? Das ist genauso meine Wohnung wie deine!«

»Nein, das ist sie nicht«, antwortete Katja und wurde wieder ernst. »Ich hab hier schon in den glücklichen Zeiten gewohnt, in denen ich dich noch gar nicht kannte. Und mein Name steht auch immer noch im Mietvertrag.«

»Aber ich zahle seit zwei Jahren die Miete, und zwar ganz allein, weil du immer noch auf keinen grünen Zweig gekommen bist.«

»Und ich habe dafür gesorgt, dass der Kühlschrank immer voll war, habe gekocht und geputzt, deine Wäsche gewaschen und deine Hemden gebügelt«, zischte Katja. »Los jetzt, ich gebe dir genau noch siebenundzwanzig Minuten, um all deine Sachen zusammenzupacken und zu verschwinden.«

»Du bist ja hysterisch!«, schrie Jens hysterisch. »Wo soll ich denn hingehen? Das ist immer noch meine Wohnung.«

Katja öffnete die Wohnungstür und begann, Jens Sachen in den Flur hinauszuwerfen.

»Wo du hingehst, ist mir so ziemlich scheißegal«, sagte sie mit funkelnden Augen.

»Mein Gott! Du übertreibst deine Eifersucht diesmal wirklich ins Groteske«, brüllte Jens.

»Noch vierundzwanzig Minuten«, sagte Katja.

»Ich habe zwei Jahre die Miete bezahlt und dich durchgefüttert!«, rief Jens mit überschnappender Stimme. »Hör sofort auf damit. Du kannst mich nicht aus der Wohnung schmeißen.«

Katja warf drei Küchentücher in den Flur hinaus.

»Die gehören dir«, rief sie und bückte sich nach dem Hi-Fi-Turm.

Jens versuchte verzweifelt, sie daran zu hindern, die Anlage abzumontieren. »Was machst du, du bist ja völlig durchgedreht, ich rufe die Männer mit den weißen Jacken!«

Katja zog die Stecker mit einem Ruck heraus.

»Lass das, du machst alles kaputt«, schrie Jens in höchster Sorge und kniete sich neben seiner Anlage nieder.

»Noch zweiundzwanzig Minuten, beeil dich.«

Katja verschwand für einen Augenblick im Bad, um dort mit lautem Klirren Jens Kram zusammenzuräumen.

»Die gehört doch in eine geschlossene Anstalt«, sagte Jens zu mir und demontierte vorsichtig seine Boxen. »Warum hältst du sie nicht davon ab, sich dermaßen lächerlich zu machen?«

»Bei uns im Haus ist eine Wohnung frei«, bemerkte ich, »aber die bekommst du nicht.«

»O Gott, Weiber!«, rief Jens. »Warum gibt man sich überhaupt damit ab?«

Er brachte die Stereoanlage im Hausflur in Sicherheit.

»Du hast noch achtzehn Minuten!«, rief Katja aus dem Bad. Ihre Uhr schien jetzt zwei Minuten auf einmal zu nehmen.

Jens beschloss, seine Taktik zu ändern und lauerte ihr an der Badezimmertür auf, um sie in die Arme zu nehmen.

»Hey, du hast mir wirklich einen Schrecken eingejagt, Mäuschen, aber jetzt ist es genug«, sagte er mit weicher Stimme. Er sah hinreißend dabei aus. Katja fand das wohl nicht. Sie biss ihn kräftig in die Hand und ging ins Schlafzimmer.

»Au, verdammt!«, rief Jens und folgte ihr.

»Wie kannst du sechs schöne Jahre auf einmal wegschmeißen?«, fragte er mit herzerweichender Stimme.

»Ich kann noch ganz andere Dinge wegschmeißen!«, antwortete Katja.

Sie riss das Fenster auf und leerte die Schublade mit Jens Unterhosen aus dem Fenster auf den Bürgersteig.

»Die halbe Stunde ist um«, sagte sie dann einfach.

»Das ist ja gar nicht wahr!«, schrie Jens. *»Katja bitte!«*

Katja nahm den Besen, der hinter der Küchentür gestanden hatte, und schubste Jens damit bis in den Hausflur.

»Das werde ich mir nicht einfach gefallen lassen«, brüllte er aufgebracht. »Da muss es ein Gesetz dagegen geben.«

»Du kannst gern mit deinem Anwalt wiederkommen!«, konterte Katja und warf die Tür vor seiner Nase zu.

Jens Rufe verhallten im Treppenhaus.

Ich folgte Katja zutiefst beeindruckt in die Küche. Sie nahm zwei Flaschen Bier aus dem Kühlschrank und ging damit zum Fenster.

»Nein, tu's nicht«, rief ich besorgt, aber Katja lachte mich an.

»Ich dachte, das Bier trinken wir«, sagte sie und nahm den Flaschenöffner aus der Schublade. »Jens sammelt seine Unterhosen von der Straße.«

Sie hielt mir eine Flasche hin und nahm einen großen Schluck aus der anderen. Ich beobachtete durch die Jalousien, wie Jens sein Auto belud und dabei mit sich selbst sprach. Beinahe konnte er einem leidtun.

»Das war ehrlich die schönste halbe Stunde, die ich in den letzten sechs Jahren mit ihm erlebt habe«, meinte Katja zufrieden und ließ sich auf einen Stuhl fallen. »Und wie schön es hier aussieht!«

»Wie fühlst du dich jetzt?«

»Wunderbar«, seufzte Katja und schloss erschöpft die Augen. »Morgen werde ich mit dem Renovieren beginnen. Hier wird alles anders werden.«

Die Bierflasche glitt ihr unbemerkt aus der Hand.

»Erst mal wirst du drei Tage und drei Nächte schlafen«, sagte ich energisch und zog sie ins Schlafzimmer. »Du hast es verdient. Oder gibt es noch was, was du erledigen musst?«

Katja streifte schläfrig ihre Klamotten ab.

»Nein, jetzt nicht mehr. Du kannst meine Hand halten, bis ich eingeschlafen bin«, murmelte sie, bettete ihre neue Frisur aufs Kissen und schlief auf der Stelle ein.

Ich deckte sie zu und blieb bei ihr, bis sich ihre Gesichtszüge völlig entspannt hatten und ihr Atem ruhig und gleichmäßig ging. Nachdenklich strich ich ihr das Haar aus der Stirn. Jeder hatte offenbar seine eigene Methode, mit einem gebrochenen Herzen fertig zu werden, und Katjas Methode gefiel mir besser als meine eigene. Man nahm wenigstens nicht zu davon.

Bevor ich leise die Wohnungstür hinter mir ins Schloss zog, stellte ich die Klingel aus und legte den Hörer neben das Telefon, damit weder Jens noch sein Anwalt ihren Erholungsschlaf stören konnten.

Zu Hause hatte ich gerade noch Zeit, meine wunderschönen Puppen zu begrüßen und meinen Kopf unter den Wasserhahn zu halten, als das Telefon klingelte und neues Unheil über mich hereinbrach.

Es war Susanna.

»Der Bruno ist ja so gemein!«

»Ja.«

»Du hast gesagt, ich kann zu dir kommen, wenn ich's zu Hause nicht mehr aushalte.«

»Aber sicher kannst du das.«

»Diesmal komme ich wirklich!«

»Wunderbar!«

»Dann komm und hol mich«, jammerte Susanna. »Ich bin nämlich schon da.«

Triumph! Dies war kein guter Tag für die Jense und Brunos dieser Welt.

»Wo bist du?«

»Ich warte auf dem Hauptbahnhof vor einem Eiswagen auf dich«, sagte sie. »Ich habe die Tasche voller Hundertmarkscheine, die dieser gemeine Hund sich sauer verdient hat, und ich will alles ausgeben. Restlos und sofort. Komm, bevor ich alles in Eis investiert habe.«

»Ich bin gleich bei dir«, versprach ich, frottierte meine Haare und eilte zur Straßenbahn.

Susanna stand wirklich vor dem Eiswagen im Hauptbahnhof und noggerte sich einen. Erwartungsgemäß erkannte sie mich erst, als ich ihr um den Hals fiel.

»Mein Gott, wie konnte das passieren?«, rief sie und deutete auf mein Haar.

»Geistesgestörte Friseuse«, antwortete ich knapp.

Susanna ging einmal um mich herum.

»Hast du wenigstens Anzeige erstattet?«, fragte sie dann.

Ich wollte kein Wort mehr davon hören.

»Was hat Bruno dir denn getan?«, fragte ich ablenkend.

Susanna biss wütend den Eisstil durch.

»Er ist ja so gemein!«, knirschte sie und berichtete,

dass Bruno sie eine Dreckschlampe genannt habe, weil sie den Schrubber mit den Borsten nach unten an die Wand gelehnt hatte.

»Der spinnt ja wohl, sich so anzustellen«, rief ich solidarisch empört aus.

Das hatte Susanna auch gefunden und Bruno deshalb einen »Dibbelschissel« genannt.

»Richtig so«, sagte ich zustimmend. Dibbelschissel klang gut.

Aber das hatte Bruno nicht auf sich sitzenlassen. Eine richtige »Dunsel« sei Susanna, hatte er gesagt, eine echte »Plunzkuh«, eine alte »Mutzhawwe«, eine »Eidergans«, zumal sie ja selber immer meckern würde, wenn *er* den Schrubber mit den Borsten nach unten hinstelle.

»Ist das wahr?«, fragte ich, etwas irritiert, nicht zuletzt der vielen Fremdwörter wegen.

»Ei, natürlich«, rief Susanna heftig und fiel vorübergehend in den heimischen Dialekt, »wenn der Schrubbä mit den Borschte nach unne steht, dann werde die Borschte plattgedrückt und stehe gansch krumm, und es dauert net lang, dann isch der ganze Schrubbä hie.«

Ich verstand sie kaum und die Welt gar nicht mehr.

»Ja, aber . . .« begann ich hilflos.

Susanna schnaufte energisch.

»Ich hab mich ja auch bloß aufgeregt, weil dieser Klugscheißer so unfair war«, unterbrach sie mich. »Es war so verdammt ungerecht, weil er ganz genau wusste, dass ich den Schrubber nur deshalb mit den Borsten nach unten gestellt habe, weil die Borsten noch ganz nass waren und ich nicht wollte, dass die Tapete feucht wird, wo doch jedes Kind weiß, dass es sonst hässliche Flecken und Schimmel an der Wand gegeben hätte. Und die sind von der Tapete gar nicht mehr abzukriegen. Verstehst du?«

Nein, nicht wirklich. Ich brauchte auch erst mal ein Nogger und hielt der Eisfrau ein Zweimarkstück hin.

Susanna war so richtig in Fahrt gekommen.

»Aber dieser Furzdurmel hat mir überhaupt nicht zugehört, ist in sein Arbeitszimmer gegangen und hat die Tür hinter sich zugeknallt«, schrie sie, während ich hastig die Eistüte aufriss. »Und da hab ich meine Sachen gepackt, mich in sein Auto gesetzt und bin zum Bahnhof gefahren.« Sie schnaubte wieder. »Und jetzt bin ich hier.«

Ich leckte staunend an meinem Eis. So war das also gewesen.

Da sie schon mal hier war, die Tasche schwer von Brunos sauer verdientem Geld, nutzten wir den langen Donnerstag zum Shopping.

»Ich hätte große Lust, restlos alles auszugeben«, verkündete Susanna. »Über dreitausend Mark hab ich dabei. Was sagst du dazu?«

»Huihui!«

»Mit beiden Händen werde ich's zum Fenster rausschmeißen«, rief Susanna, »das wird ihn ruinieren.«

Ich sagte, dass ich ihr sehr gern behilflich sein würde, Bruno zu ruinieren. Ich stellte es mir allerdings weitaus einfacher vor, als es war.

In einer feinen Boutique probierte Susanna einen königsblauen Kaschmirpullover an.

»Er sieht wunderschön aus«, sagte ich.

»Aber er ist teuer«, wandte Susanna ein.

»Das ist er keineswegs«, widersprach ich. »Fünfzig Prozent Schurwolle, fünfzig feinstes Kashmir, gute Marke, neue Winterkollektion, tolle Verarbeitung, wunderschöne Farbe – und gerade mal hundertfünfzig Mark. Das ist sogar ein Schnäppchen.«

Doch Susanna war nicht auf diese Art von Schnäppchen aus. Sie zog mich aus dem Laden. Ich seufzte. *Ich* hätte den Pullover sofort genommen, aber das Kapital auf dieser Welt war ungerecht verteilt.

»Na, so was!«, rief Susanna und zeigte auf ein angestaubtes Ladenschild auf der gegenüberliegenden Straßenseite. »Habt ihr hier auch den billigen Jakob?«

Ich schüttelte den Kopf. Weil im Schaufenster nur Wäschekörbe aus violettem und grünem Kunststoff zu sehen waren, hatte ich den Laden noch nie betreten, und wusste auch nicht, ob der Ladenbesitzer Jakob hieß. Eigentlich sah ich auch keinen Grund, das zu ändern. Aber Susanna zog mich schon eifrig über die Straße.

»Du wolltest doch was zum Anziehen«, erinnerte ich sie.

»Der billige Jakob hat auch Kleider«, erklärte mir Susanna, »superschicke Markenklamotten ohne Etikett oder aus Kollektionen vom Vorjahr, irre günstig!«

Also gut, gucken konnte man ja mal.

Zuerst durchstreiften wir die Haushaltswarenabteilung, und dabei besserte sich Susannas Laune zusehends.

»Essigreiniger, drei Flaschen nur zwei Mark neunundneunzig, das kann ich kaum glauben«, jubelte sie und stapelte die Flaschen in unseren Einkaufswagen. »Und die Papiertaschentücher sind auch viel billiger als im Großmarkt, wo wir sonst alles kaufen.« Sie sah mich mit strahlenden Augen an. »Bist du nicht froh, dass wir hierhergegangen sind?«

»Doch«, sagte ich überwältigt. »Ich freue mich, dass es dich so glücklich macht.«

»Ich glaub echt, ich bin im Paradies«, behauptete Susanna.

Es war ihr ernst. Sie machte sich daran, Brunos sauer verdientes Geld für zehn Schachteln Sekond-Hand-Teelichter zum Preis von einer, acht Rollen supergünstigen Küchenkrepp, zwei Großpackungen Fensterleder und nicht weniger als fünf Bügelbrettschonbezüge zum Fenster rauszuschmeißen.

»Die sind immer so schnell kaputt«, erklärte Susanna, als ich fassungslos die Bügelbrettüberzüge zählte. »Und wenn man einen braucht, hat man keinen im Haus.«

»Es war nicht gerecht von Bruno, dich eine Dreckschlampe zu nennen«, meinte ich spontan.

»Das war es auch nicht«, sagte Susanna, aber die günstigen Einkäufe im Paradies der Essigreiniger und Fensterleder schienen ihren Zorn merklich gedämpft zu haben.

Wir schoben den überquellenden Einkaufswagen in die Kleiderabteilung. Vergebens hielt ich Ausschau nach den superschicken, irre günstigen Markenklamotten ohne Etikett.

Die Wühltische mit superschicken, irre günstigen Haushaltskitteln und Herrensocken waren lückenlos umlagert von sommerschlussverkaufserprobten Veteraninnen aus Nahost, aber Susanna kannte offenbar alle Listen und Tücken, die man kennen muss, um sich in Sekundenschnelle einen strategisch günstigen Platz am Wühltischrand zu erkämpfen.

Triumphierend hielt sie einen blauen Pullover hoch,

der fast genauso aussah wie der Pullover in der Boutique vorhin. Der hier war zwar nicht aus Kaschmir und Schurwolle, sondern aus Polyamid, und die Farbe war auch nicht ganz so schön. Aber dafür kostete er nur ein Viertel von dem, was der andere Pullover gekostet hatte, und es gab ihn auch noch in Grün und Gelb. Susanna jubelte ekstatisch.

»Wenn ich drei davon nehme, stehe ich mich immer noch viel günstiger, als wenn ich den einen teuren vorhin genommen hätte«, schrie sie, lud einen gelben, einen grünen und einen blauen Pullover oben auf die Essigreiniger und lächelte mich verzückt an.

»Ich bin so froh, dass ich hergekommen bin«, wiederholte sie.

Mit Freudentränen in den Augen stapelte sie ihre neuen Besitztümer an der Kasse auf das Fließband.

»Und du hast gar nichts gekauft, du Dummerle«, sagte sie mitleidig, setzte aber gleich tröstend hinzu: »Jetzt weißt du immerhin, wo du hier demnächst günstig einkaufen kannst.«

Die Kassiererin vom billigen Jakob bekam hundertsechsundfünfzig Mark und dreißig Pfennige, und Susanna fand, dass sie Bruno damit genug ruiniert hatte.

»Der würde Augen machen, wenn ich ihm erzählen würde, dass die Zweiliterflasche Essigreiniger hier nur eine Mark kostet«, meinte sie, als wir schwerstbeladen aus dem Paradies kamen. Dabei blieb ihr Blick sehnsüchtig an einer Telefonzelle hängen.

»So ruf ihn doch an, in Gottes Namen!« Dieser kleine Einkaufsbummel hatte mir klargemacht, dass die beiden füreinander geschaffen waren.

»Vielleicht tut's ihm schon leid, dass er dich eine Mutzkuh genannt hat.«

»Mutzhawwe und Plunzkuh hat er gesagt«, verbesserte mich Susanna. »Aber ich könnt's ja wirklich versuchen.«

Ich bewachte die Plastiktüten und grübelte über die Bedeutung des Wortes »Mutzhawwe« nach, während Susanna sich ungeduldig in die Telefonzelle drängte.

Nach ein paar Minuten kam sie glückstrahlend wieder raus.

»Der Bruno hat sich ganz lieb entschuldigt«, rief sie. »Er hat gesagt, ich fehle ihm, und er findet's ganz toll, dass ich drei Pullover für fünfundsiebzig Mark und so viel Essigreiniger erstanden habe. Und er hat versprochen, in Zukunft immer die Socken zusammenzuklammern, bevor er sie in die Wäsche tut, wenn ich nur so schnell wie möglich nach Hause komme.«

Na, wunderbar. »Hat er auch versprochen, nie wieder sein großes Geschäft zu erledigen, während du in der Wanne sitzt?«, konnte ich mir nicht verkneifen zu fragen.

Susanna hörte es nicht. Sie war mit ihren Gedanken woanders.

»Und ich hab ihm noch nichts von den Papiertaschentüchern und dem Küchenkrepp erzählt«, rief sie mit leuchtenden Augen. »Das gibt vielleicht eine Überraschung!«

Wie an Weihnachten. Da war ich sicher.

»Komm, lass uns gehen.«

Wir verteilten Essigreiniger, Teelichter und Bügelbrettschonbezüge gerecht auf die riesigen Plastikgabensäcke und machten uns mit acht Kilo Traglast an jeder Hand auf den Weg zum Bahnhof.

Unterwegs glaubte ich, meine Arme müssten jeden Augenblick von den Schultern abfallen. Susanna dagegen eilte wider die Gesetze der Schwerkraft beschwingten Schrittes vor mir her.

»Ich bin ja so froh«, sagte sie jedes Mal, wenn sie sich zu mir umdrehte und legte noch einen Zahn zu.

»Plunzkuh, alte«, flüsterte ich und hechelte hinter ihr her.

Der Intercity nach Mannheim stand schon am Gleis, als wir ankamen. Ich reichte Susanna ihre Einkäufe durchs Abteilfenster und wartete darauf, dass sich mein Puls normalisierte.

»Vielen, vielen Dank«, sagte Susanna warm.

»Ich hab doch gar nichts getan.« Wenn's nach mir gegangen wäre, würde Susanna jetzt nicht mit Essigreiniger beladen zu Bruno und seiner Hasensuppe zurückfahren, das war mal klar.

»O doch, das hast du«, widersprach Susanna. »Dir hab ich's zu verdanken, dass ich mich wieder mit Bruno versöhnt habe.«

Ach, Susanna.

»Viel Glück«, sagte ich. »Und wenn Bruno dich wieder ärgert, dann geh lieber gleich zum billigen Jakob Essigreiniger kaufen.«

Susanna lachte und winkte glücklich. Ich winkte mit langen Armen zurück und machte mich auf den Heimweg. Unterwegs fiel mir ein, dass ich vergessen hatte, Susanna zu fragen, was Mutzhawwe auf deutsch hieß. Ich würde es vermutlich nie erfahren.

Als ich zu Hause völlig erledigt die Treppen erklomm, kam mir Rebecca entgegen.

»Himmel«, rief sie erschrocken, als sie meine Frisur sah, »wer war das?«

»Die Friseuse, die alte Mutzhawwe«, sagte ich traurig.

Für ein paar Minuten hatte ich vergessen, welches Chaos sie auf meinem Kopf angerichtet hatte.

»Willst du damit sagen, dass du dafür sogar bezahlt hast?«, fragte Rebecca.

Ich winkte müde ab. Dies war der längste Tag meines Lebens, und eigentlich wollte ich nur noch ins Bett, um wie Katja drei Tage und Nächte zu schlafen. Aber ich hatte völlig verdrängt, dass unsere Eltern heute aus Gran Canaria kommen wollten.

»Bitte, bitte, bitte, komm mit zum Flughafen«, sagte Rebecca, und dazu konnte ich nicht nein sagen.

Die Maschine hatte wie gewöhnlich eine halbe Stunde Verspätung, und unsere Eltern kamen wie gewöhnlich braungebrannt und jugendlich die Rolltreppe herab.

Mama sagte wie gewöhnlich: »Mein Gott, Kinder, was seht ihr schlecht aus«, noch bevor sie uns in ihre Arme schloss, und Papa behauptete wie gewöhnlich, wir würden alle nach Rauch und Großstadt riechen.

Rebecca und ich seufzten.

»Ich freue mich ja so für eure liebe Cousine«, sagte Mama, »aber ich wäre lieber wegen deiner Hochzeit gekommen, Rebecca.«

»Und ich dachte, du wärst wegen meiner Modenschau gekommen«, antwortete Rebecca beleidigt.

»Das bin ich ja auch, mein liebes Kind«, sagte Mama, »aber deshalb würde ich mich doch freuen, wenn mein Enkelkind in normale Verhältnisse geboren würde.«

Rebecca und ich seufzten.

»Hast du dich wenigstens nach einem passenderen Mann umgesehen?«, wandte Mama sich an mich.

»Ja«, sagte ich ehrlich, »aber ich habe keinen gefunden.«

Mama seufzte. Sie war wirklich geschlagen mit ihren Kindern.

»Wo ist denn euer Bruder?«, fragte Papa, als wir im Auto saßen.

»Ja, mit dem möchte ich auch ein Hühnchen rupfen«, sagte meine Mutter.

»Mo arbeitet donnerstags bis halb neun«, erklärte Rebecca. »Er wollte zu Hause für uns alle kochen. Was hat er denn getan?«

Mama deutete auf meine Frisur.

»Sieh dir doch nur an, wie er deine Schwester zugerichtet hat.«

Rebecca mähte vor Lachen um ein Haar einen Motorradfahrer in den Graben. Ich dagegen konnte nicht mal mein Gesicht verziehen.

Mama weigerte sich zu glauben, dass es eine echte Friseuse gewesen war, die mir das angetan hatte.

»Als ihr klein wart, hat Mo dir auch mal die Haare geschnitten, mit seiner Bastelschere, weißt du noch?« erinnerte sie sich. »Das sah auch nicht schlimmer aus.«

Mo wartete mit dem Abendessen, als wir kurz vor Mitternacht mit den Eltern zu Hause ankamen. Er umkreiste mich laut grölend.

»Hättest du mir gesagt, dass du eine Frisur haben möchtest wie, hahaha, wie, haha, ich weiß nicht wer, haha, dann hättest du nur mich und eine Heckenschere gebraucht.«

»Mit der Heckenschere kannst du der Friseuse auflauern«, schlug ich vor und stellte mich zum wiederholten Male vor den Spiegel.

Als Mo sah, dass ich den Tränen nahe war, wurde er plötzlich ernst. Er holte etwas aus seiner Tasche.

»Für dich«, sagte er und drückte mir ein dickes Bündel Geldscheine in die Hand. Ich hatte das Gefühl, noch niemals so viel Geld gesehen zu haben.

»Das hilft jetzt auch nicht«, sagte ich verwirrt.

»Ich habe sie verkauft, und sie wollen dringend Nachschub«, sagte Mo.

Was?

»Die Puppen, du Schaf.«

»Du hast meine Puppen verkauft?« Ich wollte es nicht glauben.

»Deine Kunstobjekte«, verbesserte Mo.

»Wer hat so viel dafür bezahlt?«, fragte ich und zählte das Geld.

»Das ist alles eine Frage des Managements, habe ich dir doch gesagt«, erklärte Mo lässig. »Der Galerist war begeistert.«

»Du hast Zwerg Sommerloch und den Schweinehirten an einen Galeristen verkauft?«

»Genau. Ich habe ihnen einen anderen Namen gegeben, und schon hat er geglaubt, es sei Kunst«, sagte Mo zufrieden.

»Wie hast du sie genannt?«

»Den Zwerg ›Atrophie‹ und den Schweinehirten mit Sau ›Banalitäten‹.«

»Warum?«, fragte ich verwundert. »Ich meine: Was hast du dir dabei gedacht?«

Mo lächelte überlegen: »Ich wollte genau diesen Effekt damit erzielen. Dass die Leute sich die bekannte Frage stellen: Was will uns der Künstler damit sagen?«

Das klang einleuchtend. Niemand würde je eine Erklärung dafür finden, warum das Abbild eines Bankiers aus Breibach mit gebrochener Nase an Fäden den Namen ›Atrophie‹ trug. Was bedeutete Atrophie überhaupt?

»Wie viel hat dir der Galerist dafür gegeben?«

»Vierhundert für jede, aber das war ein einmaliger Freundschaftspreis«, sagte Mo schnell. »Der hat sie unter Garantie für das Dreifache verkauft.«

Ich zählte die Scheine in meiner Hand.

»Aber das sind ja noch mehr als achthundert.«

Mo sah ein bisschen verlegen aus.

»Mein Hotzenplotz gefiel ihm so gut, dass ich ihn schließlich auch hergegeben habe«, sagte er. »Du kannst mir einen neuen machen, bei Gelegenheit.«

»Ich hatte ihn dir geschenkt, also ist das Geld auch dein Geld«, sagte ich großzügig und reichte ihm ein paar Scheine zurück.

»Ich habe ihn ›Repression‹ genannt«, sagte Mo und wedelte mit dem Geld in der Luft herum. »Hey, wir sind reich, Schwester!«

»Meinst du wirklich, wir können damit Geld verdienen?«

»Der Galerist hatte die Puppen innerhalb von zwei Tagen verkauft und will unbedingt mehr davon«, sagte Mo und kniff mich zärtlich ins Ohr. »Und dann werden wir reich, reich, reich!«

Das war eigentlich genau, was ich wollte.

»Meinst du wirklich?«, hauchte ich begeistert.

Eine kleine Stimme in meinem Hinterkopf flüsterte zwar: »Geld macht dich nicht glücklich!«, aber ich wusste, dass die Stimme log. Schon allein die Vorstellung machte mich glücklich.

Feiertag

Am Tag vor Rebeccas Modenschau fuhr ich mit Mo, Steffen und Rebecca in aller Herrgottsfrühe zum Großmarkt, um die Unmengen tiefgefrorener Shrimps und exotischer Früchte für das Büfett einzukaufen. Anschließend taten wir, was wir konnten, um den Laden in eine prächtige Festhalle für das Debüt eines neuen Stars am Modehimmel zu verwandeln. Mo und Steffen schraubten ihre jetzt absatzsicheren Lagerhauspaletten aneinander und installierten die Beleuchtung. Rebecca und ich drapierten eine ganze Lastwagenladung Schleiernessel in wundervoll üppiger Avantgarde. Anschließend schleiften wir die Säcke mit Quarzsand vom Flur hinein, verteilten den Inhalt fünf Zentimeter hoch auf dem Boden und zogen ihn mit Rechen und Besen glatt.

Als Mama in Hut und Kostüm kam, um uns zu mahnen, uns rechtzeitig für die Hochzeit fertigzumachen, war der kleine Laden in eine nesselfarbene Stoffhöhle verwandelt, durch Steffens Spots hinter dem Stoff in weiches, schmeichelhaftes Licht getaucht, das sich geheimnisvoll in den winzigen Prismen des Sandes brach.

Mama war von unserer avantgardistischen Dekoration alles andere als begeistert. Sie schlug die Hände über dem Hut zusammen und rief: »Kinder, wie wollt ihr den Sand hier jemals wieder hinausbekommen? Habt ihr daran mal gedacht?«

Wir lächelten sie verständnislos an. Was bitte sollte es bringen, sich zu einem solchen Zeitpunkt über derartige Dinge den Kopf zu zerbrechen?

Der Rest des Tages ging dann für die Hochzeitsfeier meiner Cousine Simone mit Pietäten-Ralf drauf.

Es ließ sich allerdings zuerst ganz lustig an.

Mo und ich hatten den Auftrag erhalten, das große Ereignis auf Video festzuhalten. Wir wetteiferten um die komischsten Aufnahmen und rissen uns gegenseitig die Kamera aus der Hand.

Mir glückte es, den Weg der Reiskörner, die vor der Kirche geworfen wurden, von den Körbchen der Blumenkinder bis in den Ausschnitt der Braut auf dem Band festzuhalten.

Außerdem war ich mit Abstand die schönste unter den weiblichen Gästen, fand ich jedenfalls. Nur Zarah – als Schwester der Braut in schulterfreiem Feuerrot – konnte mich möglicherweise noch leicht übertreffen. Ich trug mein grasgrünes Lieblingskleid, das über und über mit lebensechten Stofferdbeeren behängt war und durch einen sündhaft tiefen Ausschnitt von meiner gewöhnungsbedürftigen Haartracht ablenken sollte. Ich war am Vortag notgedrungen bei einem anderen Friseur gewesen, der die schlimmsten Verheerungen auf meinem Kopf behoben und die Stufen angeglichen hatte, soweit es möglich war. Jetzt sah es beinahe aus wie beabsichtigt.

Die anderen, außer vielleicht Rebecca, meine Mutter

und Paula in edlen Rebecca-Raabe-Kreationen, waren Lichtjahre außer Konkurrenz. Allerdings muss ich zugeben, niemals eine Ansammlung geschmackloserer Kleider angetroffen zu haben. Es gab eine Menge unbeschreiblicher, großgemusterter Plisseeröcke, schneeweißer Rüschenblusen und überdimensionaler Ohrclips in Signalrot und Eidottergelb, und das alles hundert Prozent Plastik!

Aber das wirklich Unglaublichste war das Brautkleid.

»Ach, du Schreck«, entfuhr es selbst unserer wohlmeinenden Mutter, als wir den ersten Blick auf die Braut in einem Quadratkilometer weißer Gardine mit kiloweise Plastikperlen werfen konnten, den Simone Meter für Meter aus einer weißlackierten Hochzeitskutsche hervorzog.

Die Videokamera weidete sich unbemerkt an Mamas Gesichtsausdruck, bevor ich hinüber zum Objekt ihres Entsetzens schwenkte und genüsslich an den Falten, Biesen, Spitzen, Rüschen, Stickereien und Schleifen auf- und abfuhr.

Außerdem gelangen mir vielversprechende Aufnahmen von Angehörigen der Generation, die immer noch nicht verstanden hat, dass Video nicht nur sieht, sondern auch hört.

»Das Kleid ist doch einfach scheußlich«, sagte eine Tante zu meiner Freude, während sie scheinheilig in die Kamera lächelte. »So überladen mit all dem Perlengedöns! Und es macht dick in der Taille.«

Vor dem Gabentisch stand eine andere Tante und deutete auf ihr Geschenkpaket.

»Das war der letzte Toaster von Mias Hochzeit«, erklärte sie hinter vorgehaltener Hand. »Vier Stück hat sie davon gekriegt. Jetzt haben wir noch zwei Eierkocher, vier Tischstaubsauger und sechs Salatbestecke. Wenn du mal was brauchst – ist alles noch originalverpackt, wie neu.«

Das war im Kasten. Jedes Wort.

Mo gelangen ebenfalls ein paar nette Schnappschüsse. Er filmte, wie ein schnupfenverschmiertes Kleinkind nach den Erdbeeren an meinem Kleid grabschte und sich hartnäckig in einer verbiss. Als ich es endlich abgeschüttelt hatte, fing es auf der Stelle laut an zu heulen.

Die Mutter hörte auf, verzückt zu lächeln, und sagte vorwurfsvoll: »Waren die Erdbeeren bah? Waren die bahbah? Haben die dem Dennis gar nicht geschmeckt? Waren die bah?«

Ich ärgerte mich über die angesabberte Erdbeere, aber meine pikierten Blicke prallten an der dämlichen Mutter ab wie Gummibälle. Sie tat so, als wäre mein reizendes Kleid eine eigens angefertigte, hinterhältige Kleinkindfalle.

»Sollen wir mal gucken, ob wir was wirklich Leckeres für den Dennis finden?«, fragte sie die kleine Heulboje und verschwand außer der Reichweite der Kamera.

Mo lachte sich halb tot.

Die Sippe des Beerdigungsunternehmens Kühl und Söhne, die Familie von Paulas geschiedenem Mann, dem Brautvater, und schließlich Paulas Familie, also unter anderem auch wir, waren zusammengenommen so zahlreich, dass tatsächlich nicht alle in die kleine Kirche passten.

Weil die Sonne so schön schien, verzichteten Mo und ich großherzig zugunsten der kleinen, erdbeerfressenden Monstermotte und seiner Mutter darauf, die Trauungszeremonie live mitzuerleben, obwohl wir in einem deutlich engeren verwandtschaftlichen Verhältnis zu den Brautleuten standen.

Die Draußengebliebenen vertrieben sich die Zeit mit Kennenlernspielen. Jeder stellte sich jedem eifrig vor.

»Ich bin die Schwester von der zweiten Frau des Vaters der Braut, und wer sind Sie?«

Mo und ich sagten ein paarmal höflich: »Wir sind Cousin und Cousine der Braut«, aber das wurde uns nach einer Weile zu langweilig, und so variierten wir ein wenig.

»Darf ich fragen, wer Sie sind?«, erkundigte sich die Schwester der Patentante der Brautjungfer, die wiederum eine Cousine des Bräutigams war.

»Ich bin die Tochter der Schwester des Bruders der Mutter der Braut«, sagte ich nach kurzem Nachdenken, und Mo erklärte: »Ich bin der Cousin der Nichte der Schwägerin des Vaters der Braut.«

»Unglaublich, und ich hätte Sie für Geschwister gehalten«, meinte die Schwester der Patentante der Brautjungfer.

Die Frauen überschütteten sich gegenseitig mit Komplimenten für ihre Garderobe. Zu meinem wundervollen Kleid aber sagte niemand etwas, außer der Frau des Bruders des Seniorbestatters Kühl.

»Machen Sie sich keene Sorgen wejen Ihrer Aufmachung, Frollein«, meinte sie freundlich. »Bei einer Hochzeit schauen sowieso nur alle auf die Braut.«

Trotzdem noch in guter Stimmung, machte ich mich über das Festessen her. Es war glücklicherweise nicht die Spur bah, sondern fein und lecker. In Ermangelung anderer alleinstehender Herren war mir der kleine Nils als Tischherr zugewiesen worden. Nils hatte genau wie ich Komplexe wegen seiner Frisur. Zarah hatte ihm am Morgen eigenhändig den Pony geschnitten, sodass es jetzt im oberen Drittel der Stirn aufhörte. Deshalb war Nils so mies gelaunt, dass er sich weigerte, sich dem Spiel der Dutzendschaften anderer Kinder anzuschließen, und nicht von meiner Seite wich. Er war auch der Einzige, dem mein Kleid gefiel.

Ein livrierter Kellner lief zwischen den Tischen herum und goss Wein nach. Als er zum sechsten Mal kam, nahm ich mein Glas und stieß mit Nils an.

»Ich glaube fast, ich bin betrunken«, sagte ich.

»Was ist noch mal ›betrunken‹?«, wollte mein Tischherr wissen.

»Betrunken ist, wenn man so viel Alkohol getrunken hat, dass man nicht mehr richtig sprechen und gehen kann«, antwortete ich.

»Und warum trinken die Leute dann Alkohol?«, fragte Nils verständnislos.

Ich wusste es auch nicht. Nicht so genau.

Das Kind, das sich vorhin in meinen Erdbeeren verbissen hatte, hüpfte, um Aufmerksamkeit heischend, von Tisch zu Tisch. Als es bei uns ankam, traf es zum ersten Mal auf ernste Gesichter. Nils und ich mochten Babys im Allgemeinen nicht sehr und dieses im Besonderen überhaupt nicht, und wir hüteten uns, es durch Lächeln oder gar Worte zum Bleiben zu ermutigen. Ich raffte besorgt mein Kleid zusammen.

»Eideidei«, blubberte der kleine Butzendrisser durch einen Film von Spuckebläschen und lächelte herzergreifend, aber wir schauten nur finster zurück.

»Hau ab«, sagte Nils schließlich mürrisch.

»Dabbel, dabbel«, sagte das Kind beleidigt und torkelte davon.

»War wohl auch schon betrunken, das Baby«, empörte sich Nils, und ich lachte weinselig.

»Ist das ihre Tochter?«, fragte mich die Schwägerin eines Bruders der Mutter des Bräutigams, die neben uns saß, und deutete tadelnd auf Nils.

»Sie ist ein Junge«, verteidigte ich seine schönen, langen Locken. Nils warf bitterböse Blicke auf die Alte.

»Das ist eine garstige Hexe«, flüsterte er.

»Nein, die ist nur altmodisch«, flüsterte ich zurück.

»Ihr Sohn?«, fragte die Frau.

»Nein, das ist ein Kind von meiner Cousine, also von der Schwägerin des Bräutigams, der Schwester der Braut.«

»Haben Sie keine Kinder?«, fragte die Schwägerin des Bruders der Mutter des Bräutigams und setzte, als ich verneinte, missbilligend hinzu: »Aber Sie sind doch schon so alt.«

»Nun, das ist relativ«, sagte ich hochnäsig und war nun geneigt, mich Nils' Meinung anzuschließen.

»Du hast recht. Sie ist wirklich eine garstige, alte Hexe«, flüsterte ich ihm zu.

Nach dem Dessert kam der stiernackige Schwager der zweiten Frau des Brautvaters zu uns, um uns aufzufordern, sein selbstgedichtetes Lied vorzutragen.

Ich wollte mich mit Rebecca aufs Klo verdrücken, aber meine Mutter sagte, wir sollten keine Spielverderber sein.

»Du kannst doch so schön singen, mein Schätzchen«, behauptete sie und zerrte mich hinter den anderen her.

Vor der Tür des Restaurants hatte sich ein stattlicher Chor aus Faltenröcken, Polyacrylblusen und gestärkten Hemden eingestellt. Zwei Onkels stimmten unheilverkündend ihre Wandergitarren. Der Stiernacken verteilte Kopien mit seinem Liedtext an alle. Sie waren der Ordnung halber in farbigen Schnellheftern untergebracht, die wunderbar mit den Blusen und Ohrclips harmonierten. Meiner war türkis. Ich drückte ihn schaudernd an meine grasgrüne Brust.

Gesungen werden sollte zur Melodie eines Schlagers, den angeblich jeder kannte, ich glaube von Mousaka-Nana mit dem schwarzen Kassengestell.

»Schauuuuuuu misch bitte nischt so aaaaaan, du weißt es ja, isch kaaaaaaaaan dir dann nischt widersteeeeeeheeeen«, hieß es im Original, und demgemäß hatte der poesiebegabte Onkel daraus gemacht: »Seeeeeeht einmaaal den Bräutigaaaam, er schaut die Braut lieb aaaaaan, kann ihr nischt widersteeeeeehehehehen«.

Zwischen dem Refrain lagen nicht weniger als vierunddreißig Strophen, die das Leben der beiden von vor der Geburt bis heute mit Lob besudelten. Mit der Metrik hatte man es dabei nicht so genaugenommen. Was an Silben zu viel war, wurde durch Verharren auf der Note eingeschoben, und was zu wenig war über mehrere Noten gezohohohogen.

Der Text übertraf meine kühnsten Erwartungen. Hier die Kurzfassung:

Sie lernten sich kennen, in der Tanzschule Malzer
bei Rumba und Foxtrott, bei Tango und Walzer.
Ihm gefielen ihre braunen Augen sofort,
auch ihr Herzchen bei seinem Anblick pocht.

Sie drehten so manches Ründchen zu zwein,
bis Ralf endlich wagte, um Simone zu frei'n.
Seeeeeht einmal den Bräutgaaaam, er schaut die Braut
lieb aaaaan, kann ihr nischt widersteeeeehehehehen.
Das Abi machten beide mit Zwei,
es war keine einzige Vier dabei.
Den Ralf, den zog's zum Militär,
die Trennungszeit war für beide schwer.
Die Moni manche Träne weint,
doch in der Bank wohl fleißig lernt.
Und als sie geht auf die Bankakademie,
der Ralf wird ein Versicherungsgenie.
Seeeehet einmal den Bräutigaaaam, er schaut die Braut
lieb aaaan, kann ihr nischt widerstehehehen.

Nach zwei Probedurchgängen nahmen wir schließlich im Festsaal Aufstellung.

Der Stiernacken hielt eine Ansprache, in der er anschaulich von so manchen Schwierigkeiten erzählte, die er beim Zusammenreimen der Verse gehabt hatte, die nun mit stimmfreudiger Unterstützung der ganzen Familie vorgetragen werden sollten. Auf seinen Einsatz hin schmetterte der gemischte Chor los. Während der ersten Strophen hatte ich noch gegen einen leicht hysterischen Lachanfall zu kämpfen, aber der monotone Gesang hatte glücklicherweise ab der zehnten (Kata-) Strophe eine eher einlullende Wirkung.

Aber nicht auf das atemlos lauschende Publikum. Nach dem letzten »Seeeht einmal den Bräutigaaaam«

brach die Festrunde in donnernden Applaus aus, und das Brautpaar bedankte sich mit Tränen der Rührung in den Augen.

Als der Chor schließlich nach einer Viertelstunde Standing-Ovations abtreten durfte, stellte ich mich still in eine abgelegene Ecke.

Mo, der nicht hatte mitsingen müssen, weil er das Konzert für die Nachwelt auf Video aufgezeichnet hatte, spürte mich auf und grinste: »Das wäre mal was für deinen Geburtstag, was?«

»Haha«, sagte ich völlig humorlos.

»Die Juuuuuudith wird heut' wunderbaaaaaar, schon siebenundzwanzig Jaaaaaaahr ...«, sang er und spielte auf einer imaginären Gitarre. »Sie waaar schon in der Wiege frooooh, schiss in die Windeln sowiesooo-hoho, heute steht sie auch fein daaaa, mit wunderlichem Haaaaaaar, war beim Friseur jajaaajajaja, mit Männern hat sie's auch nicht leicht, sie sagt zu oft, es reicht, da wird sie niemals froooooh ...«

»Es reicht wirklich«, sagte ich erschöpft und flüchtete zurück an den Tisch.

Die Ein-Mann-Kapelle hatte ihre Elektroorgel angeworfen und spielte ein Ufftata-Liedchen nach dem anderen. Polyacryl und Jersey drehten sich mit leger gelockerten Krawatten paarweise auf der Tanzfläche.

»Warum tanzt ihr nicht auch mal«, forderte Mama uns wiederholt auf.

Mo schnappte sich augenblicklich die Videokamera und sagte geschäftig, er müsse die Akkus aufladen, und Rebecca behauptete, Tanzen schade ihrem ungeborenen Kind. Ich seufzte und verlangte nach mehr Wein. Ich konnte mir augenblicklich nichts Schlimmeres vorstellen, als mich unter die Tanzenden zu mischen. Außerdem hatte ich direkt erkannt, dass die anderen nicht bei Pickel und Strauß, sondern bei der Konkurrenz gelernt hatten und beim Chachacha an ganz anderen Stellen den Kick machten.

Abgesehen davon fragte mich auch keiner.

Rebecca legte theatralisch die Hände auf ihren superflachen Dreimonatsbauch und versuchte, möglichst schwanger und manövrierunfähig dreinzuschauen. Ich beneidete sie heftig.

Mama sah mich so bekümmert an, dass ich ganz unruhig wurde.

»Unsere Judith tanzt so gern«, vertraute sie einer nebensitzenden direkten Tante des Bräutigams an. »Aber sie hat augenblicklich keinen festen Partner und ist allein hier.«

Um den mitleidigen Blicken der Tischrunde zu entgehen, tanzte ich eine Art Walzer mit meinem Vater, der weder bei Pickel und Strauß noch bei der Konkurrenz jemals seinen Fuß aufs Parkett gesetzt hatte. Aber lange hielten wir es auf der Tanzfläche nicht aus, denn immer, wenn er mich an einer Polyacrylbluse vorbeischob, stoben die Funken, und ich bekam einen gewischt. Es war lebensgefährlich.

Zu vorgerückter Stunde spielte der Alleinunterhalter dann zum vorläufigen Höhepunkt des Tages auf: Polonaise Blankenese. Alle reihten sich aneinander und stampften lachend durch sämtliche Säle des Restaurants.

»Ich dachte, das sei nur an Karneval erlaubt«, sagte Rebecca überwältigt.

Mo stellte sich mit frischen Akkus auf einen Tisch

und filmte das fröhliche Treiben aus sicherem Abstand, aber Rebecca und ich taten Mama den Gefallen, waren keine Spielverderber und stampften ein paar Runden in der Schlange mit.

Hätten wir gewusst, dass die Polonaise nur den Auftakt zum angekündigten Höhepunkt darstellte, hätten wir uns sicher auf dem Klo verbarrikadiert. So aber waren wir gezwungen, gute Miene zum wahrhaft bösen Spiel zu machen.

Immer wenn der Alleinunterhalter die Polonaise stoppte und ausrief: »Nasi, Nasi, Nasi«, musste man sich zum nächsten umdrehen und, ohne Rücksicht auf Mundgeruch oder Schnupfen, die Nasen aneinanderreiben, bis die Polonaise wieder erklang. Rief die Kapelle »Arschi, Arschi, Arschi« – und das tat sie tatsächlich! –, musste man die Hinterteile aneinanderreiben, und bei »Bauchi, Bauchi, Bauchi« quasi durch die Kleidungsstücke hindurch kopulieren.

Von uns mal abgesehen, waren alle vor Vergnügen schier außer sich und lachten, dass die Bauchis und Arschis nur so wackelten. Mo auf seinem Tisch lachte am lautesten.

Aber auch das schönste Spiel geht einmal zu Ende. Zurück am Tisch fanden wir, dass es nun wirklich reichte, und zerrten unsere widerstrebenden Eltern ins Auto.

»Hat es euch denn gefallen, Kinder?«, fragte Mama mit glücklichem Schmelz in der Stimme und drehte sich zu uns um.

Rebecca und ich hüllten uns in verdächtiges Schweigen, aber Mo meinte: »Besonders gut hat es Judith gefallen. Habt ihr bemerkt, wie heftig sie mit der Einmann-Kapelle geflirtet hat?«

Meine Augen müssen im Dunkeln zu glühen begonnen haben, denn Mo begann mit zittriger Stimme zu singen! »Schauuuuu mich bitte nicht so an ...«

Sonntag

Rebeccas Modenshow war ein voller Erfolg. Alles klappte wie am Schnürchen. Mo und Steffen bedienten Scheinwerfer und Musik wie echte Profis, Eva, Marianne und ich warfen dem Publikum abwechselnd strahlende Lächeln und feurige Tigerblicke zu. Keiner von uns stolperte oder blieb mit den Absätzen zwischen den Paletten hängen. Die Kleider sahen wunderschön aus, und das Publikum klatschte begeistert.

Als Rebecca am Ende auf den Laufsteg kam, wurden ihr von Kaspar und Papa und allen möglichen anderen Leuten Blumen überreicht, und ein Blitzlichtgewitter zuckte um sie herum, wie es bei Karl Lagerfeld nicht schöner sein konnte.

Alle unsere Freunde waren gekommen und mindestens vier Vertreter der Lokalpresse. Ein Mann von der Handwerkskammer überreichte ebenfalls Blumen. Ich kletterte glücklich vom Laufsteg.

Katja, die hinter der Bühne mitgeholfen hatte, kämpfte sich mit mir zum Büfett durch. Auf halbem Weg trafen wir auf Bille und Burghart.

»Das Kleid steht dir richtig gut«, sagte Bille, und daran merkte ich, wie glücklich sie war.

Sie selbst trug einen rostfarbenen Ethnolappen mit

schwarzen und gelben Antilopen drauf. Er stand ihr alles andere als gut.

»Ja«, sagte auch Burghart, »die Farbe passt zu dir.«

»Burghart hat mal einen Kurs über Farbberatung mitgemacht«, erzählte Bille stolz.

Ich glaubte, erraten zu können, wer das Kleid ausgesucht hatte.

»Wie war es beim Segeln?«, fragte ich.

»Wunderbar!«, rief Bille. »Es ist zwar ganz schön kompliziert gewesen, aber Burghart kann so wunderbar erklären, dass ich alles ganz schnell gelernt habe.«

Ich nickte geistesabwesend.

»Bis ich mal raushatte, dass man die Segeln fieren muss, bis das Vorliek zu killen beginnt, und die Schoten dann wieder dichtholt, um den günstigsten Anstellwinkel zu finden«, sagte Bille und kicherte erinnerungsträchtig.

»Aha«, machte ich betroffen.

Das klang so, als wäre sie mit ziemlicher Wahrscheinlichkeit beim nächsten Admiralscup dabei. Auf jeden Fall hing sie an Burgharts Lippen, als er zu einem Monolog über Lateralplan und Formschwerpunkt eines Segelbootes ansetzte. Katja und ich nutzten die Gelegenheit, unseren Weg fortzusetzen.

Paulas Büfett übertraf sämtliche Erwartungen. Die cremefarbenen Rosen, die gestern auf Simones Hochzeit zusammen mit den Schillerlocken aus Kunstseide noch so spießig gewirkt hatten, vervollständigten jetzt in Paulas Silberschalen das Bild üppiger, barocker Eleganz, das wir zu schaffen beabsichtigt hatten, und die Speisen sahen kostbar und zum Anbeißen aus. Wir beobachteten, dass der Mann von der Stadtillustrierten einen halben Film für das Ablichten des Büfetts verschoss, bevor er sich an den Shrimpshäppchen versuchte.

»Der sieht aber nett aus«, meinte Katja.

Das fand ich auch. Er hatte ein bisschen Ähnlichkeit mit Kevin Costner. Nur mehr Haare.

»Soll ich mich trauen, ihn anzusprechen?«, fragte Katja.

»Ja«, sagte ich.

»Und was soll ich sagen?«, fragte Katja. »So etwas wie: Ach, reichen Sie mir doch bitte auch mal die Shrimps?«

»Frag ihn etwas Ausgefallenes«, schlug ich vor. »Etwas, was ihn noch niemand gefragt hat.«

Katja überlegte einen Augenblick. Dann schlenderte sie zu dem Mann von der Stadtillustrierten und sagte: »Ach, reichen Sie mir doch bitte mal die Shrimps.«

Verärgert schob ich mir zwei Artischockenhappen auf einmal in den Mund und vergaß zu kauen.

»Gern«, antwortete der Mann, der Kevin Costner ähnlich sah. »Wie sehen Shrimps aus?«

»Das sind die kleinen Krummen, die sich mit den Mandarinen in der Majonnaise verstecken«, erklärte Katja.

Der Mann musterte sie freundlich interessiert. »Tatsächlich?«, fragte er. »Wo denn?«

Katja warf mir ein vielsagendes Lächeln zu, bevor sie sich mit Kevin Costner auf eine ausführliche Unterhaltung einließ. Ich lächelte zurück, was mir aber mit vollem Mund nicht so recht gelingen wollte. Dezent versuchte ich, die Artischockenhappen aus dem Mund wieder auf meinen Teller zu würgen, als ich Mo mit einem älteren Mann auf mich zukommen sah. Er sah so seriös aus, dass ich es nicht wagte, das Gemüse auszuspucken.

»Und das ist sie«, sagte Mo und zeigte mit dem Finger auf mich. »Meine Schwester Judith Raabe, und das ist Herr von Radebrecht.«

Herr von Radebrecht hatte vornehme graue Schläfen und trug eine schicke Brille. Auch sein Anzug war tadellos. Ich war sicher, dass er es für ungezogen gehalten hätte, wenn ich mit vollem Mund sprach.

»Hmhm«, machte ich also höflich und bemühte mich, die Artischockenhappen an meinem Gaumen plattzudrücken.

Mo sah mich leicht verärgert an. »Herr von Radebrecht ist der Galerist, der ein paar von deinen Marionetten gekauft hat.«

»Und verkauft!« Herr von Radebrecht ergriff meine Hand und schüttelte sie. »Es freut mich, Sie persönlich kennen zu lernen.«

Ich schluckte die Artischocken mit einem einzigen Kraftakt hinunter.

»Hmpff«, sagte ich erfreut.

»Ihre Marionetten sind wundervoll, kritisch, kraftvoll, komisch und doch gleichzeitig naiv«, sagte der Galerist, »die Leute sind begeistert.«

Mein Mund war nun wieder frei.

»Wirklich?«, rief ich entzückt. »Wissen Sie, ich habe eine ganze Menge geba…«

Ich verstummte, weil Mo mich feste in die Seite gestoßen hatte.

»Sie hat eine ganze Menge Zeit gebraucht, meint sie«, sagte er zu Herrn von Radebrecht. »Daher sollten wir bei den nächsten Kunstwerken noch einmal über den Kaufpreis nachdenken.«

Herr von Radebrecht nickte. »Selbstverständlich«, sagte er. »Tatsache ist, dass meine Kunden sowieso nichts erwerben möchten, was unter tausend Mark kostet. Wenn die anderen Marionetten genauso gut sind, wie die, die ich bereits verkauft habe, sehe ich da kein Problem.«

»Die anderen sind noch viel besser«, sagte ich im Brustton der Überzeugung. »Möchten Sie sie sehen?«

»Sehr gern«, antwortete Herr von Radebrecht. »Wäre Ihnen morgen Nachmittag in der Galerie recht?«

»Das ist in Ordnung«, sagte Mo an meiner Stelle.

»Wunderbar, dann sehen wir uns morgen. Sagen Sie Ihrer Schwester, das war eine ganz exzellente Modenschau«, sagte Herr von Radebrecht warm. »Sie scheinen eine besonders kreative Familie zu sein.«

Als er sich verabschiedet hatte, blieb ich ganz benommen zurück.

»Ha!«, schrie Mo neben mir und rieb sich die Hände. »Ha! Ha!«

»Ich wünschte, wenigstens du würdest einen klaren Kopf behalten«, sagte ich anklagend.

»Was denkst du denn, du Schaf!«, rief Mo. »Wenn ich nicht den Kopf behalten würde, könnten wir die ganze Sache vergessen. Weißt du überhaupt, was das bedeutet?«

»Nein«, gab ich zu.

»Du bist jetzt eine Geschäftsfrau«, sagte Mo. »Du musst ein Image aufbauen, zähe Verhandlungen mit den Galeristen führen, um Preise feilschen, die Materialien günstig erwerben, ein Gewerbe anmelden, deine

Einkünfte versteuern, mit den Behörden verhandeln, dich kranken- und sozialversichern ...«

»Eigentlich will ich aber bloß meine Puppen basteln«, unterbrach ich ihn ängstlich.

»Also gut«, sagte Mo sofort. »Damit habe ich natürlich gerechnet. Ich meine, wozu hast du denn einen Bruder? Ich werde dein Manager und stelle dir das gesamte Material. Außerdem sorge ich dafür, dass dir die Körper und die Fadenkreuze geliefert werden. Dafür bekommst du von mir pro Puppe einen bestimmten Betrag als Lohn, da werden wir uns sicher einig, und du garantierst mir die Herstellung von, sagen wir, fünf Puppen im Monat. Bei Auftragsanfertigungen berechnen wir dem Galeristen entsprechend mehr, also kannst du dich, falls du dich bei der fünfhundertsten Ausführung von Hotzenplotz langweilst, durch das Mehrgeld motivieren ...«

Meine Gedanken schweiften ab. Das klang alles zu schön, um wahr zu sein. Dennoch spürte ich das Glück in mir hochkribbeln wie Champagner.

An einem Tag wie heute war alles möglich!

Ich ließ Mo stehen und machte mich auf die Suche nach all meinen Lieben, denen ich von Herrn Radebrecht und meinen Marionetten erzählen wollte. Sie freuten sich für mich.

»Ich bin ja so stolz auf euch, Kinder«, sagte Mama und leerte zum wiederholten Mal eine Fuhre Sand aus ihren Schuhen. »Trotzdem würde ich gern wissen, wie ihr das Zeug hier wieder rausbekommen wollt.«

Burghart und Bille kamen, um sich zu verabschieden. Sie waren bei Burgharts Eltern zum Kaffee eingeladen.

»Das war echt klasse«, sagte Burghart zu Rebecca. »Und deine Sachen sind spitze.«

»Danke«, sagte Rebecca und lächelte an ihm vorbei. Burghart machte eine generöse Handbewegung. »Nein, im Ernst. Die sind nicht übel, die Sachen. Das kann ich beurteilen, ich versteh ein bisschen was von Mode.«

»Das ist richtig«, rief Bille begeistert. »Mein Kleid hat er auch ausgesucht!«

Rebecca betrachtete den gemusterten Lumpen eingehend und sagte nichts. Ich grinste Bille an. Sie lächelte glücklich zurück und schmiegte sich an Burgharts Schulter.

Katja kam mit einem Glas Sekt zu uns.

»Der Pressemann hat mich für morgen Abend zum Essen eingeladen«, berichtete sie. »Wie findet ihr das?«

»Ich hab gehört, du und Jens, ihr seid nicht mehr zusammen?«, fragte Bille, statt eine Antwort zu geben.

»Richtig«, bestätigte Katja.

»Das tut mir leid für dich«, sagte Bille und schmiegte sich noch enger an Burghart.

»Mir nicht«, sagte Katja fröhlich.

»Also, ich fand das komisch, so ohne Mann«, sagte Bille. Sie schien die langen, langen Jahre vor Burghart völlig verdrängt zu haben.

Katja lachte. »Ohne Mann – das kommt einem nur komisch vor, wenn man noch keinen gehabt hat«, sagte sie freundlich.

»Aber wer zahlt denn jetzt deine Miete?«, fragte Bille immer noch in mitleidigem Tonfall.

»Die muss ich selber zahlen«, gab Katja zu. »Aber der Pressemann sucht zufällig jemanden, der für ihn recherchiert, und zufälligerweise findet er, dass ich genau die richtige Person dafür bin.«

Ich freute mich für sie. Was für ein Tag!

»Was meinst du, was wir alles von der Steuer absetzen können?«, schrie Mo, der wie ein Geist wieder neben uns aufgetaucht war, mir begeistert ins Ohr. »Alle Fahrten zur Galerie und zum Bastelladen, die Telefongebühren, die Ausstattung einer Werkstatt und eines Büros, die Anschaffung von Fachliteratur ...«

»Für ein Fremdwörterlexikon«, meinte ich boshaft und dachte an die merkwürdigen Namen, die er meinen Puppen gegeben hatte.

Mo quasselte ununterbrochen weiter. »Wir brauchen einen professionellen Firmennamen, ein Logo und eine separate Telefonnummer. Bevor wir mit von Radebrecht einen Vertrag abschließen ...«

»Ich bin sehr froh, dass ich dich habe«, unterbrach ich ihn gerührt. Es war noch gar nicht so lange her, da hatte ich kleine Jungs verhauen, die ihn vom Roller geschubst hatten, und heute verteidigte er mich gegen Galeristen und das Finanzamt. Ich streichelte liebevoll über seinen Haarschopf. »Danke, Mo.«

»Keine Ursache«, sagte er freundlich. »Wir kriegen das schon hin. Also, bevor wir bei von Radebrecht abschließen, werden wir uns noch bei anderen erkundigen. Und wenn die uns mehr bieten, dann werden wir selbstverständlich mit dem meistbietenden abschließen. Meinst du übrigens, wir brauchen einen Anwalt?«

Ich sah ihn besorgt an. War das Weiße in seinen Mundwinkeln vielleicht Schaum?

»Doch, ich denke, ein Anwalt muss auf jeden Fall her«, beantwortete er sich seine Frage gleich selbst und fuhr fort, ohne Luft zu holen. »Ich werde mich um Pressekontakte und Promotionaktionen kümmern müssen, und auf jeden Fall eine Ausstellung in allernächster Zukunft organisieren, über die groß in der Zeitung berichtet werden wird. Die Kunstwelt wird kopfstehen, und wir können uns in drei, vier Jahren aus dem Geschäft zurückziehen und ein Haus auf Jamaika kaufen ...«

Ich überlegte, ob ich mir allmählich nicht ernsthaft Sorgen um ihn machen musste.

»Guck mal da drüben!«, rief Katja plötzlich und zeigte mit dem Finger zu Rebecca hinüber, die sich mit einem jungen Mann unterhielt. »Kommt der dir nicht bekannt vor?«

Ich folgte ihrem Blick, und vergaß meinen Bruder auf der Stelle. Braune Locken, blaue Augen – da vorne stand der Mensch, der Zeuge meiner Niederlage bei Wanda mit der Wunderschere geworden und ungeschoren davongekommen war.

»Hoffentlich erkennt er mich nicht wieder«, log ich mit brüchiger Stimme.

»Wer dich in diesem Zustand gesehen hat, wird dich nie vergessen«, behauptete Katja und lachte fröhlich bei der Erinnerung daran. »Mein Gott, hat das komisch ausgesehen.«

Rebecca kam mit dem Braungelockten genau auf uns zu, und ich spürte mit Schrecken, wie mein Gesicht ganz heiß wurde.

»Das ist meine Schwester Judith«, erklärte Rebecca. »Und das ist Leonard Jensen, von dem ich dir erzählt habe. Er würde gern die Kiebig-Wohnung mieten.«

»Hallo«, sagte ich atemlos.

»Hallo«, antwortete der Braungelockte.

Er sah noch viel netter aus, als ich ihn in Erinnerung hatte. Ich lächelte ihn entzückt an, und mir schien es, als würde er mindestens ebenso entzückt zurücklächeln.

»Wenn du so lieb wärst und ihm die Wohnung zeigen würdest«, bat mich Rebecca. »Dahinten steht der Mensch vom Stadtanzeiger und möchte endlich sein Interview mit mir!«

»Gern«, sagte ich, raffte mein wunderbares Sternenkleid zusammen und schritt vor Leonard – was für ein wunderschöner Name! – durch die Menschenmenge. Sie teilte sich ganz von selbst.

»Irgendwie habe ich geahnt, dass wir uns wiedersehen würden«, behauptete Leonard, als wir im Treppenhaus waren. Er hatte eine wirklich schöne Stimme.

»So?« Ich schwebte in den zweiten Stock hinauf, ohne eine Treppenstufe zu berühren. Wie war das möglich?

»Ja«, antwortete Leonard.

Die Tapete mit den weißen Narzissen auf grellgrünem Grund leuchtete uns entgegen, als ich die Kiebig-Türe aufschloss.

»Das wäre also die Wohnung«, erklärte ich und schwebte über den grün-gelb geringelten Teppichboden.

Leonard schien von der Farben- und Mustervielfalt völlig unbeeindruckt zu sein. Er sah nicht mal hin.

»Wohnst du auch hier im Haus?«

»Ja, unter dem Dach.«

»Gut, ich nehm die Wohnung«, sagte er. »Ich hab auch noch was von dir.«

»Von mir?«

Leonard nickte. Er nahm eine gelbe, gedrehte Schnur

aus seiner Hemdtasche und ließ sie vor meinem Gesicht hin- und herbaumeln.

Ich schluckte, als ich erkannte, was es war. Eine Schnur aus Haar. Meinem Haar! Pling! machte es, und die Gehirnhälfte, die die Aufgabe hatte zu überprüfen, ob er eine Mutter mit einem Kanarienvogel besaß, »Proviant« buchstabieren konnte, zwanghaft Pappfiguren und Operngläser mitgehen ließ oder seine Ex-Freundin gar als aufgewecktes, bildhübsches Dingelchen bezeichnete, hörte auf, mit der anderen Gehirnhälfte zu kommunizieren.

Und das Unheil, so alt wie die Menschheit, nahm seinen Lauf.

»Was für schöne Blumen«, meinte Leonard und zeigte auf Frau Kiebigs alte Tapete. »Sind das Osterglocken?«

BASTEI
LÜBBE
TASCHENBUCH

Von Kerstin Gier sind bei Bastei Lübbe lieferbar:

Männer und andere Katastrophen (auch bei Lübbe Audio)
Die Braut sagt leider nein (auch als E-Book)
Fisherman's Friend in meiner Koje
Die Laufmasche (auch als E-Book)
Ehebrecher und andere Unschuldslämmer
Lügen, die von Herzen kommen
(auch bei Lübbe Audio und als E-Book)
Ein unmoralisches Sonderangebot
(auch bei Lübbe Audio und als E-Book)
Die Mütter-Mafia (auch bei Lübbe Audio und als E-Book)
Die Patin (auch bei Lübbe Audio und als E-Book)
Für jede Lösung ein Problem (auch bei Lübbe Audio und als E-Book)
Ach, wär ich nur zu Hause geblieben
(auch bei Lübbe Audio und als E-Book)
Gegensätze ziehen sich aus (auch bei Lübbe Audio und als E-Book)
In Wahrheit wird viel mehr gelogen
(auch bei Lübbe Audio und als E-Book)

© Oliver Favre

Über die Autorin:

Kerstin Gier, Jahrgang 1966, lebt mit ihrer Familie in einem Dorf in der Nähe von Bergisch Gladbach. Sie schreibt mit großem Erfolg Romane. Ihr Erstling MÄNNER UND ANDERE KATASTROPHEN wurde mit Heike Makatsch in der Hauptrolle verfilmt. EIN UNMORALISCHES SONDERANGEBOT wurde 2005 mit der »DeLiA« für den besten deutschsprachigen Liebesroman ausgezeichnet. FÜR JEDE LÖSUNG EIN PROBLEM wurde ein Bestseller und mit enthusiastischen Kritiken bedacht.